集英社オレンジ文庫

龍の身代わり

偽りの皇帝は煌めく星を恋う

我鳥彩子

本書は書き下ろしです。

龍の身代わり
偽りの皇帝は煌めく星を恋う

もくじ

龍の身代わり

偽りの皇帝は煌めく星を恋う

一、青天霹靂

春三月。陽夏国《ようかこく》の京師《けいし》では、桃花や杏花に続き、梨や牡丹《ぼたん》の花が次々と咲き始めている。

よく晴れた午後、行楽の人出も多い花盛りの城市《まち》を、浮かぬ足取りで歩く青年がひとり。

着古した麻の胡服《こふく》は粗末だが、すらりとした長身と凜々《りり》しく整った顔立ちは人の目を引く。

それもそのはず、彼——秦龍意《しんりゅうい》は、芝居一座《祥万里座《しょうばんりざ》》の看板役者である。

城市《まち》の至るところで、こぼれんばかりに咲き誇る春の花を目の端に眺めながら、龍意は流行《はや》りの詩を口ずさんだ。

三月陽夏城　千花晝如錦（三月 陽夏の城　千花 昼 錦《にしき》の如《ごと》し
誰能春独愁　対此径須飲　誰か能《よ》く春独り愁《うれ》う　此《こ》れに対すれば径須《ただすべか》らく飲むべし）

「つーか、どこ当たってもこれ以上金貸してくれねーし、呑《の》まなきゃやってられんだろ、実際……」

龍意の浮かない顔は、金策疲れである。現実は酒を呑む余裕などなく、その後も何軒か知り合いに借金を頼みに行っては断られ、陽《ひ》も落ちる時刻になって帰路に就《つ》いた。

大街《たいがい》〔城市《まち》の大通り〕をずっと南へ下り、人家もまばらな寂れた地区の一角に、彼の帰るべき場所はあった。そこには、風が吹けば倒れそうな、急ごしらえの掘っ立て小屋がいくつか並んでいる。中で一番大きな小屋の筵戸《むしろど》をめくり、「ただいま」と言って戸口を潜ろうとした時。

「うおっ」

内側から弟分の役者が飛び出してきて、正面衝突しそうになった。互いに危うく左右へ避け、安堵《あんど》の息を吐く。そうしてから弟分の飛燕《ひえん》が龍意の両腕を摑《つか》んだ。

「ああ、大哥《あにき》！　ちょうどよかった、今捜しに行こうとしてたところだったんだ！　お客さんだよ」

「俺に客？」

龍意は顔をしかめた。ここ最近、客といったら借金取り以外に心当たりがない。

ところが、「ほら、このお人だよ」と飛燕が肩越しに振り返った小屋の中には、小綺麗《こぎれい》な袍衫《ほうさん》を纏《まと》った壮年の男がひとり、擦り切れた敷物の上に所在無さげに座っている。実直そうな顔つきや雰囲気は、文人か実務系官僚といった風で、借金取りには見えない。

「あんた誰だ？　俺に用って？」

龍意がそう訊《たず》ねたのと、男が立ち上がって龍意に駆け寄り、

「おお、あなた様が龍意殿か！　なるほど、よく似ておいでだ。いやまったく瓜《うり》二つ！」

と叫んだのは同時だった。

「……俺と誰が瓜二つだって？　こんな男前がふたりといてたまるか」

金策疲れの不機嫌も手伝って、険のある声で龍意が問い返した時、小屋の中を仕切る衝《つい》立《たて》の向こうから弱々しい声が届いた。

「龍意……この方の話を聞いて差し上げろ……。飛燕、おまえは……人払いをして、誰もここへ近づけないように……」

衝立の向こうで寝ているのは、一座の頭である秦玄正《げんせい》。衝立をずらして顔を見せたのは、玄正の妻にして元看板役者の杜鶯可《とおうか》。龍意の養父母である。

飛燕は座長の言葉に頷《うなず》いて小屋を飛び出して行き、残ったのは龍意と両親、突然の客人のみとなった。

戸口を閉め、窓の筵も下げると、室内が真っ暗になり、鶯可が油皿に火を入れた。安い魚油の心細い灯《あか》りの中、病身の玄正は床に臥《ふ》したまま、鶯可はその傍《かたわ》らに付き添う。龍意のみが客人に相対して座ると、男は改めて名乗った。

「わたくしは劉紀衛《りゅうきえい》と申します。宮城にて、皇太后《こうたいごう》・遼《りょう》氏に仕える者でございます」

「皇太后？」

唐突に雲の上の人物の名を出され、龍意はきょとんとした。

「此度《こたび》は、龍意殿——あなた様をお迎えに参ったのです」

「迎えに、って……お城の皇太后様が、役者風情の俺に何の用があるっていうんだ？」

宮城からの使者はしばし黙ったあと、辺りを憚《はばか》るように抑えた声で言う。

「火急の命につき、前置きもなくお話しする無礼をご容赦《ようしゃ》ください。実は——あなた様は、陽慶礼《ようけいれい》様の双子の弟君なのでございます」

「陽、慶礼……」

どこかで聞いた名前だな……と龍意は首を捻《ひね》り、やがて今上帝《きんじょうてい》の名前だと思い当たる。

思い当たってから、目を剝《む》いた。

「俺が、皇帝の双子の弟——!?」

「しっ、お声が高《たこ》うございます」

小声で窘《たしな》める劉紀衛の顔は真剣そのもの、横を見れば両親も至って真面目な顔でこちらを見ている。龍意はごくりと唾《つば》を飲み込んだ。

「……マジか？」

掠《かす》れ声の俗語で訊ねる龍意に、紀衛は飽くまで生真面目な表情で応じた。

「真実と書いてマジでございます。あなた様は確かに、皇太后・遼秀苑《しゅうえん》様がお生みになられたもうひとりの皇子」

「なんだよそれ――何がどうなってるんだよ!?」
龍意は紀衛と両親とを忙《せわ》しなく見比べて頭を抱えた。
「俺は……孤児《みなしご》だろ……?　それを親父《おやじ》たちが拾って育ててくれて……ずっとそう聞いて
て……そう信じて暮らしてきたのに――」
青天の霹靂《へきれき》とは、このことである。自分の身の上が突然引っ繰り返ったように感じて呆《ぼう》
然《ぜん》とする龍意に、紀衛が恐縮の表情で説明した。
「二十三年前――慶礼様とあなた様は双子としてお生まれになりましたが、訳あってあな
た様だけが密かに城の外へ出され、旅回りの芝居一座に預けられたのです」
「――これと一緒にね、あたしたちがあんたを預かったのよ」
そう言って鶯可は衣装行李《ごうり》の蓋《ふた》を開け、中から蓮《はす》の形に彫られた玉《ぎょく》を取り出した。
「なんだよ、それ――」
子供の拳《こぶし》ほどもある大きな翡翠《ひすい》の蓮を前に、龍意は眸《め》を丸くした。両親がこんな立派な
お宝を持っていたなんて、知らなかった。見るからに上質な玉で、売ればかなりの金額に
なるのは明らかだった。
「こんなもの、なんで後生大事にしまっとくんだよ!?　これを売り払えば、借金なんか返
せただろ……!?」
嚙《か》みつくように言う龍意に、鶯可は頭《かぶり》を振る。

「そんなことをしたら、あんたの出自を証《あか》し立てるものがなくなっちまうでしょう」

「なくなったっていいだろ、そんなもん！　どんな訳があったのか知らないが、二十三年も放っておくのを預けたとは言わないだろう。捨てたのと同じことだ。俺はこの一座で育って、役者になって、親父の跡を継ぐんだって思ってて——皇帝の弟だからって、今さら何だってんだよ！　俺に何の用があるんだよ!?」

初めは鶯可に言い返していたのが、最後には皇太后への文句になる。紀衛は声を抑えて答えた。

「これは公《おおやけ》にはなっていないことですが、陛下はこの半年、謎の病で眠り続けておられるのです。このまま目覚められなければ、退位を余儀なくされるやも——」

「……だから？」

「皇太后様の思《おぼ》し召《め》しは、陛下の双子の弟君であられるあなた様に、陛下の身代わりを務めていただけないかと——」

「一度捨てた俺に、皇帝の替え玉になれって……!?　冗談じゃ——」

龍意は言下《げんか》に断ろうとして、はっと気がついた。この状況を、上手《うま》く利用することも出来るのではないか——。

二度《ふたたび》ごくりと唾を飲んだ龍意は、紀衛を正面から見据《みす》え、低い声で切り出した。

「——あのな、今この《祥万里座》は、大きな借金を背負ってて、一座全員生きるか死ぬかの瀬戸際なんだよ」

長く旅回りの一座だった《祥万里座》だが、昨年、京師に念願の小さな勾欄《こうらん》〔芝居小屋〕を持ったのだ。けれど今年の初め、失火で勾欄が全焼し、しかも近隣の家屋まで延焼させてしまった。灰になった建物の中には商家の倉庫もあり、勾欄を買った元の借金に加え、莫大《ばくだい》な弁償金まで背負い込む羽目になった。

勾欄の再建どころの話ではなく、城市《まち》の外れの寂れた場所になんとか掘っ立て小屋を建てて寝床だけは確保したが、座員たちが日雇いに出たり市で大道芸を見せたりと必死に稼いでも、その程度で返せるような負債額ではない。心労が祟《たた》って座長の玄正は病に倒れ、今度はその薬代も嵩《かさ》む有様だ。

龍意も毎日金策に奔走《ほんそう》したが、そもそも《祥万里座》はずっと旅回りをしていたせいで、京師での縁故《えんこ》が薄いのだ。急に借金を頼んでも、快《こころよ》く応じてくれるところはなかった。このままでは、一座の綺麗どころが身を売るしかなくなる。

──そんな、今まで頑張ってきてくれた姐《ねえ》さんや女の子たちを悪所に売るような真似が出来るかよ。しかも、それだけで借金が全部返せるとも限らねえからな……。

となれば、ここはこの降って湧いた話に賭けるしかない。

龍意は宮城から来た使者を睨《にら》み、交換条件を出した。

「もしも皇太后が、一座の借金を代わりに払ってくれるとでも言うなら──俺は皇帝の替え玉でもなんでもやってやるよ」

◇――*◆*――◇

斯《か》くして、借金の肩代わりと座長の手厚い看護の約束を取り付けた龍意は、事情を知らない一座の者には「ちょっと出稼ぎに行ってくる」とだけ言い置き、皇太后が寄越した馬車に乗った。

夜陰《やいん》に紛れ、乗り物は城市《まち》をひたすら北へと走る。龍意が密かに連れて行かれたのは、皇帝が政務を執《と》る官庁街の奥、皇族の私的空間である宮城の奥まった一室だった。

しばらくここで待てと言って案内の劉紀衛も出て行ってしまい、龍意は見知らぬ場所にひとり取り残された。

「人を呼んでおいて、待たせるなよな……」

銀細工の燭台《しょくだい》に据えられた太い蠟燭《ろうそく》が室内を明るく照らしているが、人払いをしてあるのだろう、周囲から人の気配を一切感じない。だが静まり返っているからこそ、壁や天井、柱や調度品に施された華やかな吉祥紋様《きっしょうもんよう》が威圧感を与えてくる。

「すげえな、一部屋に龍や鳳凰《ほうおう》、亀に麒麟《きりん》が何匹隠れてるんだ？　こんな豪華な燭台もぶっとい蠟燭も、紫檀《したん》の飾り棚も、とても庶民《しょみん》には手の出るもんじゃねえし――マジで宮城の中なんだな、ここ……」

　出稼ぎにしては、豪華な仕事場だよな――。

　口を開けて室内を見回しながら、あちらこちらに隠れているおめでたい生きものの紋様を数えているうち、朱塗りの扉が開いて紀衛が戻ってきた。

「おう、あちらさんの準備は済んだのかい？」

　紀衛が返事をする前に、彼の後ろに身分の高そうな男女がいることに気がついた。

「どうぞ、こちらへ――」

　恭《うやうや》しい態度で紀衛が室内へ招き入れたのは、豊かな髪を高く結い上げ、重そうな緋《あか》い襦《じゅ》裙《くん》の裾《すそ》を引きずる美女と、高官を示す紫色の官服に黄金の帯飾りを着けた壮齢の男。ふたりを部屋の奥へ通してから、紀衛がまた恭しく紹介する。

「皇太后・遼秀苑様、皇太后様の兄君であられる宰相《さいしょう》・遼炯成《けいせい》様です」

「――宰相？」

　黒檀《こくたん》の椅子《いす》にゆったりと掛けている皇太后が年齢不詳の美女なのはともかく、その脇に立っている遼炯成に龍意が怪訝《けげん》な目を向けたのは、彼が役者顔負けの美男だったからだ。四十代も半ばを過ぎているだろうが、均整の取れた長身で、白皙《はくせき》の面《おもて》に知性と甘さを併せ持ち、非常に女性受けする容貌《ようぼう》をしている。

「あんた、超イケオジじゃんか！　役者になれば女の客が大量に釣れるってのに、なんで役人になんかなったんだよ、もったいない！」

　龍意が心の内を素直に口にすると、その失言に紀衛は目を白黒させ、宰相本人は唖然《あぜん》、皇太后はころころと鈴を鳴らすような笑い声を立てた。

「一国の宰相を摑まえて、『なんか』とは、お言葉ですね。宰相よりも役者の方が幸せですか？」

　皇太后の笑みを含んだ問いに、龍意はばつの悪い思いで答える。

「……俺は役者の仕事しか知らねえからな。まあ、役人の方が儲《もう》かりそうではあるけど」

「それほど儲かりませんよ」

　美男の宰相は真面目な顔でそう否定し、話を本題へ戻した。

「――秦龍意殿。二十三年前、あなたと共に《祥万里座》の座長へ預けた玉佩《ぎょくはい》を拝見出来ますか」

　龍意は黙って懐《ふところ》に手を突っ込み、養母《はは》の鶯可から渡された玉を取り出した。そして無言のまま遼宰相に差し出す。

　宰相は己の手の中で翡翠の蓮を確認した後《のち》、皇太后にもそれを見せた。両手で玉を撫《な》でた皇太后は、すぐに顔を上げて龍意に訊ねた。

「あなたの、左の手のひらに――痣《あざ》はありますか」

「……ないと言えばない。あると言えばある」

龍意は持って回った返事をし、何もない左手のひらを皇太后の前で振って見せてから、その手のひらを右手で叩き、さらに粗末な胡服の脇でごしごし擦った。

「——ほら。叩いたり擦ったりして肌が熱くなると、こんな変な痣が出る」

皇太后に向けて差し出した龍意の左手のひらには、尖《とが》った爪のような形の紅《あか》い痣がぽつぽつと五つ、浮かび上がっていた。それを見るなり、皇太后は音を立てて椅子を立ち、龍意を両腕で抱きしめた。

「吾子《あこ》……！」

今まで嗅《か》いだこともない佳《よ》い香りが、自分を抱きしめる女性の髪や衣服から漂い、龍意は対応に戸惑った。結果、石のように固まって動けないでいると、皇太后は龍意の左手を取り、涙を流しながら言う。

「そう、わたくしの生んだもうひとりの子には、手のひらにこんな痣があったの。激しく泣いたりむずかっている時にはこうして紅く浮かんでいるけれど、おとなしく眠っている時には消えている、不思議な痣だった……」

皇太后は一頻《ひとしき》り啜《すす》り泣き、龍意の手のひらから熱が引いて痣が消える頃には、気を落ち着けて椅子に座り直した。そうして龍意にやわらかな表情を向けた。

「名前も付けられないうちにわたくしはあなたを手放してしまったけれど——龍意とは立派な名を付けてもらったものですね」

「……」

龍（皇帝）の意《こころ》。本当に大層な名だと自分でも思っている。

養父《ちち》である玄正からは、芸名を兼ねて派手な名前を付けただけだと聞かされていた。そして子供の頃から、旅回りをしながらもしばらく滞在する土地では、自分だけが村学《そんがく》〔寺子屋〕に通わされ、読み書きを覚えさせられた。

勉強なんかするより遊びたかったが、おまえは将来看板役者になるんだから読み書きや作法は覚えておいて損はない、という玄正の言い付けだった。子供心に、いずれ看板が背負えるという言葉に乗せられて、なんとなく従っていたが、展開がこうなってくると、養父の言葉を額面通りにも受け取れない。

――親父は、何を考えてたんだ？

龍意は室内のそこここに描かれ刻まれた龍の模様を見遣《みや》り、息を詰めた。

《龍》は皇帝や帝室を表すもの。いずれ、もしかしたらもしかすることもあるかと、預かった子にこんな名を付け、出来るだけの教育を受けさせようとしたのだろうか？　ずっと旅回りをしていたのに、突然京師に匂欄を買うなどと言い出したのも――もしかしたら《龍意》と名付けた子が城へ呼び戻されることがあるかもしれないと読んでいた？

旅回りの芸人一座というのは、時として各地の情報を役人に売り、小銭を稼いだり様々な便宜《べんぎ》を図ってもらうこともある。玄正はそういった立ち回りも上手い方だったから、公にはなっていない情報を売り買いして意識的に帝室の情報を集め、皇帝の身に問題が起きているることを察したのかもしれない。

——親父は、俺をどうしたかったんだ？

今までだって、一座が金に困ったことは何度もあった。大きな翡翠を売ればすぐ大金が手に入ったはずだ。けれどそれをせず、大切に守り続けた。宮城からの使いが来て、初めてそれを出してきた。

先刻、一座を出てくる時、横になったままの玄正は、宮城へ行って金をむしり取ってこいなどとは言わなかった。ただ一言、「生みのおっかさんに会ってこい」と言った。その隣で、鶯可も頷いていた。

——親父もお袋も、いつか俺を生まれた場所へ帰してやりたいと思っていたのか？　ただそれだけなのか？

生まれた場所。生みの母親——。

龍意は改めて皇太后・遼秀苑を見た。

養母の鶯可は、さすがに元は看板役者だっただけあって、今も十分に婀娜《あだ》っぽい美人である。しかし秀苑の美貌は、育ちの良さ、身分の高さ、そういったものが凝縮して時を止め、年齢を不詳にしている。いきなり実の母親だと言われても、実感が湧かない。

「……正直、頭ん中がぐちゃぐちゃで、整理がついてないけどさ」

龍意は頭を掻《か》きながら、皇太后とその隣に立つ宰相に語り掛ける。

「ぐちゃぐちゃついでに、ちゃんと聞かせてくれよ。俺が捨てられる羽目になった訳ってのは？　双子の兄貴がどうしたっていうんだ。眠りの病ってのは？　俺にここで何をしろって？　わからないことだらけだよ」

「ええ、もちろんお話しするわ。そのためにあなたに来てもらったのですもの」

皇太后は親しげな口調で頷き、静かに一連の経緯《いきさつ》を語り始めた。

「あなたの父親である先帝陛下はね、優しい方だった。そしてとても弱い方だった。その弱さゆえに、占いに傾倒していった――。わたくしが双子を生んだ時も、朝廷の占師署《せんししょ》に仕える占師すべてに、ふたりの皇子の将来を占わせた。陽夏国では過去に、双子の皇子が帝位争いを起こしたことがあり、同様の事態を懸念したのでしょう」

「で、俺が追い出されたってことは、俺が何かやらかすって占いに出たのか？」

「太占師《たいせんし》〔占師署長官〕が言うには、あなたは天煞孤星《てんさつこせい》だと」

「天煞孤星？」

「周囲を不幸に陥《おとしい》れ、己は孤独に生きる定め――そんな星の下《もと》に生まれついている。この皇子は将来、帝室騒乱の原因になる――と」

「……」

龍意は眉根を寄せて皇太后を見た。

「それを聞いた先帝は、決断しました。そんな占いがされたこと、皇子が双子であった事実そのものを闇《やみ》に葬《ほうむ》る――。ふたりの皇子の弟の方を殺し、秘密を知る産婆《さんば》や内侍《ないじ》、占師署の占師すべての口を封じるよう命じたのです」

「殺す……!?　でも、俺は生きてるぜ」

眸《め》を瞠《みは》る龍意に、皇太后は傍らの宰相を見遣りながら頷いた。

「ええ、それは、この兄が素早く手を打って、あなたを殺したように見せかけて密かに城の外へ逃がしてくれたの。そうして、わたくしの生んだ子供が双子だったことは秘され、あなたの存在はなかったことになった――」

悲痛に俯《うつむ》く皇太后の後を引き取り、宰相が続ける。

「あの時は預け先を吟味《ぎんみ》する余裕まではなかったので、あなたを旅回りの役者一座に託すことになりました。その後は時々、人を遣って一座の様子を見させ、あなたの成長報告を受け取っていました」

「え、そんなことされてたのか？」

知らないうちに知らない奴に成長を観察されていたのか、と龍意は苦笑した。そんな龍意に皇太后が言う。

「あなたが元気に育っているという報《しら》せを聞く度、わたくしは心の中で先帝にもそれを報告していたわ。――あの方はね、決して平気な顔であなたを殺せと命じたわけではないの。

子供好きな方だった。双子が生まれた時、初めは子供が一度にふたりも出来たと喜んでいたの。それが占いの結果を聞いて、真っ青になった」

でもね、龍意――と名を呼んで皇太后は続ける。

「あの方の迷信深さ、占い好きは、すべて皇帝としての責務を果たすためだった。国のため、帝室のため、民のために、危ういと思われるものは取り除かねばならない――そんな責任感に取り憑《つ》かれた方だったの。自分の子供を殺せと命じるなんて、それがあの方にとってどれほど苦渋の決断だったかをわたくしは知っている。だからわたくしは、あの方を恨むことはしないように生きてきた」

「……俺の立場としては、恨んでもいい気はするけどな。でも――」

龍意は一度言葉を切り、硬い声で続けた。

「俺が生まれたこと、そして殺したことを隠すために、何人も人が殺されたんだろう。もうその時点で、確かに俺は災いの元だな。俺さえ生まれなければ、殺されずに済んだ人間がいるってことだからな」

龍意にとって、自分が皇子だという事実より、自分が殺されそうになったことより、自分のせいで死んだ人間がいる――そちらの方が遥かに大きな衝撃だった。

「それを言うなら、そもそもあなたを生んだわたくしに罪があるということになります」

「子供は母親だけじゃ作れねえよ。その伝で行くなら、父親にも責任があるだろ」

「あの方にとって、その責任の取り方が、大切な我が子の生命《いのち》を奪うことだったのです」

「そういうことじゃねえだろ、って言いたいけどな——」

ではどうするのが正解だったのかと問われても、龍意にもそれはわからない。皇帝という立場になったこともなければ、人の親になったこともないのだ。

龍意は頭を抱えた。

もしかして、養父母が手に入れた念願の勾欄が火事で焼けたのも、自分のせいなのか？一座がいつも貧乏なのも、玄正が病に倒れたのも、天煞孤星の自分が傍《そば》にいるせい？周囲を不幸にする運命だと占われたのに、図々《ずうずう》しく生きているのは罪なのか？　素直に殺されていれば、犠牲になった者たちも無駄死にならなかったのではないか？

思わず恨めしい目で皇太后を見ると、

「あなたが今生きていることに、負い目を感じる必要はありません。関係者の口封じを命じたのはあなたではない。殺された者たちは、あなたが殺したわけではありません」

龍意の心の内を透かし見たように、皇太后が強い声で言った。

「あなたには生き延びる権利があった。殺される謂《いわ》れなどなかった」

「でも俺は、不吉な天煞孤星なんだろ」

「わたくしは、占いなど信じません。占いの結果、あなたの生命《いのち》を奪うと言われたあの日から、一切信じることはやめました。お腹《なか》を痛めて生んだ我が子を、生まれてすぐに殺せと唆《そそのか》すような占いなど、誰が信じられますか。天が定めた運命だとしても、それを覆《くつがえ》す力くらい、わたくしの息子にはあります」

「そう言われてもな……」

何を根拠に、と苦笑いが浮かぶ。

「人は生きていれば、良いこともあるし悪いことにも遭遇します。たとえ周囲で不幸が起きたとしても、それが自分のせいだとは思わないで。あなたに罪はないのだから」

皇太后は龍意の手を取って語る。

「先帝の苦衷《くちゆう》を理解出来るということと、受け入れられるということは別です。あの方が何をどのように考え、どう決断したのか、それを理解は出来ても、わたくしは母親として、息子の命を奪う命令に従えなかった。かといって、反論したところで聞き入れられないでしょうし、あの方の苦悩を増やすだけ。だから黙って兄と図り、あなたを逃がしたのです」

それが当時、皇太后に出来る最大の反抗だったのだとは龍意にも理解出来た。

――なんでも占いに頼ろうとする実の父親の考え方は理解出来ないけどな。

「もちろん――何も知らずに殺されかけたり他所《よそ》へ預けられたりしたあなたには、わたくしたちを恨む権利があるわ。実際、その後、先帝のお胤《たね》はひとりも誕生しなかった。あんな占いは間違いで、あなたを手放した罰が下ったのかもしれない――」

皇太后は再び啜り泣き始め、宰相が説明を替わった。

「二年前、先帝が亡くなり、皇太子だったあなたの兄君が即位しました。若い皇帝のもと、朝廷で専横《せんおう》を振るい始めたのが、薛寿昌《せつじゅしょう》――大将軍〔軍事部門の最高長官〕の地位にある、我が国のもうひとりの宰相です。彼は北方の異民族討伐を強く推し進めようとしていますが、帝室としては安易な北伐《ほくばつ》を許さない姿勢を通しています。文治主義の皇帝と、武断主義の宰相が対立した結果――皇帝は呪いに倒れました」

「ん……!?　急に話が飛んだな!?　呪い!?」

難しい政治の話になってきたと思えば、突然胡散《うさん》臭い展開になり、龍意は面喰《めんく》らった。

「慶礼は……呪われたとしか思えないのよ」

そう言って、泣いていた皇太后が顔を上げる。

「半年と少し前、慶礼の正妃――皇后の王英君《おうえいくん》が病で亡くなったの。とても仲の良い夫婦だったから、慶礼もとても悲しんで、塞ぎ込んでいたのだけれど……そんなところに薛宰相から見舞いの品が届いた。それを受け取った時、わたくしと、慶礼の側近が数人傍にいたわ。綺麗な塗り物の匣《はこ》の蓋を開けると、中から妖《あや》しい胡蝶《こちょう》が出てきて――慶礼の周りをしばらく飛び回ったあと、消えてしまった。その時はそれだけのことだったのが、夜になって、また胡蝶が見えると慶礼が言い出した。わたくしには何も見えなかったけれど、慶礼はその後もしつこく蝶が見えると言い続け、二日後にはとうとう倒れてしまい、そのまま今も眠り続けているのよ……」

「それは……まあ確かに怪しい話だな」

　龍意は腕組みをして眉根を寄せた。

「異国の呪いに、そのようなものがあると聞いたことがあるわ。でも薛宰相は、自分が贈ったのは珍しい塗り物の匣で、中には何も入れていないと言い張る。確かに、最初に匣を開けた時以降は、慶礼以外の誰も胡蝶を見ていないし、薛宰相が呪いをかけたという証拠は何もない――」

　皇太后は悔しそうに袖《そで》を噛んだ。

「その、胡蝶が出てきたっていう匣は？　何か仕掛けがあるんじゃないのか？」

「問題の匣は、慶礼が燃やしてしまったの。そこから胡蝶が出てくると言って。だから、今となっては匣の仕掛けを調べることも出来ない……」

「んー、手詰まりか」

「本当なら、大々的に薛宰相を追及したいところだけれど、物的証拠が何もない上、皇帝が臣下に呪われて倒れたなどと公表すれば、朝廷は大混乱に陥《おちい》り、他国に付け入る隙《すき》を与えることになる。それくらいなら、皇后を亡くした悲しみで臥せってしまったことにしておく方がまだ人の同情も買えるというものでしょう」

「それで、水面下で薛宰相の動きを探っているものの、捜査状況は捗々《はかばか》しくない――というわけだな」

「用心深くて狡賢《ずるがしこ》い、鼠《ねずみ》みたいな男なのよ」

　皇太后は憎々しげに言い捨てる。

「慶礼が臥せっている間、わたくしが兄に支えられて政務を執ることになったけれど、わたくしたちの味方となってくれる、いわゆる遼家派の官僚は、薛宰相の工作によって次々に中央から追い払われて、今は数えるほどしか朝廷に残っていない……。わたくしたちの力は弱まる一方で、このまま慶礼が目覚めなければ、薛宰相は慶礼を退位させて、栄王《えいおう》を新帝に即位させるつもりでいる――」

「栄王って？」

「先帝の一番下の弟よ。大変な浪費家で、薛宰相の操り人形。あんな人が皇帝になったら、北伐をすれば儲けが出ると喧伝する薛宰相に乗せられて戦《いくさ》を起こして、国をめちゃくちゃにしてしまうわ」

「つまり、皇帝が目を覚ましてさえくれれば、とりあえず目の前の危機は乗り越えられるわけか」

「ええ、退位を迫られる理由はなくなる。だからわたくしたちも、呪術師や祈禱師《きとうし》を呼んでなんとか慶礼の呪いを解こうとしたけれど、効き目がなくて……。そんな時、あなたの一座が京師にやって来ているという報告があったの」

「あー、話がわかってきたぞ」

龍意は面白くもない気分で、うんうんと頷いた。皇太后はそんな龍意を見つめる。

「あなたが慶礼とそっくりの美丈夫に育って、一座の看板役者として活躍していることは聞いていたわ。突然こんな話をして、驚かれるだけだとはわかっていたけれど——今は、あなたに救けてもらうしかないの。——お願い」

皇太后は龍意の手を両手で強く握った。

「慶礼の振りをして、皇帝を演じて欲しいの」

「……人を捨てたり拾い上げたり、お偉いさんは自分の都合で勝手なもんだ」

龍意はゆっくり皇太后の手を解《ほど》き、ひとつため息を吐《つ》いてから答える。

「一座の借金を肩代わりしてもらう代わりに、あんたたちの言うことを聞く——。そう約束したからには、要求は呑むよ。でも」

一度言葉を切り、皇太后と宰相の顔を順番に見る。

「あんたたちは、俺にそれが出来ると本気で思ってるのか？　顔は皇帝にそっくりでも、俺は旅回りの芝居一座育ちで、朝廷の礼儀作法だのなんだの難しいことは全然わからないんだぜ。すぐに偽者だとバレて、却《かえ》ってまずいことになるんじゃないか？」

龍意の懸念に、皇太后は「大丈夫」と頷いた。

「計画はあるの。病の後遺症ということにするのよ」

「あ？」

「長く眠りの病で寝付いていたせいで、記憶が混乱していることにするの。そうして多少の奇行に及んでも仕方がないという雰囲気を作って時間を稼いでいる間に、あなたには出来るだけ礼儀作法や帝王学を学んでもらって——」

「出来るだけといって、十年二十年の時間を使えるわけじゃないだろ。付焼刃《つけやきば》の勉強でなんとかなれば、そもそも皇帝なんて誰でもなれるって話だろうよ」

「ええ、付焼刃の勉強など役には立たないでしょう」

龍意の反論にあっさり領いたのは、遼宰相だった。

「一言で言ってしまえば、わたくしどもがあなたに求めているのは、はったりです」

「へ？」

「薛宰相は、今も陛下を呪い続けている。その陛下が突然、目を覚まして朝堂《ちょうどう》に現れたとなれば、替え玉を疑うでしょう。自分が呪いをかけていることを明かせない以上、面と向かって偽者だと指摘は出来ないでしょうが、あなたの化けの皮を剝がそうとあれこれ罠《わな》を仕掛けてくることが予想されます。その際には、皇帝・陽慶礼として堂々と対応することが肝要。わたくしどもがあなたに求めているのは、皇帝になり切る演技力と、いざという時に、はったりを利かせる度胸です」

「……なるほどね」

龍意は大きく息を吐き、肩を揺らして笑った。

「俺は文字通り、皇帝の役を振られたってわけか。まあ、役をもらったら演じるのが役者だが、まさか台本も稽古《けいこ》もなしのぶっつけ本番かい？」

「申し訳ありませんが、眠りの病の皇帝陛下には、明日にも目を覚ましていただきます」

「わお、ほんとにぶっつけだな！　役作りも何もあったもんじゃねえ」

「細かいことはおいおい覚えればいいわ。そうしてあなたに身代わりをお願いしている間に慶礼の呪いを解くことが出来たなら、何食わぬ顔で入れ替わればいいのよ」

「呪いが解けなかったら？　これまでも駄目だったんだし、そっちの可能性の方が高くないか？　まさか俺に一生身代わりをさせる気じゃねえよな？」

　龍意の問いに、遼宰相は二度《ふたたび》素直に頷く。

「後遺症の振りは、長く使える手ではありません。そういつまでも昏君《こんくん》のままでは、結局のところまた皇帝としての資格を問われ、退位を迫られることになる」

「だよなあ。ってことは、俺のお仕事期間はいつまでなんだ？　芝居はどこかで幕が下りるものだろ？」

「……薛宰相は、巫蠱《ふこ》の疑いの他にも、様々な汚職《おしょく》に絡んでいます。それらの証拠を摑めれば、一派諸共失脚させ、朝廷から追放することが出来る。胡蝶の呪いを行っている呪術師を捕まえて、呪いを解かせることも出来るでしょう。そのために、現在使える限りの人間を動かして、狡猾《こうかつ》な薛宰相の隙を探させています」

「要するに、こっちが薛宰相の悪事の証拠を摑むのが先か、向こうに替え玉皇帝の証拠を摑まれるのが先か——どっちかが相手の弱味を摑んだ時が、一巻の終わり、幕の下りる時、ってことか」

「……そういうことです」

遼宰相はまたも素直に頷いてから続ける。

「皮肉なことに、当時の関係者の口を封じてしまったため、あなたが皇子である証拠を客観的に示すことが出来ません。ですから、もしも身代わりが露見した場合、実はあなたが陛下の双子の弟だとの釈明も難しく、こちらの陣営としては窮地《きゅうち》に追い込まれます」

「この玉は？　俺の身分を証し立てるものじゃねえのか？」

龍意が翡翠の玉を翳《かざ》してみせると、皇太后が頭《かぶり》を振った。

「それは——一刻を争う脱出劇の中、咄嗟《とっさ》にわたくしの私物を持たせただけだから、皇帝の子である証《あかし》とはならないわ。手のひらの痣を知る者も、今となっては誰もいないし、よしんば、この玉がわたくしの持ち物だったと覚えている者がいたとしても、後から小道具としてあなたに渡したのではないかと言われてしまえば、疑いを晴らすのは難しい」

「そうか……」

では下手をすれば、どこの馬の骨ともわからぬ人間が皇帝を騙《かた》った咎《とが》で極刑——という結末もあり得るわけか、と龍意は首を竦《すく》めた。

「ご安心ください。もちろん、あなたの身は守ります。薛宰相に関する捜査もこちらで行いますゆえ、あなたはただ、皇帝の身代わりに専念していただければ結構です」

遼宰相の言葉に皇太后も頷き、龍意の手を取って言う。

「ええ、突然こんなことをお願いしてしまって本当に申し訳ないのだけれど、この陽夏国を——陽王朝の宗室を救けると思って、協力して頂戴《ちょうだい》……！」

ずっと部屋の隅《すみ》に控えていた劉紀衛にも熱っぽく見つめられ、龍意は皇太后の白い手をぽんと叩いた。

「じゃあひとつ、約束してくれよ。兄貴が目を覚まして、替え玉の仕事が終わったら、後《あと》腐《くさ》れなく俺を《祥万里座》に帰すと。別に俺は、皇子様でございと宮城で暮らしたいわけじゃない。用が済んだら、俺を解放してくれるんだよな？」

「——ええ。あなたがそう望むなら」

皇太后は頷いた。

「わかった。じゃあ、せいぜい嵌《は》まり役と言われるよう頑張ってみるよ」

◇——＊◆＊——◇

その後、計画は迅速に実行された。

本物の皇帝は北の離宮へ秘密裏に移され、龍意の仕事は、寝たきりだった皇帝が目を覚ますところから始まった。世話係の宦官《かんがん》が大げさに喜びを吹聴して回り、それから数日後、身内だけの快気祝いの宴《うたげ》が張られた。

宮城での皇帝の御座所・陽麗宮《ようれいきゅう》の広間で、黄金の刺繡《ししゅう》も豪華な袍を纏って皇帝に扮《ふん》する龍意の傍には、皇太后・遼秀苑と宰相・遼炯成がぴったり張り付き、下座には親遼家派の官僚ごく少数が招《よ》ばれている。宴客よりも、その身の回りの世話をする宦官や膳を運ぶ侍女、宴に興を添える楽師や舞手《まいて》の数の方が多いという光景である。

この場で龍意に課された役目は、時折横から白々しい話題を向けられては、知っているはずの人物の名を忘れた振りをしたり、自分が皇帝であること自体を忘れた演技をすることだった。挙句、酒や料理をろくろく口にする間もなく、「ご無理は禁物」「少々お疲れでは？」と畳み掛けられ、席を立つ羽目になった。

追い返されるように私室へ戻った龍意は、憮然《ぶぜん》として重い袍を脱ぎ捨てた。

「せっかくの宴会だってのに、ほとんど食えなかったぜ。こんな動きづらいもんまで着せられて、疲れ損かよ」

「天子は一食《いっしょく》す――と申します。至尊の天子は常に徳で満腹、宴席で大食いはしないもの。それに何より今回は、陛下がお目覚めになった――でもまだ本調子ではないらしい――そう人々の口の端に上らせることが大事なのでございます。事情を知らない客や侍女たちの目に陛下の御姿や変調を一通り見せつけさえすれば、それ以上、人前に長居は無用なのです」

諭《さと》すように言いながら龍意が脱ぎ散らかした服を片づけ、衫を着替える手伝いをするのは、晶琳瑞《しょうりんずい》という名の若い宦官だった。これまた龍意が、「役者になればよかったのに！」と初対面で叫んだほどの繊細な美貌の持ち主である。

──俺の兄貴の周りってのはどうなってんだ？　母親は年齢不詳の美人で、伯父貴は抜群のイケオジで、世話係の宦官は女みたいな美形で……みんなまとめてうちの一座に来てくれれば、全方位の客を集められて大入り満員なんだけどな！

そんなことを思っていると、琳瑞が食事を運んできた。宴に供されていたのと同じ、象《ぞう》嵌《がん》細工が施された膳と銀無垢《むく》の食器に山海の珍味が盛られている。

「宴で召し上がれなかった分、こちらでどうぞ」

「おう、美味《うま》そうだな。こんなご馳走《ちそう》、一座のみんなにも食わせてやりてーなあ……。あ、おまえだって、俺が危なっかしい替え玉じゃなかったら、裏でゆっくりつまみ食い出来たのに悪かったな」

琳瑞は元東宮《とうぐう》職の宦官で、つまり慶礼の皇太子時代からの世話係だという。慶礼が胡蝶の呪いで倒れた場に居合わせたことから、今回の替え玉計画のことも知らされている。

「おまえは子供の頃からずっと、兄貴に仕えてたんだろ？　それが突然がさつな庶民の世話をする羽目になって、災難だったなあ」

　龍意の言葉に、琳瑞は大げさに頭《かぶり》を振った。

「とんでもないことでございます！　このような重要機密を知らされた上、お世話役を命じられたとなれば、今後も大きなお役に就かせていただけるのは確実。これを出世の足掛かりと思い、誠心誠意、お仕えさせていただきます」

「……そ、そうかよ」

　綺麗な貌《かお》をして、出世欲を隠さない宦官である。龍意は苦笑いしながら、ふと訊ねる。

「なあ、やっぱりおまえの目から見ても、俺は兄貴とそっくりか？」

「それはもう。端整なお顔立ちからお声に背丈まで、『瓜二つ』とはあなた様方のためにある言葉かと思うほどでございます」

「ふぅん……そうか」

　入れ替わりのどさくさの中、眠り続けている兄の顔を見られたのはほんの一瞬だった。自分の寝顔を自分で見られないのは道理で、眠っている双子の兄がどれほど自分と似ているのかは正直よくわからなかった。だが兄を知る者たちが自分を見て口を揃《そろ》え、「瓜二つ！」と評するからには、本当に生き写しなのだろう。

「明日からは朝儀にも出ることになったけどさ、そんなに似てるなら、大丈夫かな。皇太后や遼宰相が言うには、とにかくもったいぶって黙ってればいいらしいんだが」

「はい――恐れながら、慶礼様は物静かで口数の少ない方でいらっしゃいますので、基本は黙っていれば問題ないかと。あとは、姿勢を正して、ひたすら威厳を放出する感じで」

「威厳なあ……偉い殿様の役を演《や》ったことならあるけどなあ」

「では、それを思い出してください。あなた様は、この国で至高の地位にいる方なのです。あなた様より偉い人間はいないのです」

「天子様……皇帝陛下……一天万乗の君なぁ……」

龍意は椅子に座ったまま背筋を伸ばし、目を閉じた。

身分の高い人物を演じる時は、こせこせ動き過ぎてはいけない。饒舌《じょうぜつ》になる必要もない。早口も駄目だ。ここを玉座だと思って――

「控えろ」

低い声を一言、琳瑞に投げると、美貌の宦官が崩れ落ちるように平伏した。

「大変結構でございます。明日もどうぞその感覚をお忘れなく――！」

そうして翌日、夜明けと共に始まる朝儀のため夜明け前に起こされた龍意を、宰相・逵炯成が迎えにやって来た。後ろには、青い官服を着た小柄な青年をふたり従えている。

そっくりな顔をしたふたりの青年は、龍意の左右に立って礼を執ると、

「左拾遺《さしゅうい》の周利真《しゅうりしん》と申します」

「右《う》拾遺の周利風《りふう》と申します」

と名乗った。

「双子……？　しゅーいってなんだ？」

龍意はこっそり遼宰相に訊ねる。

「拾遺とは、天子が気づかぬことを拾い上げて進言する役職——つまり諫官《かんかん》です。皇帝の言動をお諫《いさ》めするのが役目。彼らも例の呪いの胡蝶が贈られてきた場に居ましたので、事情は了解しております」

この数日、周兄弟はふたり揃って風邪をひいて寝込んでおり、紹介が遅れたのだと遼宰相は説明した。その風邪をひいた理由というのも、薛宰相の悪事を探ろうと張り込みに励んでいたせいだという。

「——そうか、じゃあ、あんたらも俺が本物の皇帝じゃないことを知ってるんだな」

少しほっとする龍意に、双子の拾遺は左右から言う。

「あなた様のお役目も存じております。姿勢をお正しくださ い陛下」「お正しくださ い」

「人前で欠伸《あくび》はお控えくださ い陛下」「お控えくださ い」

「朝早くに起こされて、眠いんだから仕方ないだろ」

「早くお召し替えくださ い陛下」「お召し替えくださ い」

「冕冠《べんかん》の糸縄《しじょう》で遊ばないでくださ い陛下」「遊ばないでくださ い」

「ああもう、左右から同じことを言うなよっ」

「それがお役目でございますれば」

「片側から言うだけでは、人は右の耳から左の耳へと聞き流すもの。ですからわたくしどもは、陛下のお耳の左右から申し上げるのです」

右耳から流れてきたものを左耳から押し戻す、水も漏らさぬ鉄壁の諫官に供をされ、龍意は皇城へ向かうこととなった。


宮城が皇帝の私的空間なら、その南に位置する皇城は、皇帝が政務を執る正陽殿《せいようでん》を始め、様々な官舎が立ち並ぶ官庁街である。そして朝儀とは、参内の許された臣下一同がそれぞれの職場で仕事を始める前に皇帝へ拝謁《はいえつ》する、いわゆる毎朝の朝礼である。

正陽殿の朝堂大広間には文武百官がひしめき、一天万乗の君のお出ましを待っていた。そして冕冠を着け黄金の袍を纏った龍意が姿を見せるなり、皆が一斉に頭《こうべ》を垂れる。見渡す限り、人の頭、頭、頭――その光景に、龍意は思わず背筋を震わせた。

――俺ひとりに、この人数の偉い役人が頭を下げるのかよ……！

何様になったんだ、って感じだな。……いや、天子様になったのか。

俺の本当の親父や兄貴は、そういう身分の奴だったわけだ。とんでもねえな――。

改めて引き受けた役の大きさを知り、呆《あき》れたような笑いが腹の底から湧き上がった。知らず、クク……と声が漏れる。

龍意が着席する玉座の背後には御簾《みす》が垂れ、その奥には皇太后が控えている。龍意の笑い声に気づいた皇太后がわずかに身じろぎし、続いて玉座に近い場所に立つ紫服《しふく》の高官が顔を上げた。

現在、陽夏国の朝廷で紫色の官服が許されるのは、名ばかりの役職を与えられて政治の一線からは離れている皇族と、官僚としては最高職の宰相のみ。日常的な朝儀の席で、紫服を纏う者はふたりしかいない。即ち《すなわ》、尚書令《しょうしょ》〔行政部門の最高長官〕遼炯成と、大将軍〔軍事部門の最高長官〕薛寿昌──そのふたりが、皇帝陛下の忍び笑いに気づいて顔を上げたのである。

役者顔負けの美男・遼宰相とは対角の位置に立つ薛宰相は、齢《とし》の頃は六十絡み、でっぷり太って脂《あぶら》ぎったぎょろ目の男だった。

──おいおい、善玉宰相と悪玉宰相が見た目でわかりやす過ぎないか……!?

正義の味方は色男で、悪役は醜男《ぶおとこ》。まるで古典的な芝居の世界に入り込んでしまったような錯覚に陥り、龍意は啞然とした。

その一方で、顔を上げて龍意の貌を見た薛宰相も、表情に明らかな動揺の色を走らせていた。しばし眸《め》を瞠ったあと、重々しく口を開く。

「陛下におかれましては御気色麗《みけしきうるわ》しく、祝着至極に存じまする。本日は拝顔の栄に浴し、夢見る心地でございます」

だみ声で慇懃《いんぎん》に言いながら、薛宰相は探るような目で龍意を見る。その目ははっきりと、おまえは誰だ、と問いかけていた。

――やっぱり疑われてるな。そりゃそうだ、呪いで眠らせてるはずの皇帝が元気に現れたんだもんな。

内心ではそんなことを思いつつ、龍意は素知らぬ顔で鷹揚《おうよう》に薛宰相の挨拶《あいさつ》を受けた。

「うむ――大儀」

余計なことは言うな、と背後から皇太后の圧力を感じ、それ以降は口を噤《つぐ》んで通した。

常参官《じょうさんかん》が勢揃いした朝見《ちょうけん》が終わると、続いては宰相他一部の官僚だけが残っての朝議となったが、龍意が喋《しゃべ》らずとも、皇太后と遼宰相がすべての議題を捌《さば》いてくれた。薛宰相はただ胡乱《うろん》そうに龍意を見つめたり、周りの官僚たちにぎょろ目を向けて威圧したりするだけだった。

むっつり黙り込んだ薛宰相の不機嫌さは目に明らかで、そんな中、わざわざ発言を求める者は少なく、朝議はさほど長引かずに終わった。そしてそのまま、皇太后に誘《いざな》われて龍意は朝堂を出た。

正陽殿内の書房〔書斎〕に龍意を連れ込んだ皇太后は、「ここは普段から慶礼が私室として使っている部屋だから、呼ばない限りは誰も入れないわ」と説明してから遼宰相と左右拾遺の周兄弟だけを呼び、大きな息を吐いた。

「ああ、緊張したわ――。薛宰相はあなたの正体を疑っていたわね――」

「うん、完璧疑ってたな。俺の顔を見て驚いたあと、おまえ偽者だろう、って目で睨まれたからな」

龍意があっけらかんと答えると、遼宰相が感心したように言う。

「その割に、よく冷静に対処しましたね」

「俺、舞台に乗っちまえば緊張しない性質《たち》なんだ。それに、あそこで変に騒ぎ立てたら墓穴を掘るのは薛宰相の方だってわかってたからな」

「舞台度胸のある息子で助かったわ――」

「ただ、薛宰相って奴が、あそこまであからさまな悪党面《づら》だとは思わなかったよ。これまで話に聞くだけだったから、実物を見て驚いた」

「人を外見で判断するのはよろしくないけれど、あの男が悪党なのは確かよ。内面が滲《にじ》み出たのでしょうね」

憎々しげに言う皇太后の傍らで、遼宰相が口を開く。

「――とにかく、薛宰相がこのまま黙っているはずがありません。特にこの皇城内では、尻尾《しっぽ》を摑まれないようくれぐれも気をつけてください」

「そうね、いつまでも皇城《ここ》にいるのは危険だわ。早く宮城へ帰りましょう」

「歩きながら袍を脱がないでください陛下」「脱がないでください」

周兄弟に左右から口うるさく言われながら宮城へ帰った龍意は、皇帝の私殿・陽麗宮に入ってようやく諫官たちから解放された。代わりに宦官の琳瑞に出迎えられる。

「要するに、宮城ではおまえが、皇城ではあのふたりが俺のお目付け役ってことなんだな」

龍意が脱ぎ散らかした袍と帯飾りを片づけながら琳瑞は答えた。

「一応はそうなりますが――あのおふたりは二十代の若さで科挙に登第《とうだい》して中央官庁入りした超秀才ですから、わたくしのような宦官風情と並べて語っては失礼でございますよ」

「でも、あいつらもおまえと同じ東宮職だったたって聞いたぜ？　今だって、青い官服ってことは、下っ端官僚だろ？」

官服の色は、紫、緋、緑、青の順に位が下がる。芝居の中にお城の役人が登場することは多く、その辺の序列については知識がある龍意である。

「わたくしは内廷側、彼らは外廷側。わたくしは文字通り、身の回りのお世話係でしたが、彼らは使用人のような仕事をするのではなく、政務を手伝う能力があるわけですから。位階は低くとも諫官は皇帝の側近職ですし、このまま幹部路線に乗って、ゆくゆくは紫金《しきん》

〔紫の官服に金の帯飾り。位人臣《くらいじんしん》を極めた宰相を指す〕の座も狙える方々でございますよ」

「ふぅん、それで遼宰相も次世代の後継者としてあいつらに目を掛けてるのかな。まあ双子の宰相なんていたら面白そうだけど、周りが混乱しそうだよな」

「そうでございますね、陛下もまずは、おふたりの区別が付くようになるところから目指されたら如何《いかが》でしょう」

そんなことを言う琳瑞に、龍意はさらりと答える。

「いや、区別ならもう付いてるさ」

「え？」

「最初は戸惑ったけど、すぐ癖の違いに気づいたからな。左拾遺（兄）の方は立ってる時の姿勢が左に体重が乗ってて、左眉を上げる癖がある。右拾遺（弟）の方はその逆で、右体重で右眉を上げる癖がある。それがわかったら、簡単に区別が付くようになったよ」

「なんと……。半日であのおふたりを見分けられた方には初めてお会いしました」

琳瑞は感服した顔で龍意を見る。

「そんな大したことじゃない、役者の職業病だよ。子供の頃から、目の前で何度も観《み》てきた役を演じることが多かったからな。所作も立ち回りも、見て覚える癖が付いてて、そのせいで人の癖を見つけたり真似したりするのが得意になったんだ」

「素晴らしい特技と存じます。特に今回のような場合には」

「まあなぁ……起きて動いてる兄貴の姿を見たことがあれば、もっとちゃんと皇帝の真似が出来たのかもしれないけどな。残念ながら、今の俺に真似出来るのは——遼宰相の立ち方と、薛宰相の立ち方の違い！」

龍意は、すっきりとした姿勢で立つ遼宰相の真似をしてみせてから、腹の出た、重心が後ろに掛かった立ち方をする薛宰相を真似る。

「そっくりでございます！」

琳瑞は拍手して喜ぶ。

「そういや、あのふたりといえばさ——どっちも同じ宰相なのに、なんで薛宰相の方が強い感じなんだ？　朝廷内の遼家派はあいつにほとんど追い出されたって言ってたよな」

「それは、単純に薛宰相の方が年長で、宰相職に就いたのが先だったのと——」

言葉を選ぶように少し考えてから、琳瑞は続ける。

「——薛宰相は、贈収賄の術《すべ》に長《た》けていて、自分に賄賂《わいろ》を贈ってきた者をどんどん登用する代わり、賄賂を寄越さない者は何かと難癖を付けて左遷《させん》するのです。さらには、歴史的に見る外戚の弊害《へいがい》を大声で言いふらし、皇太后様の一族をどんどん中央から遠ざけるよう仕組んで——今や慶礼様や皇太后様のお味方は、遼宰相とほんの一部の下級官僚しかいません。これでは、いくら皇帝、皇太后という身分があっても、薛宰相には逆らい切れない場面も増えてしまうのでございます」

「悪党だなー……。そもそも、なんでそんな奴を宰相にしたんだ？」

「先帝陛下の御存命中は、おとなしかったのでございます。薛宰相は先帝にはひたすら媚《こ》びて従順で、そのために取り立てられたような人物ですから。それが、先帝が薨《こう》じられて若い新帝が立つと、これまでの鬱憤《うっぷん》を晴らすように勝手で横暴な態度を取るようになりました。脱税や横領はお手の物、私怨《しえん》で政敵を陥れるわ、禁を破ってこっそり異国と交易するわ、それをすべて人に擦《なす》り付けるわ、やりたい放題です」

「おとなしい猫の皮を被った狸《たぬき》だったわけだ」

「薛宰相の『大将軍』という地位は、軍事部門の頂点です。『将軍』と付いても官職名に過ぎず、直接戦に出る武人というわけではありませんが、軍器監《ぐんきかん》〔兵器製造部署〕は薛宰相の息のかかった者ばかりで骨抜きにされ、土木関連の商人とも昵懇《じっこん》で、そのあたりの利権絡みもあって、あの方は戦をしたくてたまらないのですよ」

「武器や土建商人とズブズブで、ブクブクに肥《こ》えた悪徳宰相か……。外見と中身がわかりやす過ぎるな……」

「わかりやすい割に、なかなか悪事の証拠は摑ませないのですよ。誰もが薛宰相の仕業だとわかっていても、罪を手下に擦り付けて、蜥蜴《とかげ》の尻尾を切るように容赦なく切り捨てますから」

「芝居の中の悪人そのままだな！　現実にいるんだなー、そういう奴」

「薛宰相は、最近、北の方で相次いで発見された石漆《せきしつ》〔石油〕の油田利権も欲しがっているようですから。やたらと北伐を主張するのは、そのせいですよ。けれど慶礼様は、無用な戦は民を苦しめるからと出兵を許さず、対立が続いていて——このようなことに……」

琳瑞は、密かに慶礼を移した北の離宮の方角を見遣って長い睫毛《まつげ》を伏せる。

「そういえば、朝議の時も……薛宰相じゃなかったが、誰かが北伐の必要性がどうのこうのと意見を出してたな。皇太后がバッサリ切り捨てて終わったが」

「息のかかった者に言わせるのでございますよ。自分ばかりが求めているのではない、と思わせたいだけです」

「ふぅん……おまえ、内廷の人間だと言いながら、いろいろ事情通じゃないか」

「宦官など寄る辺なき身。外廷の動向にも聞き耳を立てなければ、生き抜けませんから」

「そいつは結構なことだな」

だったらさ、と龍意は琳瑞に自分の向かいへ座るよう促《うなが》した。

「おまえ、兄貴の考えてたことを知ってるなら、教えてくれよ」

「は……？」

「話を聞いてると、兄貴はえらい戦嫌いみたいだが、その辺で揉《も》めて薛宰相に呪われちまったんだろ？　役作りと言ったら何だけど、大軍勢を好きに動かすことも出来る一天万乗の君が、戦を嫌う心理——ってやつを知っておきたくてさ。案外皇城には長居出来なくて、向こうでのお目付け役に講義してもらい損ねたんだよな」

「……」

琳瑞は目をぱちくりとさせたあと、小さく頷いた。

「講義などと大層な真似は出来ませんが、わたくしでよろしければ、少し事情をご説明いたします」

そう言って琳瑞が卓上に広げたのは、陽夏国とその周辺が描かれた地図だった。椅子には掛けず、立ったまま地図を指して語り出す。

「現在の陽夏国の領土は、この範囲です。これでも十分、東域最大の国と言えますが、かつては北のこの辺りまでが領土だった時代もありました。何代も前の話でございますが」

「おう、かなり北方を削り取ってた時期もあったんだな。こりゃ大帝国だ」

龍意が思わず眸《ひとみ》を輝かせると、逆に琳瑞はため息を吐いた。

「男の子はどうしてこう、陣取り合戦が好きなんでしょうねぇ……」

「どうして、って……」

男に生まれ、男ではなくなった宦官に対して、どう反応していいのかわからず、龍意は言葉を濁《にご》した。琳瑞は皮肉げな口調で言う。

「領土は広ければ広いほどいい、なんて単純な考えで済むのは子供の陣取り合戦までです。現実に戦をすれば、人が死に、土地が荒れます。敗《ま》ければそれだけで大損害、勝っても捕虜を大勢連れ帰れば、それを養わねばなりません。我が国が最大版図を誇っていた頃、確かに国は大きくなりましたが、財政は火の車だったのでございますよ」

「そうなのか？」

「侵略して得た土地を、奪《と》ったり奪《と》り返したり、しょっちゅう主《あるじ》の変わる土地では反乱に次ぐ反乱が止むことはありませんでした。そうなると、国内ではそれに乗じた内乱も起こりますから、もうぐっちゃぐちゃ。防衛費も含めた軍事費が嵩むこと嵩むこと。それに加えて、洪水だの旱魃《かんばつ》だの、領土が増えれば自然災害の面倒を見なければならない範囲も広がるわけですからね。国庫に金が貯《た》まる暇はありませんよ」

　まるで家庭の赤字に悩む主婦の如き表情で琳瑞は続ける。

「土地を獲《と》ったら、そこを守り、きちんと治めなければなりません。手が回らないほどの領土は、あるだけ損なのですよ。たとえばこの陽夏国では、高祖・陽真英《しんえい》様が一代の英雄だったのに対し、二世皇帝が典型的なバカ坊《ぼ》んでして、四方八方に侵略戦争を仕掛けまくって国を疲弊《ひへい》させたのですが、三世皇帝が賢帝で、手の回らない土地を潔《いさぎよ》く手放して国力回復を図りました」

「おう、三世皇帝・陽理瑜《りゆ》の名前は有名だよな。いろんな法律も改めたんだろ」

「ええ、三世皇帝は、武力に頼らず、法令と教化による文治主義国家を目指しました。けれど、それから時が経《た》って七世皇帝の時代、戦の痛みを直接知らない世代の人間ばかりになると、また要らぬ欲を出して、北伐を行いました。建国三百年を誇る陽夏国の歴史とは、数代置きにバカ坊ん皇帝が出る歴史でもあります。最近では、十九世皇帝の侵略好きもひどいものでしたよ」

宦官風情と自分で謙《へりくだ》っておきながら、皇帝を摑まえて散々な言いようだが、本音が見えて面白いので指摘するのはやめておく龍意である。琳瑞の物言いは、どんどんあけすけになってゆく。

「まあ正直、自分が死んだ後《のち》の時代がどうなろうと構わないんですけれどね。でも自分が生きているうちは、火の車のビンボー宮廷で貧《まず》しい暮らしはしたくないのでして。今上陛下にはぜひ、欲の皮の突っ張った北伐強硬派を排して欲しいと、わたくしも強く願っている次第です」

「おまえの願いはわかったが、要するに、兄貴もそういう考えだった——ってことか？」

「その通りでございます。慶礼様も文治主義国家を守る姿勢でおられました。基本的に陽夏国の宗室では、武人より文人を上に見る文治主義的教育がなされるのです。そこに、なんでも武力で解決しようとする武断主義の輩《やから》が現れ、皇帝を唆すことに成功すると、国が乱れるのですよ。そして次の代の皇帝が先代の尻拭《しりぬぐ》いに苦労する——。歴史的にそれは明白なのに、同じことを繰り返すのはなぜなんでしょうね」

「んー、なんだろうな。自分だけは武断《これ》で天下が獲れる、って思うんじゃないか？」

「獲れても、所詮は三日天下ですよ。目の前の利権に急いで喰いつくより、長期的に見れば、平和的外交政策を取っていた方が得だというのに」

講義があけすけを通り越して辛辣《しんらつ》になってきたところで、琳瑞は我に返ったように口を噤んだ。そして分厚い書物を卓上に積み上げる。

「もっと詳しいことをお知りになりたかったら、こちらをどうぞ。宗室で帝王学の教科書として使われる『陽夏政要《ようかせいよう》』と『陽夏六典《りくてん》』でございます」

「うへぇ……」

龍意はうんざり顔で、一番上の一冊をぱらぱらめくってみた。

「面倒臭そうだなー。物語にでもなってるならまだ読む気になるけどなー。まさかおまえ、これ全部読んだのか？」

周兄弟を秀才と持ち上げてはいたが、琳瑞自身も宦官にしてはかなり学があるのではないか――？　今聞かされた講義からもそう察したが、曖昧《あいまい》に微笑《ほほえ》むだけで琳瑞は話題を変えた。

「そうそう、明日もう一日頑張られたら、明後日は旬休《じゆんきゆう》〔官僚の休日〕です。朝議もありませんし、いよいよ後宮へご案内いたしますよ」

「……後宮」

龍意は鸚鵡《おうむ》返しにつぶやいた。

言われて思い出したが、確かに皇帝といえば後宮の美姫三千人が付き物だ。

――でも、俺は本物の皇帝じゃないしな。

役目が終わったら城を出て行く身で、兄のものに手を付ける気はない。自分のものでもない後宮へ連れて行かれて、どうしろっていうんだ？

まったく嬉《うれ》しくない気分の龍意に、

「後宮は大変華やかな場所でございますよ。お楽しみに」

琳瑞がにっこりと笑った。

二、謊花絢爛

そうして二日後。楽しみにしていたわけではなかったが、龍意《りゅうい》は琳瑞《りんずい》に案内されて後宮へ足を踏み入れることとなった。

広い宮城内の西側の一角が、後宮と呼ばれる場所だった。宮城の内ではあるが独立した宮殿群で、周囲を高い塀に囲まれ、衛士《えじ》が厳しく門を警備している。しかしそもそも後宮は皇帝を迎えるための花園である。輦《れん》〔天子の乗る輿《こし》〕に乗って現れた龍意は、あっさりと門を通された。

正面に当たる門を抜けた先は大きな通りになっており、そこを進んでゆくと、たくさんの宮殿が綺麗《きれい》に区画整理されて立ち並んでいるのがわかった。縦横に伸びる大小の通りには街路樹や花が植えられ、華麗に着飾った支配者層らしき身なりの妃嬪《ひひん》、荷物や掃除道具などを抱えた侍女や宮女、そして黒い衣服の宦官《かんがん》たちが行き交っている。

――ちょっとした街みたいだな。

龍意はそんな感想を持った。街と言うなら皇城もそうで、あそこは官舎が立ち並び、人勢の官僚が行き交う官庁街である。だが皇城と後宮の大きな違いは、向こうは男だらけ、こちらは逆に男の姿がないことだった。

色とりどりの花が咲き乱れる後宮の敷地内には、見渡す限り、女性と華奢《きゃしゃ》な体格の宦官しかいない。ただひとりの男である皇帝（の振りをしている龍意）を乗せた輿に、宮女や宦官たちは恭《うやうや》しく道を開ける。

後宮のことなど右も左もわからない龍意は、宦官たちの担《かつ》ぐ輿に乗せられ、連れて行かれるところへ黙って移動するしかなかった。そうしていくつかの宮殿を通り過ぎた頃、いよいよ龍意の中で退屈の虫が爆発した。

「停《と》めろ」

龍意の命令で輦が停められ、傍《かたわ》らに付き従っていた琳瑞が訊《たず》ねる。

「どうかなさいましたか？」

「自分の足で歩く」

輦を飛び降りた龍意は、そう言い置いて駆け出した。

「陛下！　陛下、お待ちを――！」

「また陛下のお加減が――！」

追いかけてくる宦官たちを撒いて走りながら、龍意はへへっと笑った。病み上がりの奇行がちな皇帝、という建前さえあれば、少しくらいの自由行動は許されるだろう。

――さて、劇場はどこかな？

陽夏国《ようかこく》の後宮には、宮女たちの無聊《ぶりょう》を慰《なぐさ》めるための劇団があるという話を思い出したのだ。《煌星《こうせい》歌劇》と呼ばれるその舞台では、若い男の役も年寄りの男の役も、すべて女が演じるのだという。

噂《うわさ》によると、後宮には煌星歌劇専用の劇場があり、毎日芝居が観《み》られるようになっているらしい。それは大層美しい舞台らしいが、後宮の住人しか拝めぬ代物《しろもの》ゆえ、自分は一生観られないな――と思っていたところに、降って湧いたこの機会である。正直、後宮の美姫三千人よりも煌星歌劇の方に興味がある龍意だった。

役者魂の疼《うず》きに衝《つ》き動かされ、劇場を探しながら走り回るうち、やがて大きな白い屋根を持つ建物が見えてきた。それは、瑠璃《るり》色の瓦《かわら》屋根に鴟尾《しび》を飾った普通の宮殿とは、いささか趣《おもむき》が違うものだった。

勘に委《まか》せてそちらへ足を向けたところで、不意に甲高《かんだか》い女の声が聞こえた。

「お黙り！　そこに跪《ひざまず》きなさい！」

龍意は反射的に近くの木陰《こかげ》に隠れた。声のする方をこっそり見遣《みや》ると、全身を飾り立てた派手な女が質素な恰好《かっこう》の少女を怒鳴りつけている。

「何度言ったらわかるの!?　うるさいのよ！　耳障《ざわ》りなの！」

「で、でも……ここは……」

「このわたくしに口答えするの!?　わたくしを誰だと思っているの!?」

なんだか面倒臭い場面に行き合ったぞ——と龍意が苦笑いした時、背後から「陛下」と小さく声を掛けられた。振り返れば、琳瑞がいた。

「摑《つか》まえましたよ。こんなところで何を——」

龍意越しに状況を察した琳瑞が、訳知り顔で頷《うなず》いた。

「これはこれは、後宮名物に遭遇していらっしゃいましたか」

「こんな名物見たくねえよ……。噂に聞く、妃の宮女虐《いじ》めってやつだろ、あれ」

「いえ、名物というのはそういう意味ではなく——」

琳瑞の言葉を搔《か》き消すように、また甲高い声が上がった。

「何度言ってもわからないなら、その耳は役に立っていないわね！　誰か！　この者の耳を切り落としなさい！」

恐ろしい命令と共に、妃の侍女たちが少女を押さえつける。

「おい、まさか本当にやる気か……！」

思わず龍意が飛び出そうとするのを、琳瑞が制止《と》めた。

「大丈夫でございます。名物はこれからですから」

「は？　どういう意味だよ」

龍意が琳瑞を振り返って訊《き》いた時、

「お待ちください！」

凛《りん》とした声が響いた。新たに現れたのは、胡服《こふく》姿の背の高い女だった。

「青娥《せいが》を放してください。ここは煌星歌劇の敷地です。ここで発声練習をすることは規則違反ではありません」

背の高い女は、侍女たちから強引に青娥という少女を取り返すと、それを背に庇《かば》って妃と対峙《たいじ》した。

「女……だよな？　あれ」

龍意につい自信がなくなるのは、その女の外見が男にも見えるからだった。五尺八寸〔約一七五センチ〕はありそうな長身に、首の後ろで無造作に結っただけの髪、凛々《りり》しい顔立ち、しっとりと低い声、女の子を背に庇う仕種の慣れている様子――どれを取っても好漢の要素しかない。

「またおまえなの、鳳星羅《ほうせいら》！　おまえを呼んではいないわ」

険のある妃の声に、星羅と呼ばれた長身の女は軽く礼を執《と》ってから答える。

「私も呼ばれてはおりませんが、仲間が理不尽な罰を受けるのは見過ごせません」

「理不尽？　わたくしの耳に障る騒音を出したのよ。罰して当然でしょう」

「何度も申し上げますが、ここは煌星歌劇の敷地です。貴妃《きひ》様のお住まいまで声が届いたならともかく、わざわざご自分からここまで歩いてやって来て、声がうるさいとは、お戯《たわむ》れが過ぎるでしょう」

「わたくしがどこを散歩しようと、わたくしの勝手だわ！　わたくしに聞こえるところでおかしな声を上げる方が悪いのよ！　わかったらその娘を渡しなさい！」

やりとりを聞いて、龍意は苦笑いを深めた。

これは、世界が自分を中心に回っていると思っているお姫様だ。話してわかる種類の人間じゃないぞ——と思っていると、

「なるほど。わかりました」

と言って星羅が妃の傍《そば》に歩み寄った。かと思うと、素早く腕を伸ばして妃の顎《あご》を取る。

「何かと言い訳を付けてこちらへいらっしゃるのは——さては、私の顔が見たいのですか？　寂しがり屋さんですね」

「ふざけないで頂戴《ちょうだい》！　おまえの顔なんて見たいものですか！」

妃は眉を吊り上げて星羅の腕を払い、侍女を引き連れて立ち去った。星羅はといえば、背に庇っていた青娥を振り返ると、小柄な少女に対して身を屈め、その頭を優しく撫《な》でた。

「災難だったね。さあ、そろそろ楽屋に行こう」

「ありがとうございます。星羅様」

連れ立って白い建物の方へ去ってゆくふたりを見送りながら、

「……俺は何を見せられたんだ……」

龍意は呆然《ぼうぜん》とつぶやいた。

「後宮の中に、なんであんな女ったらしの男みたいな女がいるんだ……」

あれは、暇を持て余した金持ちの奥様でも、純真な深窓の令嬢でも、なんでもござれの花花公子《かかこうし》〔プレイボーイ〕の風情だ。

「それはまあ、ここは煌星歌劇の敷地でございますからね」

琳瑞が事も無げに答える。

「じゃあ、あれが、煌星歌劇の男役ってやつなのか……？」

普段から男みたいなのか？　男役はみんな、ああなのか？　妃に喧嘩《けんか》を売ったり、ちょっかいを出したりするような態度が許されるのか？　皇帝の立場は一体――。

龍意の頭の中が疑問で一杯になったのを見て取った琳瑞が頷く。

「歌劇はまた別の機会にと思っていましたが、興味がおありでしたら、御覧になりますか？　鳳星羅は今日の午後の公演に出ますよ」

そうして午後、龍意は皇太后《こうたいごう》と共に煌星歌劇を観ることとなった。

改めて輦に担がれ、例の白い建物の前に乗り付けると、そこには、緑色の磚《せん》〔平たい瓦〕を敷き詰めた地面に、宮殿ほどの大きさをした白い蓮《はす》の花が咲いていた。もちろん本物の植物ではなく、白い石造りの芸術的な建築物である。こちら向きの前面には扉を開け放した出入り口が設けられており、大勢の宮女が吸い込まれるように中へ入ってゆく。

劇場は三階建てで、客席としては二階が一階席、三階が二階席となっていた。二階席の最前列に皇族専用の貴賓《きひん》席があり、その後ろには侍女たちが控える席もある。

龍意が玉で飾られた席に着くと、すでに一階や周りの席も埋まり始めていた。

「すげえな、何人くらい入れるんだ？」

「まあ、陛下はまた江湖《こうこ》〔武俠《ぶきよう》〕の若者になった夢の中にいるのね……」

周囲にいる宮女たちの手前、皇太后は『記憶の混乱した皇帝陛下』に対応する振りをしながら答える。

「ここは七〇〇〇人収容の劇場よ」

「でっけえな……！　後宮の人間のためだけに、こんなもん造ったのか……!?」

城市《まち》の繁華街には、千人もの観客を収容出来る巨大な劇場を持つ有名勾欄《こうらん》もあるが、龍意たち《祥万里座《しようばんりざ》》が手に入れた芝居小屋は小さなもので、ぎゅうぎゅう詰めにしても五〇人も入らない。そんな小屋を買うだけでも大きな借金をしたというのに、この後宮劇場ときたら――。

裾《すそ》を引く豪華な衣装を着た妃嬪たちがゆったり座れるよう、ひとつひとつの椅子《いす》席は大きめに造られており、備え付けの卓子、同伴の侍女を座らせる場所も取られている。網の目のように巡らされた通路には、菓子や飲み物を提供する売り子も行き交っていた。

「椅子席全部潰《つぶ》して座敷にしたら、もっと客を入れられるだろうに……。儲《もう》けを考えてないやり方だな」

龍意のつぶやきに、皇太后が頷く。

「煌星歌劇は、お金を儲けるためのものではないのよ」

「でも、金を取らなきゃ役者を養えないだろ。まさか薄給でこき使ってるのか」

「それは――」

皇太后が説明しようとした時、カランカランと開演の鐘が鳴った。

緞帳《どんちょう》が上がり、芝居が始まった。

今日の演目は、明るい恋愛喜劇だった。主役の男は伊達《だて》男の御曹司《おんぞうし》で、例の鳳星羅は主役の友人役として出演しているのを見つけた。

話に聞いていた通り、男の登場人物もすべて女が演じていた。それを宴会の余興のように冗談でやっているのではなく、男役が皆真面目に男を演じているのが衝撃的で、客席が笑い転げる喜劇的場面でも、うっとりため息が漏れる恋愛場面でも、龍意はひとり混乱していた。

そもそも、女が男装をして芸を見せること自体は、珍しいものではない。《祥万里座》にも、男装の剣舞を得意にしている姐《ねえ》さんがいる。だがそういった芸と、今目の前で繰り広げられているものは、まったく違う。

女の男装ではあるが、声はしっかり低く作っており、舞台上でそれは厳然と男の役なのだ。物語の中で、本人は男として振る舞うし、周囲からも男として扱われる。少女や貴婦人や老婆《ろうば》と並んで、少年も青年も老爺《ろうや》も女が演じているのに、観客側もそれはわかっているのに、男装ではなく、あれを男として見る。

仕種はひどく誇張されていて、本当の男はあんなことしないぞ、と思うのに、いつの間にやら自分も、あの『男の役をしている女』たちを普通に男の登場人物として見てしまっていることに気づき、呆然とする。

何なんだ、あれは――。

呆然としているうちに緞帳が下り、気がつくと龍意はまた輦に乗せられ、運ばれていた。


後宮における皇帝の御座所は、月麗宮《げつれいきゅう》と呼ばれる宮殿だった。

そこで一息ついた龍意は、改めて胸の内の思いを口に出した。

「何だったんだ、あれは……」

茶のお代わりを淹《い》れながら琳瑞がこちらを見る。

「歌劇のことでございますか？」

「他に何があるんだよ」

「何と仰《おっしゃ》られましても――」

琳瑞は龍意の前に茶を置き、説明した。

「煌星歌劇は、元を辿《たど》れば三世皇帝の時代に創立された、約二六〇年の歴史を持つ後宮専属劇団でございます。役者から裏方職員まで、すべてが女性で構成されています。後宮に閉じ込められた宮女たちを慰めるために、幼い少女たちの芝居で楽しませたのが最初で、やがて男役という存在の確立と共に人気が増し、どんどん規模も大きくなって、三つの組が交互に公演をする今のような形態になりました」

「組分けされてるのか！　さっきの芝居だけでも、五〇人は出てただろう。ああいうのがあと二組あるって!?」

「例の鳳星羅は、芳華《ほうか》組の三番手です。それぞれの組に、いつも主役を張る花形がいて、二番手、三番手……と役付きの序列が厳然と決められています」

「あの女ったらしが三番手ってことは、主役級の男役はさらに凄《すご》いのか……!?」

「星羅さんはまあ少し特殊といいますか……妃嬪相手にあのような態度を取る星娘《せいじょう》は他にはおりません」

「そ、そうか。それはよかった……。あんなのが大量にうろうろしてる後宮なんて、どうしようかと思った……」

　心から安堵《あんど》の吐息を漏らしてから、龍意は聞き慣れない言葉を問い返す。

「星娘？」

「煌星歌劇に所属する役者は、《星娘》と呼ばれます。さらに、まだ舞台に立てない研修生の少女たち《小星娘》が数十人、毎日稽古《けいこ》に励んでいます」

「なんだよそりゃ……。ここは皇帝のための後宮で、役者を養成する場所じゃないだろ」

「いえ、この陽夏国において、《星娘》というのはれっきとした官職名なのでございます」

「官職？　じゃあ国から給料が出るのか。薄給で雇われてるわけじゃないんだな」

「はい。彼女たちは、妃嬪になれるような家柄はなくとも、己の才覚で、宮女たちと同じく国家に仕える身分を得るのです。ただひとつ、星娘が宮女たちと違うのは、星娘には皇帝のお相手をする義務がないということでございます」

「あ？」

　きょとんとする龍意に、琳瑞が思い出したように手を打って言う。

「そうでした、大切なことを申し上げておりませんでした。皇帝陛下に置かれましては、星娘に手を付けてはならない規則がございます。妃嬪顔負けに綺麗な娘役を見初《みそ》めても、我慢なさいますよう」

「そんな規則があるのか!?」

　別にこの後宮へ女漁《あさ》りをしに来たつもりはないが、想像していたのとは違う後宮の実態を次々に教えられ、ただ驚き続けるしかない龍意だった。

「ですから、宮女たちにとって、星娘は皇帝の寵愛《ちょうあい》争いの相手にはなりませんし、未婚を条件とされる星娘は、劇団にいる限り誰のものにもならない——そんな煌《きら》めく星だから、宮女たちは安心して星娘に憧れ、恋い焦がれられるのです」

「まあ確かに……劇場は大盛況だったたな。後ろの席には、下働きたちまで詰めかけてるのが見えた。あれまさか、仕事を放り投げて来てるわけじゃないよな？」

「端《はした》の者でも、十日に一度は休憩の時間をもらい、歌劇を観ることが許されるのです」

「へえ、随分《ずいぶん》寛容な職場だな！」

純粋に感心する龍意に、琳瑞も深く頷く。

「この後宮という場所は、身分によっては理不尽な目に遭うことも多く、遣り甲斐《がい》がある職場かと問われると頷くのは難しいですが、張り合いのある職場だとは言えますよ。頑張って働けば、ご褒美が待っている。たとえ後ろの席からでも、十日に一度は華やかな歌劇を観られますから」

「……」

休みの日に芝居を観る——その楽しみは庶民《しょみん》にとって格別なものだ。龍意もそれはよく知っている。そうやって楽しみにやって来る客のために、これまでずっと舞台に立っていたのだから。

皇帝に寵愛されない妃嬪も、毎日働きづめの使用人たちも、何の楽しみもない生活は苦痛なだけだ。そんな者たちに娯楽を与えようと考えた皇帝がいたのか。それが時を経て、まさか百人を超える役者を抱えた劇団になるとは思わなかったかもしれないが――。

「煌星歌劇は好《よ》いものですよ。嫌わないで観てあげてください」

「別に嫌っちゃいないよ」

ただ、理解がなかなか追いつかないだけだ、と龍意は苦笑する。

「歌劇の星娘は、所詮は謊花《こうか》〔徒花《あだばな》〕です。この後宮の中で、ほんの一時《いっとき》煌めきを放つ星。女人の一番美しい時期を、皇帝に見初められるためではなく、宮女たちを慰めるために燃やし尽くす星。――けれど、だからこそ星娘の煌めきは何よりも美しいのです」

しみじみと語る琳瑞は、宦官である己を星娘に投影しているのかもしれなかった。

宦官も同じ謊花だ。際立つ美貌《びぼう》の持ち主が皇帝や皇后の寵愛を独占したり、立ち回り次第で強大な権力を手にする者もいるが、一時どれほどの権勢を得たとしても、家門を興し、子孫を残すことは出来ない身である。

そう気づいてしまうと、龍意は下手な茶々を入れる気になれなかった。

「――わたくしは彼女たちが好きですよ。謊花が一生懸命に咲き誇ろうとする姿は、健気で哀《あわ》れで、愛《いと》おしいものです」

◇――＊◆＊――◇

琳瑞の話を聞いているうちに、外は暗くなっていた。

「ああ、申し訳ございません。夕餉《ゆうげ》を運ばせます。お酒のお相手を呼ばれますか?」

妃嬪の名が彫られた木札をずらりと並べられたが、龍意は頭《かぶり》を振った。

「みんな兄貴の後宮に上がった女だろう。俺の相手をする必要はねえよ」

そう答えた時、宦官がひとり駆け込んできて告げた。

「薛《せつ》貴妃が、陛下にご挨拶《あいさつ》をと仰っておいでです」

──薛貴妃?

龍意が琳瑞を見遣ると、小さな声が返ってきた。

(薛宰相《さいしょう》の孫娘です)

(そんな女が後宮にいたのか!?　早く言えよ、そういうことは!)

(申し訳ございません。歌劇の説明に熱が入ってしまいまして)

(どうするんだよ、兄貴はどう扱ってたんだ?)

龍意と琳瑞がひそひそ話している間に、当の薛貴妃が侍女を引き連れて現れた。

「薛麗容《れいよう》が陛下にご挨拶申し上げます」

大仰な礼を執ってから顔を上げた貴妃の華やかな美貌を見て、龍意は思わず「うげっ」と声を上げた。

「陛下?」

不思議そうにこちらを見る貴妃の顔は、まさに昼間、星娘の少女を虐めていたあの女だった。

――全然祖父《じい》さんと顔が似てねえ！

驚いている間に、薛貴妃は素早く近づいてきてぴたりと龍意に寄り添った。

「陛下……お加減は如何《いかが》でございますか？　麗容は陛下のお身体《からだ》が心配で夜も眠れず、ご快復を祈って、日夜写経をしておりました」

消え入りそうな細い声で耳元にささやきかけられ、龍意は気色悪さにぶるっと震えた。

――おい、昼間のあの甲高い大声はどこ行ったんだ。

「今日、後宮へいらっしゃると伺っておりましたら――」

言葉の途中、薛貴妃の視線がふと己の裳裾《もすそ》に落ちた。紅《あか》い襦裙《じゅくん》の裾に、小さな染みのような汚れがあった。それを見た途端、眉が鬼のように吊り上がる。

「小崔《しょうさい》！　この汚れは何!?　陛下の前へ出るのに、わたくしに恥をかかせる気!?」

「申し訳ありません！　今すぐ別のものを――」

「もう遅いわ！　陛下に見られてしまったじゃないの！」

平伏して謝る侍女を足蹴にした薛貴妃は、冷酷に言い放つ。

「この者を鞭《むち》で打って！　二十回よ！」

「待て！　それは死ぬだろう、普通に！」

龍意が思わず止めると、薛貴妃にまた不思議そうな顔を向けられた。

「わたくしに恥をかかせたのです。死んで当然でしょう？　祖父に言って、この者の家族にも同様の罰を与えてもらいます」

「ふざけんな！」

皇帝に見られて困るのは、言われなきゃ気づかないような小さな染みより、その本性の方だろう、と言ってやりたくなったが、

「陛下――どうなさったのですか？　お言葉遣いがいつもと違うようですが……」

薛貴妃に指摘されて我に返った龍意は、慌ててこめかみを押さえ、目眩《めまい》を装った。

「ああ、頭が痛い……ふらふらする……ここはどこだ――」

「陛下、また発作が……！」

と言って琳瑞が駆け寄ってくる。

「陛下は眠りの病が完全に癒《い》えてはおられぬのです。時々、ご自分を江湖の若者と勘違いした言動をなさいますゆえ、そういう時はあまり刺激なさらないでいただけますよう」

琳瑞の言葉を受け、薛貴妃は再び龍意にぴたりと寄り添った。

「陛下、おいたわしい――。今宵《こよい》は麗容が看病いたしますわ」

侍女に体罰を命じる厳しい声とは打って変わって、か細く媚《こ》びた声で耳元にささやいてくる。皇帝の替え玉疑惑を祖父から聞かされているのかどうか、その表情からは窺《うかが》い知れ

なかったが、接触を避けるに越したことはない。纏《まと》わりついてくる腕を払おうとすると、身体の均衡を崩した薛貴妃がその場に尻餅《しりもち》をついて悲鳴を上げた。

「この床を磨いたのは誰なの!? 陛下の前でわたくしを転ばせるなんて、万死に値《あたい》するわ！ 一族郎党、車裂きにしてやるから出てきなさい！」

駄目だ。この調子では、そのうち息をするだけで周りの人間が順番に殺される——と龍意が頭を抱えた時、

「陛下のお部屋で騒いでいるのは誰ですか」

落ち着いた声と共に皇太后が現れた。

「皇太后様にご挨拶いたします」

慌てて礼を執る薛貴妃に、皇太后は静かに言った。

「陛下はまだ具合がお悪いのです。そんな陛下のお傍で大声を上げるなど言語道断。自分の部屋へ戻って反省なさい」

「……申し訳ありませんでした」

「それから、血生臭い行いは陛下の回復を妨げます。使用人への体罰は控えなさい」

皇太后によって薛貴妃が追い返され、室内に静寂が戻ると、龍意は大きくため息を吐き出した。

「何なんだ、あの女は……」

「薛貴妃のような女人はお嫌い？」

皇太后の問いに、龍意はきっぱりと頷いた。

「昼間も、筋の通らない難癖を付けて女の子を虐めてるのを見た。俺は、性格の悪い女は嫌いだ」

旅回りの芝居一座で看板を背負っていた龍意は、土地の有力者の令嬢に気に入られて邸《やしき》へ呼ばれることもよくあった。権高《けんだか》で我がままな令嬢に、物のように扱われて遊びの相手を求められるのが何より厭《いや》だった。

「俺はそもそも、お姫様ってのが好きじゃないんだよ。女は顔や財産じゃない。気立てが良くて優しくて、平凡な生活に満足出来るような素朴《そぼく》な女の子が好きなんだ」

「……意外と初心《うぶ》なご趣味で」

琳瑞が少し驚いたような声を漏らす。

「なんだよ。まさか、兄貴はああいう女が好みだとでも？」

「慶礼《けいれい》も、薛貴妃のことはまったく相手にしていませんでしたよ」

「そいつはよかった！　実の兄貴が、性格の悪い女が好きで好きでたまらないなんて性癖の持ち主だったらどうしようかと思った」

「たとえ気立ての良い娘だったとしても、薛家の娘を寵愛することは許されません」

皇太后が毅然《きぜん》とした口調で断言する。

「まあな、うっかり接近して、替え玉がバレて祖父さんに告げ口されたらたまらん」

「その他に、もっと根本的な問題があるわ。二年前、薛貴妃の入内《じゅだい》を阻《はば》むことは出来なかったけれど、それ以上は薛宰相の好きにさせられない。薛家の娘が皇子を生むようなことがあれば、薛家の権勢にはもう手を付けられなくなる。どんなにあざとく迫られても、薛麗容の誘惑に負けては駄目よ」

「あー、それは安心してくれ。ああいう女には絶対関わりたくない」

龍意の返事に皇太后は満足の表情を浮かべ、やっと運ばれてきた夕餉を勧めながら、さらりと言った。

「薛貴妃を拒むのは大歓迎だけれど、それ以外の宮女には積極的に手を付けていただきたいわ」

「はあっ？」

龍意は口の中に入れた料理を噴き出しそうになり、目を白黒させながら皇太后の顔を見た。

「な、何言ってんだよ！　俺は替え玉だぞ、そんなことしたら話がややこしくなるだろ！」

「身代わりといっても、双子なのですもの。子が出来ても、帝室の正しい血統は受け継がれるわ」

「それでいいのかよ!?」

皇太后はため息を吐いて続ける。

「先帝は、占いを信じて息子のひとりを殺す決断をした……。その後、わたくしを含めて先帝の妃嬪が子を生むことはなかった。それもそのはず、己の子を殺すような人間に、天が新たな子を授けてくださるわけがないわ。そして慶礼も――皇太子時代から連れ添った皇后の英君《えいくん》とは仲睦《むつ》まじかったのに、なかなか子宝には恵まれなかった……。それも、先帝の行いのせいかもしれない――」

「占いは信じないんじゃなかったのか？　その割に、迷信深いことを考えるじゃないか」

龍意の指摘に、皇太后は少し苦笑して答える。

「先帝の行いは措《お》いておくとしても、そもそも慶礼は英君を溺愛《できあい》していて、彼女の存命中も亡くなってからも、他の宮女に手を付ける気配は一切なかったの。英君亡き今、慶礼が無事に目を覚ましてくれたとして、世継ぎ問題に関してはかなり頭の痛いところ……。だったらいっそ、あなたが宮女の誰かに子を生ませてくれれば助かるのよ」

「ふざけんな、替え玉の次は種馬扱いかよ……！」

「しかし陛下、後宮美姫三千人、選《よ》り取り見取りでございますが……」

機嫌を取るように上目遣いをする、なまじな妃嬪よりも可憐《かれん》な琳瑞の美貌に龍意は言い返してやる。

「どうせみんな、俺より歌劇の男役の方が好きなんだろうが！　同じ劇場に皇帝がいるってのに、俺には見向きもしないで、出待ちに走ってく宮女の集団を見たぞ！」

「それは、まあ、そういう宮女も一定数は……」

「ふん！　こちとら、嫌がる女をどうこうするほど女に不自由してねえや！」

啖呵《たんか》を切ってそっぽを向く龍意に対し、皇太后は明るい声を上げる。

「まあ、素晴らしいわ！　あなたは結構遊んでいたのね？　今まで何人女の子を泣かせたの？　後宮では、その腕前を十分に発揮してくださって構わなくてよ」

「息子の不行状を喜ぶ母親がどこにいるんだよ！　悪いけど、俺はここで女遊びをするつもりはないから、世継ぎ作りは兄貴本人になんとかしてもらってくれ！」

己の扱いにすっかり臍《へそ》を曲げた龍意は、「ちょっと散歩してくる！」と言い捨てて夜の庭へ飛び出したのだった。

◇――*◆*――◇

――まったく、好きでもない女にしなだれかかられるし、世継ぎ世継ぎとうるさく言われるし、皇帝なんてろくな身分じゃねえ……！

星明かりの下、龍意はむかむかする気分を持て余しながら、広い後宮の庭をどこへともなくふらふら歩き回った。気がつけば、白い石造りの劇場が向こうに見えてきた。

なんとなく踵《きびす》を返そうとしたが、少し離れた茂みの向こうがぼんやりと明るく、人がいる気配を察し、好奇心に誘われてこっそり近づいた。

「――？」

木の枝に灯火《とうか》を吊るし、その下で剣を振り回している者がいた。

人影は随分長身だ。場所からして、歌劇の男役が殺陣《たて》の稽古でもしているのかと思い当たった時、その人影が突然ばたりと地面に倒れ伏し、動かなくなった。

「おい!?　どうした！」

龍意が驚いて駆け寄ると、

「えっ――？」

倒れていた星娘の方も、驚いた顔で起き上がってこちらを見た。その顔には見覚えがあった。

「――」

灯火の下、無言で龍意を見つめる娘の眸《ひとみ》は、青く煌めいていた。

「おまえは……」

昼間に見かけた時も、舞台化粧をした姿を観た時も、遠目で気づかなかった。近くで見て初めてわかった。鳳星羅という娘は胡人の血を引いているようだった。

「夜空の星みたいな眸《め》だな……」

思わず陳腐《ちんぷ》な台詞《せりふ》を吐いてしまったことに、星羅の表情を見て気づく。龍意がこほんと咳《せき》払いをするのと、星羅が慌てて礼を執るのは同時だった。

「煌星歌劇団芳華組、鳳星羅が陛下にご挨拶いたします」

「あ、いや――畏《かしこ》まらなくていい」

星羅に顔を上げさせ、またひとつ気がついた。青い眸以外に目を向けてみれば、化粧気のない貌《かお》は案外若い。勝手に二十歳《はたち》を過ぎているような印象を持っていたが、実際は十七、八なのかもしれなかった。

「こんなところで何をしている？　倒れていたが、具合でも悪いのか？」

言葉遣いに気をつけながら問うと、星羅は頭《かぶり》を振った。

「いえ、自主稽古をしていただけです。上手《うま》く出来なくて、自分が厭になってつい突っ伏してしまっただけで……」

「自主稽古？」

「劇団内の稽古場が取れなかった時は、めいめいに外で自主稽古をするのが星娘の常です。お互いに邪魔をしないのが暗黙の了解となっています」

そう言われて周りを見れば、遠くにいくつかぼんやりと灯《あか》りが見えるが、近くに人の気配はない。それぞれが距離を取って稽古に励んでいるようだった。そのことに気づいてから、もうひとつのことに気づく。

——要するに、邪魔をするなと言ったのか？

皇帝に対して随分な態度だ——と思ったが、先ほどの琳瑞の説明が耳に蘇《よみがえ》る。星娘は普通の宮女と違い、皇帝の相手をする義務がないと言っていた。つまり、皇帝に媚《こび》を売る必要がないということだ。

そういう女の方が気が楽だ——。

龍意は少し愉快な気分になり、星羅に訊ねた。

「何の稽古をしていた？」

「……古典舞踊です」

立ち去る気配のない皇帝に星羅は怪訝《けげん》そうな目を向けるが、素知らぬ振りで、さらに訊ねる。

「剣を振り回していたが、どういう舞踊だ？　芝居の中で踊るのか？」

「もうすぐ、立夏《りっか》ですから。朝廷で立夏の祭祀《さいし》が行われる際、後宮の煌星歌劇でも特別公演をすることになって、私もそこで場面をひとつもらったのです。陽夏国に古くから伝わる剣舞ですが、それが難しくて——」

「ふうん……見せてみろ」

「は？」

「どこが難しいのか、教えてくれよ。俺も稽古に付き合ってやるからさ」

「陛下……!?」

突然口調が砕けた皇帝に対し、星羅は啞然《あぜん》とした顔を見せたあと、何か得心した表情に変わって「……では、お見せいたします」と言った。

眠りの病から覚めたばかりの皇帝は、まだ夢の続きの中にいる。江湖に生きる若者になったような振舞いを見せることがある——皇太后がそう触れ回っている話を星羅も聞いたのだろう。皇帝の奇行に逆らわず、従うことにしたようだ。

房飾りの付いた細身の剣を操りながら、星羅はしなやかな動きで舞い始めた。しかし途中で何度か剣を取り落とし、流れが止まる箇所があった。

「部分部分の振りは覚えたのですが、なかなか通して踊り切ることが出来ないのです」

星羅は悔しそうに言う。

「そうだなあ……体重移動が難しそうな舞踊だな。片手に剣を持ってることで、余計に身体の均衡を保ちにくいから——」

龍意は星羅の手から剣を取り、見様見真似で舞ってみた。何度か転びかけながらも、剣は落とさずに最後まで踊り切ることが出来た。

「今見ただけで、覚えたのですか?」

星羅が驚いた顔をする。

「俺は振り覚えの早さが取柄なんだ」

「皇帝陛下がそんな特技をお持ちとは知りませんでした」

「難しい箇所はわかったから、一緒に完璧にしようぜ」

龍意の助言を聞きながら、星羅は熱心に稽古を続けた。負けず嫌いな性格が伝わってくる根気強さで、何度でも同じ箇所を繰り返す。そんな姿には、昼間見た花花公子の風情など微塵《みじん》もなかった。

――まあ、皇帝相手に女ったらしの技術を使う必要もないしな。

華やかな舞台の裏には、ひたむきな精進がある。龍意もついこの間まで、そんな世界にいたのだ。

結局、星羅の熱血稽古に明け方まで付き合った龍意は、一睡もしないまま朝儀に出る羽目となったのだった。

◇――――＊◆＊――――◇

目を開けたまま眠るのも、また龍意の特技だった。朝議のあと、

「そろそろ、目を覚ましてください」

書房の椅子で遼宰《りょう》相に肩を揺すられ、龍意は舌を出して笑った。

「あ、寝てたのバレてた？」

「朝議は寝ていても構わないけれど、あなたにしか出来ない仕事もあるの。覚えて欲しいことがあるのよ」

皇太后が目覚ましの茶を差し出しながら言う。

「仕事？　俺に、朝堂《ちょうどう》で玉座に腰掛ける以外の仕事があるのか？」

「もうすぐ、立夏の祭祀があります」

「立夏の祭祀？」

そういえば昨夜、星羅もそんなことを言っていたと思い出す。

「この陽夏国では、夏が最も貴《とうと》ばれることはご存知でしょう。夏の神である南陽帝《なんようてい》を、都の南にある南陽帝壇に祀《まつ》っています。毎年、立夏の日には、皇帝以下皇族や文武百官打ち揃《そろ》い、帝壇へ参るのです」

「うへぇ、面倒臭そうだな」

「面倒臭くても、覚えてください。上手くやらねば、薛宰相に付け入る隙《すき》を与えます」

そう言って生真面目な美男宰相は、丸い帝壇の模型を取り出した。

「この通り――こちら側に皇帝専用の階段があります。皇帝はここを上り、南陽帝に末永い加護を祈ります。これから周《しゅう》兄弟が式次第の段取りを細かく説明しますから、当日までに覚えてください」

「『覚えてください』」

左右拾遺《さゆうしゅうい》の周兄弟が両側から声を揃える。

「うへぇ……」

龍意はもう一度呻《うめ》き、同じ舞台の段取りを覚える作業なら、星羅の稽古に付き合ってる方がいいな——と内心でつぶやいた。


それから毎日、朝議のあとは儀式の作法を勉強することとなり、わずかな休憩時間に、龍意は息抜きを求めて後宮へ足を向けるようになった。

輦《れん》に乗って出かければ、薛貴妃に気づかれてまた押し掛けられる。輿を断り、こっそり後宮内を探検していると、なぜか星羅をよく目撃する。

たとえば、下働きの娘が重い荷物を運んでいる時。どこからか現れた星羅が、仕事を手伝ってやっていた。

たとえば、下位の宮女が薛貴妃に嫌がらせをされている時。どこからか現れた星羅が、薛貴妃を追い払って宮女を救けていた。

——あいつは正義の英雄か!?

呆《あき》れるのと同時に、心配になった。

あの夜以来、勉強が忙しくなって星羅の自主稽古に付き合ってはいないが、おそらく毎晩剣舞の稽古をしているに違いない。

夜は自主稽古で、昼間は劇団の稽古や公演。その合間に人助けをして回って、身体が持つのか——？

そんなことが気になって、つい後宮の中で星羅の姿を捜すようになった。歌劇の公演日程を知りたいと琳瑞に頼むと、「観劇ならお付き合いいたしますよ！」と笑顔で月間の日程表をくれた。

——今日は、芳華組は午前公演だったから、午後は稽古か？

そう踏んで、劇場脇にある訓練棟一帯を巡回中、聞き覚えのある甲高い声が聞こえた。

「おまえなんて、皇太后様の権力を笠《かさ》に着ているだけじゃないの！　皇太后様のお気に入りだからって、なんでも許されると思ったら大間違いよ！」

「そう仰るあなたは、祖父君の権力を笠に着ているだけですから、お互い様ですね」

返す声は、星羅のものだった。

物陰からこっそり様子を窺うと、稽古場の裏で、侍女を引き連れた薛貴妃と星羅が何やら言い合っている。

——星羅が皇太后のお気に入り？

そういえば、最初に煌星歌劇を観た時の帰り道、皇太后が星羅の姿絵を見せながら頻《しき》りに褒めていたような気もする。だがあの時は、初めて観た男役たちの芝居に呆然としていて、皇太后の言葉は右の耳から左の耳へ抜けていた。後宮に周兄弟はいないのだ。

――いや、でも皇太后の贔屓《ひいき》が事実だとしても、少しは謙遜《けんそん》しろよ……。

否定もせず、しゃあしゃあと薛貴妃に言い返す星羅の気の強さに、龍意は苦笑した。とはいえ、星羅も薛貴妃と喧嘩をしたいわけではないらしい。

「稽古がありますので、失礼します」

星羅はそう言って立ち去ろうとした。が、

「待ちなさい！」

薛貴妃が侍女たちを立ちはだからせて星羅を足止めする。その時、星羅に異変が起きた。

突然、身体をふらつかせた星羅が、地面に膝《ひざ》をついた。立ち上がろうとするも、力が入らない様子で、その場に蹲《うずくま》る。

「あら、どうしたのかしら。具合が悪いの？　薬を服《の》む？」

薛貴妃が気味の悪い猫撫で声を掛け、後ろ手に隠していた巾着《きんちゃく》から小さな丸薬を取り出してみせた。

星羅は自分の懐《ふところ》を確かめ、険しい顔をする。

「どうしてあなたがそれを――」

「さっき、おまえとぶつかった振りをして懐から盗《と》らせたのよ」

「手癖の悪い侍女を使っておいでですね……！」

「ほほほ。おまえの態度の悪さに比べれば、なんでもないことだわ」

薛貴妃は高笑いをして、丸薬をつまむ指を頭上に翳《かざ》す。

「この薬が要るのでしょう？　欲しいなら、これまでの無礼を詫《わ》びて、わたくしに懇願《こんがん》なさい！　そして二度とわたくしに逆らわないと誓いなさい！」

――なんて性格の悪い女だ。

龍意はうんざりしつつも、本当に具合の悪そうな星羅が心配で、顔をしかめた。

女の喧嘩に首を突っ込んで、いい目を見た例《ためし》はない。関わらないに越したことはないと経験則で知っている。知っているが――

「ほら、地面に額《ひたい》を擦りつけて、わたくしに謝るのよ！」

侍女たちが寄ってたかって星羅を押さえつけようとするに到り、龍意はとうとう隠れていられなくなって飛び出した。

「やめろ！」

いきなり現れた皇帝に、侍女たちの動きが止まった。片や、薛貴妃は悪怯《わるび》れもせずに優雅な礼を執った。

「陛下にご挨拶いたします」

龍意は星羅を助け起こし、薛貴妃を睨《にら》んだ。

「ここで何をしている」

「態度の悪い役者に躾《しつけ》をしていただけですわ」

「それはおまえの役目ではないだろう」

「お言葉ですが陛下。このように生意気な役者は、懲《こ》らしめてやらなければ示しが付きません。己の分を弁《わきま》えさせるべきですわ」

「おまえこそ、妃として節度を弁えたらどうだ。薬を寄越せ」

「陛下」

甘えたような目つきでこちらを見る薛貴妃を、さらに厳しく睨みつける。

「寄越せと言っている。巾着ごとだ」

薛貴妃が渋々と薬を巾着に戻して差し出す。それを受け取り、龍意は侍女たちに命じた。

「貴妃を部屋に送れ」

「では、陛下のお部屋でお待ちしますわ」

「自分の部屋に帰れと言っている」

薛貴妃をなんとか追い払うと、星羅は己の足で立ち上がれるようになっていた。

「……ありがとうございました」

だが礼を言う声には力がなかった。

「ほら、薬だ。大丈夫か？　何か持病があるのか？」

星羅は薬を懐にしまい、頭《かぶり》を振った。

「……病というほどのものではありません。もう治まりましたから大丈夫です。ご心配をおかけしました」

顔色はまだ悪かったが、あまり追及してくれるなという表情だった。

尤《もっと》も、振舞いは花花公子でも女である。体調の悪い日もあるだろうと察して、龍意は話題を変えた。

「薛貴妃とは仲が悪いみたいだな」

「……あの方と仲の良い人を見たことがありません」

「ふぅん……。おまえから見て、あの女はどういう人間だ？」

「大将軍・薛寿昌《じゆしょう》の孫娘で――」

「いや、出自じゃなくて、人となりとか、性格」

「悪いです」

一言で即答する星羅に、龍意は思わず声を上げて笑った。

「そうか、悪いか」

同感だ――。

三、偽帝盛宴

そうして、春が終わり夏が始まる節――立夏《りっか》の日がやって来た。

この日、皇帝を始め列席する文武百官は夏を示す赤い衣服を纏《まと》い、都の南郊、南来門外《なんらいもんがい》にある南陽帝壇へ赴《おもむ》く。

陰陽《おんみょう》の道において、南の方角は《天》を表し、《天》は《陽》である。そして《天》は《円》である。天壇とも呼ばれる南陽帝壇は、四層の巨大な円形基台の上にあり、全体が白い漆喰《しっくい》に塗り固められている。

壇の四方には階段が設けられ、南側にある一番広い階段が皇帝専用である。皇帝がそこを上り、天壇の最上部で南陽帝《なんようてい》に拝礼すると、六十四人の神官職が八佾《はちいつ》〔一列八人×八列〕の舞を捧《ささ》げる。

振り覚えの早さと本番に強いのが特技の龍意《りゅうい》は、外廷での教育係・周《しゅう》兄弟から教えられた通り、祭祀《さいし》での皇帝の役目を滞《とどこお》りなくやってのけた。

そんな龍意を不躾《ぶしつけ》に睨《にら》んでいる人物がいた。天壇を降りてほっと一息ついた龍意は、その視線に気づき、傍《かたわ》らに控える周兄弟に訊《たず》ねた。

「あいつ誰だ？　あの、薛宰相《せつさいしょう》の隣にいる奴」

「栄王《えいおう》です」

「ああ、あいつが——先帝の末の弟で、薛宰相の操り人形になってるって奴か」

龍意にとっては叔父に当たるが、朝儀に現れたことがないので、初めてその姿を見た。

「薛宰相に負けず劣《おと》らずの金に汚い浪費家で、北伐《ほくばつ》を成功させれば儲《もう》かると吹き込めば、どんどんやれと言うでしょう。あんな人物を皇帝にするわけにはいきません」

「ん〜、薛宰相《あっち》の陣営はなんつーか、見るからに悪役面《づら》だなあ……」

栄王は、齢《とし》の頃は三十半ば、色白で目が細く、丸々と太っている。古典芝居では、典型的な金満悪役として登場するような容姿である。

——薛宰相も栄王も、悪役専門でうちの一座に欲しいくらいだぜ。

冗談半分にそんなことを思っていると、当の栄王がのしのしとやって来て、大儀そうに礼を執《と》った。

「壇上では立派なお姿でしたな、これで今年も我が国は南陽帝に守られることでしょう」

殊勝なことを言いながら、細い目で舐《な》め回すように龍意を見る。やはり替え玉を疑っているのだろう。だが遼宰相《りょう》と周兄弟がぴったりと龍意に張り付き、栄王の必要以上の接近を許さない。

面白くなさそうに龍意たちを睨み、いったん離れていった栄王だったが、龍意が帰城のための馬車に乗ろうとしたところへすかさず近寄ってきて、白々しく龍意の足を引っ掛けようとした。

——おいおい、わかりやすい小物の嫌がらせだな！

龍意は瞬時に栄王が出した足を躱《かわ》し、逆に栄王のその足を掬《すく》ってやった。丸々と太った身体《からだ》が均衡を崩して見事に引っ繰り返り、短い手足を亀のようにジタバタさせる。

「栄王殿下！」

薛宰相が駆け寄り、栄王を助け起こす。

「こいつが私を転ばせたんだ！　なんて足癖の悪い奴だ！　おかしいぞ、慶礼《けいれい》はこんな奴だったか!?」

栄王が龍意を指差して喚《わめ》いたが、「殿下、ここは人目があります。どうぞご自重を」と薛宰相にささやかれ、悔しそうに口を噤《つぐ》んだ。

龍意は龍意で、周兄弟に「あまり目立つことをなさらないでください」「なさらないでください」と左右から注意された。

「悪いな、脚《あし》が長いもんで持て余してな」

悪怯《わるび》れずにそう言って、馬車に乗り込む龍意だった。

皇城へ戻ると、今度は立夏の宴《うたげ》である。

饗宴《きょうえん》に使われる礼鳴殿《れいめいでん》の大広間で、祭祀に列席した者たちへ酒を振る舞う。李《すもも》や桜桃《おうとう》、梅など旬の果実が細果《さいか》〔包丁で細かい模様を彫り込んだ果物〕として膳に盛られ、新鮮な彩りを添えるのも立夏の楽しみである。

賑やかな宴の中、最上座にいる皇帝や皇太后《こうたいごう》の傍《そば》には数少ない側近が侍《はべ》るのみなのに対し、薛宰相の周りには、彼に追従を述べるために武官や文官が列を成していた。

「――これが、まんま今の朝廷の力関係ってわけか」

龍意は、自分の周りにいる遼宰相に周兄弟、劉紀衛《りゅうきえい》といった見知った顔を見回し、ため息を吐いた。ちなみに紀衛は尚書省《しょうしょしょう》戸部《こぶ》〔戸籍・租税関係を扱う部署〕の平官吏《かんり》で、遼家に縁があって皇太后に仕えているのだという。

文官・武官には、科挙・武科挙に登第《とうだい》した者と、貴族の身分や賄賂《わいろ》を使って官職を得た者とがいる。薛宰相は、己に賄賂を贈って寄越す者を好んで登用し、引き上げるので、あのように胡麻《ご ま》擂《す》りに近づく者が後を絶たないのだ――そう説明して遼宰相も吐息した。

「遼閣下は、きちんとした能力のある科挙官僚を好まれますから」

「薛宰相を除くことによって、不正に出世した貴族官僚たちを排除したいのです」

周兄弟がそう言えば、

「ついでに、あの栄王もね。わたくしのこの容姿端麗な息子に代わって皇帝になろうだなんて、身の程知らずもよいところ。鏡を見てから仰《おっしゃ》いなさいという話だわ」

面喰《めんく》いが明らかになりつつある皇太后も不機嫌に言い捨てる。そして、

「でも、まあこうやって身内だけでのんびり出来るのも悪くないけどな。この状況なら、『天子は一食《いっしょく》す』なんて堅苦しい作法を言われず、ご馳走《ちそう》もお代わり出来るしさ」

龍意が前向きな発言をした時だった。薛宰相に群がっていた人垣が解け、輪の中心にいた薛宰相その人が立ち上がってこちらへやって来る。

「陛下、宴の遊戯を用意させましてございますが、どうぞご一緒に」

大きなだみ声で言いながら薛宰相はパンパンと手を叩き、侍女に小さな白木の箱をいくつか持って来させた。きっちり蓋《ふた》に封がされている箱である。

皇太后たちの表情が一斉に厳しくなったのは、箱というものに警戒心があるせいだろう。薛宰相から贈られてきた塗り匣《ばこ》を開けて、慶礼は眠りに就《つ》いてしまったのだから。

「これはですな、皆で輪になり、楽師が奏でる楽に合わせてこの箱を回していきまして、楽が止んだ時に箱を持っていた者が、中に入っている玩具《がんぐ》を主題にした舞を披露する――という遊びでございます。最近、城市《まち》の酒席で大層流行《はや》っているようで」

何か企《たくら》んでいないわけがない、というしたり顔で薛宰相は遊びのやり方を説明する。左右から周兄弟がささやいてくる。

（付き合われなくて結構でございますよ）

（絶対に何かの罠《わな》でございます）

そうだろうな――と龍意も内心で頷《うなず》く。

きっと自分の手に箱がある時に音楽は止まる算段だろうし、中にどんな玩具が入っているのかわからないのだから、何を踊らなければならないのかもわからない。だがここで断れば、薛宰相は陰《かげ》であることないこと吹聴するだろう。

（――悪いな、俺は売られた喧嘩《けんか》は買う主義なんだ）

龍意は周兄弟にそうささやき返し、反論を待たずに薛宰相に答えた。

「面白いな、やってみよう」

周兄弟や遼宰相が息を呑《の》み、皇太后や劉紀衛は心配そうに龍意を見つめる。

広間の真ん中で、龍意は参加を申し出た文官武官たちと共に輪になって座った。楽師が琵琶《びわ》を奏で始め、ひとつ目の小箱が回ってくる。

三周ほど小箱が回ったところ、ちょうど龍意の手に箱が来た時、音楽が止まった。

――やっぱりな。

予想を裏切らない展開に、龍意は内心でやれやれと首を振った。

「おお、これはこれは！　最初の当たりは陛下ですな。さて、中には何が入っておりますかな――」

薛宰相が白々しい大声で言い、龍意は箱の封を解いて蓋を開けた。

「これは──」

　中に入っていたのは、儀礼用の剣に提げる玉飾《ぎょくかざ》りだった。それを見て、薛宰相がにやりと笑う。

「いやはやこれは、陛下のお得意な例の舞を見せていただけそうですな！」

　薛宰相は楽師に目配せをし、音楽を始めさせながら催促する。

「踊りなどは、身体が覚えていると申します。いくら記憶が少々曖昧《あいまい》になられても、音が鳴り出せば自然に身体が動き出すものなのでは？　まあ、病のせいで頭も身体も完全に別人になってしまった──などということがなければ、ですがなあ」

「それは何かな、陛下が陛下ではない、とでも──？」

　そう言って栄王も意地悪な目を龍意に向け、「いやいや、陛下は舞の上手《じょうず》。いや、楽しみだ。なあ、皆の者」と囃《はや》し立てる。

　顔を強張《こわば》らせた周兄弟が両脇に寄ってくると、

（気分が悪くなった振りをなさってください）

（ここはわたくしどもがごまかします）

　左右からささやいてきた。だが龍意は頭《かぶり》を振り、短く答えた。

（大丈夫だ。知ってる）

（えっ？）

何たる偶然か、これは星羅《せいら》と一緒に稽古《けいこ》をした例の剣舞である。楽の音を星羅が口で歌ってくれたので、よく覚えている。

——日頃の行いだな。この舞は完璧に仕上げたぜ。

龍意は、ご丁寧に舞踊用の模造剣まで用意していた薛宰相の前で、その剣を使ってこれみよがしに難しい回転技や投げ技を披露してみせる。

今頃は、星羅もこれを舞っているのかもしれない。後宮の中でしか観《み》られない煌星《こうせい》歌劇の特別公演演目に、まさかこの舞が選ばれているとは薛宰相も知らなかっただろう。もちろん、龍意がその演目に出演する星娘《せいじょう》の自主稽古に付き合う羽目になったことも知りようがない。薛宰相は栄王と共に、あんぐりと口を開けて龍意の舞を眺めていた。

最後に足を踏み鳴らし、見得《みえ》を決めて舞を終えると、皇太后や周兄弟が大きく拍手をする。薛宰相もギリギリと歯軋《はぎし》りが聞こえそうなほど不本意な表情で手を叩き、栄王や他の官人たちもそれに釣られ、最終的には満場拍手喝采《かっさい》となったのだった。

(ヒヤヒヤしました——)

(どうしてこの舞をご存知で——?)

周兄弟が未だ強張った顔でささやいてくる。龍意は一息ついて、剣を持っていない方の左手で顔を扇いだ。

「いや、まあ、汗をかいたな——」

その時、薛宰相が目敏《めざと》く龍意の左手を指し、「おや！」と大きな声を上げた。

「はて、陛下はそのような場所に痣《あざ》がおありでしたかな」

「！」

龍意ははっとして左手に目を遣《や》った。調子に乗って本気で身体を動かしたせいで体温が上がり、左手のひらに紅《あか》い痣が浮かび上がっていた。

周兄弟や遼宰相が慌てて寄ってきて、手巾《しゅきん》を龍意の手に当てる。

「これはいけません、何かの拍子にお怪我《けが》をされましたか。すぐに手当てを――」

三人が龍意を取り囲み、後ろからこっそり擦り寄ってきた紀衛が龍意の手に冷えた小皿を渡してきた。

「いや、血は流れていないように見えましたがな。怪我ではなく、痣では？　恐れながら、もう一度よく――」

薛宰相が龍意の左手を確認しようと近づいてくるのを、小柄な周兄弟がちょこまかと動いて妨害する。その間に、龍意は冷たい小皿を握り、手のひらの熱を覚ました。痣が消えたのを確かめてから、拳《こぶし》を開いて薛宰相に見せる。

「この通り、怪我も痣もないぞ。見間違いで見苦しく騒ぐな」

威厳を持って言ってやると、まず遼宰相と周兄弟が血の汚れも何も付いていない手巾を広げて見せ、早とちりしたことを謝る。その流れで薛宰相も見間違いを認めざるを得なくなった。

「確かに赤いものが見えたと思ったがな……」

怪訝《けげん》そうに首を捻《ひね》りながら席へ戻ってゆく薛宰相に、龍意も上座に戻りながらほっと息を吐いた。

「どうぞ今後は、人前で激しい運動はお控えください」「お控えください」

「ああ、わかったよ。さすがに今のはちょっと肝《きも》が縮んだわ……」

振舞いはどうとでもごまかせるが、慶礼にはない身体的特徴を突かれるのは命取りである。左手の扱いには気をつけよう――。

その後はまた人の名前を忘れた振りをしたり、杯をお手玉の代わりにして遊んでみたりと奇行を見せながら、何事もなく宴は進み、散会の前に文武百官に引き出物が配られた。

立夏の節には皇帝から臣下に、反物《たんもの》や文房具、米や菓子などが下賜《かし》されるのだ。

引き出物の包みには、それぞれ名前の札が付けられている。官位によって中身が違うからだ。官人たちは上座に向かって口々に礼を言い、引き出物を受け取る。

これで今日の大仕事もやっとおしまいか――と龍意が気を抜きかけた時、最早聞き慣れただみ声がまた何やら騒いでいるのが聞こえてきた。

「やや、これは大変！　引き出物の名札を破ってしまった！　大変縁起の悪いこと――」

大げさに嘆きながら上座に歩み寄ってきた薛宰相は、龍意に向かって料紙を差し出し、

「どうか験《げん》直しに、陛下の御宸筆《しんぴつ》をいただきとうございます」と言った。

（どうせ自分で破ったのでございますよ）

（取り合われずとも結構でございますよ）

周兄弟がそうささやいてくるが、もうこうなったら今日は最後までこの悪徳宰相の罠に付き合ってやろう、と龍意は肚《はら》を括《くく》った。

龍意が料紙と筆を受け取ると、薛宰相はにやりと笑い、「よろしければ、陛下のお好きな言葉などもいただきたいものですな」と言った。

――ハイハイ、わかったよ。

龍意は無言で頷き、硯《すずり》の墨《すみ》に筆を浸した。

琳瑞《りんずい》から慶礼の文字の手本を見せられ、筆跡を真似る練習はみっちりさせられているのだ。その成果を見せる時が来たとばかり、厭味《いやみ》たっぷりの達筆で『大将軍　薛寿昌《じゅしょう》』と書いてやった。

薛宰相はこれまで、慶礼の直筆で様々な詔書《しょうしょ》を捥《も》ぎ取ってきている。大丈夫。見比べても暴露《ばれ》ない。こんなこともあろうかと、薛宰相の名前はとりわけ念入りに練習していたのだから――。

実際、薛宰相は、龍意が書いた己の名を見つめ、文句を付けたいのに付けられないという複雑な表情をしている。そんな薛宰相を横目に、龍意は「私の好きな言葉が欲しい、とのことだったな」と言って引き出物の中から白絹の反物を引っ張り出し、そこへ墨色も瑞々《みずみず》しく書き付けてやった。


兵者凶器。不得已而用之。

自古已来、窮兵極武、未有不亡者也。

（兵は凶器である。已むを得ずして之《これ》を用いる。

古《いにしえ》より已来《いらい》、兵を窮《きわ》め武を極めて、未だ亡びぬ者は有らざるなり。）


そうして、顔を真っ赤にして歯軋りをする薛宰相を残し、龍意は皇太后たちと共に広間を出たのだった。

陽麗宮《ようれいきゅう》へ戻ると、一同は揃《そろ》って大きなため息を吐き出した。

「もう、ずっと生きた心地がしなかったわ。なんとか乗り切れてよかった――」

皇太后が疲れ果てた表情で言えば、遼宰相が感心したように龍意を見る。

「先ほどのあれは、無用な出兵を戒《いまし》めた高祖のお言葉ですね」

「琳瑞から押しつけられた帝王学の教科書で読んだんだよ」

「武断派の薛宰相にはあからさま過ぎる厭味でしたが――正直、スカッとしました」

「しかし、よく咄嗟《とっさ》にあれが出てきましたね」

周兄弟にも褒められたが、龍意は事も無げに答える。

「俺は台本の覚えが早いのが特技でね。一度読んだ文章は、大概記憶してるんだ」

それを聞き、遼宰相がしみじみと言う。

「まったく――我々にとって最大の幸運は、あなたが大変優秀な方だったことです」

「見たものを真似るのが得意なだけさ」

飽くまで俺は芸人だよ、と龍意は肩を竦《すく》めた。

◇――＊◆＊――◇

その後――。陽麗宮を出た皇太后と遼宰相は、皇城における皇太后の御座所・祥麗宮《しょうれいきゅう》に場所を移し、改めてしみじみと顔を見合わせた。

「お兄様……。龍意のあの痣の形をどう思われますか？　赤子の頃は、小さくてまだよくわからなかったけれど……今見ると、まるで龍の五本爪のよう……」

東域において龍の意匠は吉祥《きっしょう》紋様としてありふれたものだが、その爪の数には重要な意味がある。一般的に見られる龍の爪は三本。皇族は四本爪の使用が許されるが、五本の爪を持つ龍の紋様は、皇帝専用である。つまり龍意は、皇帝の証《あかし》たるものをその身に持っているとも言えた。

「……皇帝《龍》の爪に、皇帝《龍》の意《こころ》か……」

「付焼刃《つけやきば》であれなら、幼い頃からしっかりと帝王学を学んでいたとすれば、今頃どれほどの人物になっていたのでしょう――？　けれどあの憎いほどの舞台度胸も、役者として育ったせいだというならば、あの子の育ちにも意味はあったのかとも……」

息子であり甥《おい》である龍意という存在が、ふたりにとってはなんとも不可思議で宿命的なものに見えていた。

龍意の育った《祥万里座《しょうばんりざ》》は旅回りの芝居一座で、京師《けいし》に念願の匂欄《こうらん》を持ってすぐ、火事ですべてを失ってしまった。おかげで龍意は、新天地で看板役者として顔を売ることが出来なかった。もしも火事がなければ、今頃龍意は京師で評判の人気役者となっていたかもしれない。そうなっていれば、誰かが彼を皇帝にそっくりだと気づいたかもしれない。

匂欄が焼け、顔も売れずに借金を背負い込んだせいで、こんな計画に協力してもらえた。龍意にとっては災難続きの人生かもしれないが、もしかしたらこれこそが彼の天命なのかもしれない。生まれてすぐに捨てられた城へ、皇帝として戻ることが――。

遼家の兄妹、炯成《けいせい》と秀苑《しゅうえん》は再び顔を見合わせてから、もうひとりの息子であり甥である慶礼が眠る北の離宮を見遣った。

◇――*◆*――◇

また一方、権勢を極める大将軍・薛寿昌の邸《やしき》――薛府では、栄王が顔を真っ赤にして怒鳴り散らしていた。

「あいつは何者だ!?　顔は慶礼だが、慶礼よりいい性格をしている。あれは慶礼ではない！」

「まことに。あれは替え玉で間違いありますまい。本物の陛下は、未だ眠りの中におられるはず――」

栄王を宥《なだ》めるように、薛寿昌は猫撫《ねこな》で声で言う。

「ではあの男は誰なのだ!?　皇太后は一体、どこからあんなに慶礼そっくりの人間を見つけ出してきたのだ！」

実際、そう怒鳴りたいのは薛寿昌も同じだった。

待ちに待った立夏の祭祀。皇帝の正体を見極める格好の舞台だと思っていた。偽の皇帝が襤褸《ぼろ》を出すのを手ぐすね引いて待っていたが、儀式は滞りなく終わり、宴の席で仕掛けた罠もすべて躱されてしまった。挙句、達筆な厭味まで頂戴《ちょうだい》した。腸《はらわた》が煮えくり返る心地である。

「――現在、あらゆる手を尽くして、あの替え玉の正体を探らせております。偽者の証拠さえ摑《つか》めれば、即刻捕らえてみせますゆえ、今しばらくご辛抱を」

なんとか栄王を宥めて帰らせてから、配下の密偵を呼ぶ。

「本当に陛下の毒は解けていないのだな？」

「はい。あの幻惑香《げんわくこう》は自然に解けることはありません。解毒薬を与えぬ限り、永遠に眠りの中で夢を見続ける――。愚《おろ》かにも祈禱師《きとうし》などを呼んで、毒であることにすら気づいていない皇太后が、解毒薬の処方など知るはずもありません」

「ではやはり、あの男が替え玉であることは間違いない……。問題は、その正体だ」

宴の席で賜《たまわ》った引き出物の山に、薜寿昌は忌々《いまいま》しげに目を遣った。

「あの皇帝が替え玉であること自体は、構わぬのだ。それを暴いてやれば、むしろこちらに好都合。帝位を弄《もてあそ》んだ罪で遼皇太后を失脚させられる。そうすれば、栄王の即位を阻《はば》むものはないからな」

「まことに。その通りでございます」

「ただしそれは、替え玉の素性《すじょう》が、どこの馬の骨ともわからぬ男だった場合だ」

引き出物の白絹に、黒々と書かれた文字を見る。

「あの男は、余りに陛下と似過ぎている。もしも――」

もしも、あれが、陽《よう》慶礼の双子の弟だったら？

二十三年前、闇《やみ》に葬《ほうむ》られた帝室の秘密。

皇太后――当時の皇后・遼秀苑が生んだ皇子は双子だった。弟皇子の方は天煞孤星《てんさつこせい》と占われ、密かに殺されて、存在自体が隠された。宮中に密偵を放っていた薛寿昌は、その秘密を知ることが出来たが、それを漏らせば口を封じられる。保身のために知らぬ振りをしたまま、忘れていた出来事だが、今回のことで俄《にわか》に思い出された。もしや皇太后は、先帝の目を盗んで密かに息子を生き延びさせたのか？

「暴いた替え玉の正体が、皇子だった場合――帝位継承の権利がある。そうなれば、こちらに不都合だ」

「ですが、陛下が双子であったことなど、公《おおやけ》には知られておりません。いくら皇太后が、これも自分の息子だと言い張っても、証拠がなければ誰も信じないでしょう」

「ああ。高官たちを扇動して騒ぎ立てさせれば、強引に帝位を継がせることは出来ぬだろうが――もしも皇太后が何か証拠を持っていたらどうする。その場合、迂闊《うかつ》に替え玉の正体を暴けば、墓穴を掘ることになる」

「手の者に、ここ最近の皇太后の動きを探らせております。そろそろ報告がある頃かと」

やや しても たらされたのは、しばらく前、皇太后の配下が旅回りの芝居一座に赴いたという話だった。

「どうやら、その一座の看板役者が、陛下と似た容姿だったようです」

「芝居役者？　それで演技が上手《うま》いのだと？　陛下の弟だと疑ったのは穿《うが》ち過ぎか」

ほっと安心しかけたのも束の間、

「それから――遼宰相が密かに占師署《せんしょ》の生き残りを捜させているようです」

「なんだと」

二十三年前、帝室の秘密を守るために占師署の者は皆殺しになった。表向きは先帝の不興を買ったせいだとされ、逃げたと噂《うわさ》のあった占師にも追っ手が掛けられた。

「皇太后は、逃げ延びた占師を捜している？　つまり――証拠を求めているということか。芝居一座から連れてきた男は、証拠が必要な身の上だということか――」

「殺されたはずの弟皇子は、実はその芝居一座に預けられて育ったようです」

「なに？　二十三年ずっと、旅回りの一座に？　そのような育ちで、なぜあれほどの立ち回りが出来るのだ！　皇宮《こうぐう》に連れて来られてからの付焼刃であれなら、そのまま宮中で育っていればどうなっていたのだ……！」

引き出物の白絹を床に叩きつけ、それを足で踏みにじる。

優秀な皇帝など要らない。自分の言いなりにならぬ皇帝など不要なのだ。

「いや――だが逆に言えば、現在の時点で皇太后は替え玉の身の証を立てるものを持っていない、ということか。先にこちらが逃げた占師を見つけ出し、始末してしまえば――」

慶礼が双子であったこと、弟皇子が城から出された理由、それらを語れる生き証人さえいなければ。

「皇子である証を立てられなければ、替え玉はただの馬の骨。極刑は免《まぬか》れない」

薛寿昌の言葉に配下も頷く。

「――元来、二十三年前に死ぬはずだった運命だ。今度こそ本当にあの世へ送ってやろう。ついでに皇太后も連座で遼一族は滅亡だ」

だみ声で高笑いを響かせてから、大切なことを配下に確認する。

「栄王は、何も気づいておらぬだろうな？　替え玉が陛下の双子の弟である可能性は伏せておけ。あの阿呆《あほう》に余計なことを教えれば、阿呆なことをするかもしれぬからな」

「はい」

「あの男は、結果として自分の得になれば、手段など細かいことは気にせぬ人物だ。ああいう男こそ、理想的な皇帝と言えるがな」

慶礼を眠りの病に罹《かか》らせた犯人に見当はついているだろうに、敢《あ》えて追及してくることはない。それで己に帝位が転がり込んでくるならどうでもいい、薛寿昌が勝手にやった悪事に関わる気はない、と決め込んでいるのだ。その単純さと小狡《こずる》さが、傀儡《かいらい》として実に好ましい。利を与え続ける限り、栄王はこちらの役に立ってくれるだろう。

「ああそれから、麗容《れいよう》にも言うな。あれも我が孫娘ながら、賢いとは言えぬからな。余計なことは知らぬが良い。どこの馬の骨ともわからぬ替え玉だと思ったまま、陛下との決定的な違いを摑んでくれればいいのだが――」

「貴妃《きひ》様からは、今のところ使用人を罰する命令しか届いておりません」

「替え玉の攻略が上手く行かず、荒れているようだな。あまりやり過ぎると、余計に替え玉陛下から敬遠されると伝えておけ」

「はい。畏《かしこ》まりました――」

◇――＊◆＊――◇

立夏の翌日、龍意は宮城の北の離宮を訪れていた。

正確に言えば、離宮のさらに奥にある隠し部屋である。そこに本物の陽夏国《ようかこく》皇帝・陽慶礼が眠っていた。

ひっそりと人気《ひとけ》のない宮殿で、皇太后に信頼された少数の内侍《ないじ》たちに世話をされ、眠り続けている皇帝。室内の調度品は趣味良く整えられているが、部屋の主の眸《ひとみ》がそれを映したことは未だない。

「――なあ、兄貴。皇帝ってのは睡眠時間の確保が難しいな。今はたっぷり眠れて嬉《うれ》しいだろ。でもしばらく休んだら、玉座にまた戻ってくれよな。朝廷内の権力争いとか、俺はそういうの興味ないんだよ。そろそろ替わってくれよ」

枕元でぼやいて頼んでも、反応はない。

だが実際のところ、自分と同じ顔の人間がいるというのは、なかなかぞっとしない話である。もし、ここで兄がむくりと起き上がって「おまえは誰だ」と訊ねられたら、それはそれで咄嗟にどう挨拶《あいさつ》していいものか戸惑う気もした。

——兄貴の方にしたって、突然同じ顔の弟が現れたら驚くよな。

苦笑を漏らし、「また来るよ」と言って寝台の帳《とばり》を降ろす。ふと、脇の飾り棚に置かれた青磁の壺《つぼ》が目に入り、青い眸の娘を思い出した。

そういえば、星羅の方はどうだったのだろう。失敗なく舞台を務められたのだろうか。今夜にでも、また劇場の近くをぶらつけば星羅を摑まえられるだろうか——そんなことを考えた時だった。

突然、院子《にわ》に面した窓から黒い影が飛び込んできた。

「!?」

破られた窓の硝子《ガラス》が派手に割れて散らばる音と共に、

「姉さんの仇《かたき》！」

聞き覚えのある声が響き、龍意は闖入者《ちんにゅうしゃ》に襲い掛かられた。

「ちょっ……待て、何のことだ!?」

繰り出される匕首《ひしゅ》を躱しながら訊ねるも、相手は答えない。

「おい、落ち着けって！　何の冗談だ!?　——星羅！」

鬼の形相で襲い掛かってくる曲者《くせもの》は、黒い胡服《こふく》姿の星羅だった。姉の仇、と言われた気がするが、まったく覚えのない話である。

「待て、俺だ！　顔を見ろ、誰かと間違えてないか!?」

「今さら、何が人違いだ！」

鋭く突き出された匕首《ひしゅ》が、袍《ほう》の左袖《そで》を切り裂いた。数瞬遅れて、腕に痛みが走る。傷を押さえた手に、血が付いていた。

「おい、そろそろ冗談じゃ済まないぞ」

逃げるだけでは埒《らち》が明かず、強引に間合いを詰めて匕首を持つ手を摑んだ。危ない刃物を奪って放り捨てると、そのまま抱き込むように星羅を取り押さえる。

「何なんだ、仇《あだ》討ち芝居の稽古なら付き合ってやるから、そう言えよ。いきなりは驚くだろう」

「冗談でも芝居でもない！　おまえが姉さんを殺したんだろう！」

「何の話だ。意味がわからない」

首を傾《かし》げる龍意に、星羅は青い眸を燃え上がらせて怒鳴った。

「とぼけるな！」

星羅は龍意の腕の中で身をくねらせ、不思議にやわらかい動きで、するりと縛《いまし》めから抜け出した。龍意は咄嗟に星羅の手首を摑んだが、力任せに振り払われ、そこに嵌《は》まっていた腕輪だけが手に残された。裸になった手首をさすり、星羅が叫ぶ。

「その腕輪に見覚えがあるだろう!?」

そう言われても、初めて見る物だった。何かよくわからない模様が彫られた、粗末な木の腕輪で、赤黒い染みが付いているのは、これは血だろうか？　その染みから、果実酒のような甘い香りが漂っている気もするが――。

じっと腕輪を観察する龍意に、星羅が再び襲い掛かった。

「！　だから、不意打ちはやめろって！」

反射的に後ろへ飛び退《すさ》って逃げた龍意だったが、足元に散らばっているものに躓《つまず》いて転びかけ、慌てて近くにあった寝台の帳を掴んで体勢を立て直した。そこへ、匕首を拾い上げた星羅がまた迫ってくる。

「おい、駄目だ。ここには病人が――」

龍意が寝台から離れようとするのを意に介さず、刃が縦横無尽に閃《ひらめ》く。的である龍意が避けた分、代わりに寝台の帳が切り裂かれてゆく。そうして露《あらわ》になった寝台を見た星羅が、

「――!?」

絶句して動きを止めた。寝台に眠る人物と龍意とを何度も見比べる。

「どうして……皇帝がふたり……いる……？」

「いや、それを説明すると長くなるんだが――」

苦笑する龍意と、憮然《ぶぜん》とする星羅が見つめ合っている空間に、可憐《かれん》な美貌《びぼう》の宦官《かんがん》・琳瑞

が飛び込んできた。

「陛下、何か大きな音が聞こえましたが、どうかなさいましたか」

そう訊ねてから、荒れた室内の様子を見て眸《め》を丸くする。

「これは――!? 星羅さんがどうしてここに? はっ……陛下、お怪我を!?」

切り裂かれた袍に滲《にじ》む血に気づいた琳瑞が、真っ青になって飛びついてくる。言われて腕を見遣れば、自分で思っていた以上に出血しているようだった。

「すぐに手当てを――! 何があったのですか、一体」

「俺にもさっぱり訳がわからん」

腕に手巾を巻かれながら龍意が肩を竦めると、そこへ皇太后がゆっくりとした足取りで現れた。

「何事ですか。――星羅。危ない物を離しなさい」

呆然《ぼうぜん》と立ち尽くしていた星羅が、皇太后の言葉で弾《はじ》かれたように肩を震わせ、握っていた匕首を落とした。それを琳瑞が素早く拾い、龍意の隣に戻る。

「まずは、しっかり陛下の手当てを」

皇太后の命で琳瑞が薬箱を取りに走り、龍意たちは隣の部屋へ移動した。星羅も項垂《うなだ》れたまま、素直に随《つ》いてきた。

傷口に薬を塗られ、丁寧に包帯を巻かれ、袍を着替えさせられた龍意は、改めて星羅を見遣った。龍意と皇太后には椅子《いす》があるが、星羅と琳瑞は立っている。

「――で、俺が『姉さんの仇』ってのはどういう意味だ？」

「……」

星羅はくちびるを噛《か》み締めるようにして黙っている。

だが、逃げようともせず、おとなしくこの場に留まっているのは、星羅にも何か言い分があるからだろうし、また、知りたいことがあるからだろう。龍意はそう思った。

「星娘にこの宮殿への立ち入りを許した覚えはありません。どうやって入ったのですか」

「陛下の後を尾行《つ》けて……」

龍意の問いには口を噤んでいた星羅が、皇太后に対しては素直に答えた。かと思えば、

「陛下に何の用が？」

その問いには、やはりだんまりである。黙秘しているというより、困惑して何をどう言っていいのかわからない、といった風情だが、困惑してるのはこっちも同じだよ――と龍意は言ってやりたかった。

そこへ、龍意の脇で琳瑞が口を開いた。

「僭越《せんえつ》ながら、お訊ねしても？　この腕輪は星羅さんのものでしょうか」

それは、龍意が持ったままでいたのを、着替える際に琳瑞に渡したものだった。

琳瑞は腕輪に鼻を近づけ、匂いを嗅《か》ぐ仕種をする。

「この血の染みから、甘い香りがします。これは——非情営《ひじようえい》の者の血ですか？　あなたは非情営と関係が？」

「それは……！　どうして——」

顔を跳ね上げた星羅に琳瑞は答える。

「非情営の配下は、幼い頃から特殊な毒を与えられて育つため、血を流すとそれが甘く香ると聞いたことがあります。そう、こんな風に、果実酒にも似た香りだと。それに、星羅さん——あなたの腕を見せてください」

星羅が今度ははっとして己の腕に目を落とした。黒い胡服の筒袖の下、左手首に何か模様のようなものが覗《のぞ》いていた。

琳瑞が素早く星羅に歩み寄ると、「失礼いたします」と言って左の袖をまくった。模様の全貌が見えた。星羅の白い腕に、二匹の黒い蛇《へび》が絡み合うような模様が浮かんでいた。

「非情営の紋ですね。普段は見えませんが、血を浴びると浮かび上がるものだとか。陛下の血を浴びたせいでしょうか？」

「俺の血？」

胡服の布地が黒いせいでわからなかったが、星羅を取り押さえて抱き込んだ時、腕の傷から流れた血が染みた、ということだろうか。

「まあ、俺の血が何の役に立ったのか知らないが、非情営ってのはなんだ？　いい加減、意味のわからない話ばっかりされて、頭が爆発しそうだぞ」

　龍意の訴えに、琳瑞が「これは失礼いたしました」と頭を下げてから説明した。

「非情営とは、京師の裏社会で暗躍する秘密組織です。間諜《かんちょう》や暗殺者を多く抱え、その掟《おきて》は血も涙もなく非情なものだとか」

「秘密組織？　そんな小説みたいなもんがあるのか」

「京師は恐ろしいところなのです」

　琳瑞はため息を吐いてみせてから、続ける。

「しかし、星娘の中に非情営の者が紛れ込んでいたとは――これは由々《ゆゆ》しき問題です。劇団内を厳しく取り調べる必要がありますね、皇太后様」

「違う！　私だけです！」

　星羅が悲鳴のような声で叫んだ。

「他のみんなは関係ない！　私だけ――私だけが偽の星娘なのです」

「どういうことでしょう？　この腕輪の持ち主についても含めて、詳細をお話しいただけますか？　隠し立てをすると、劇団を捜査することになりますのでそのおつもりで」

「――……」

　煌星歌劇に累《るい》が及ぶ、というのが星羅にとって弱味のようだった。上手くそれを見つけ出した琳瑞が、星羅の告白を誘導した。

「孤児《みなしご》だった私は——幼い頃に非情営に拾われ、間諜として訓練を受けました。十二歳の時、小星娘として煌星歌劇に送り込まれました。私の任務は、秘星監《ひせいかん》の活動を探ることでした」

「秘星監？」

また知らない言葉が出てきた、と龍意は琳瑞を見た。

「後宮にまつわる伝説のようなものでございますよ。後宮には、皇后が独自に編制した特殊組織がある。それには皇帝も関与出来ず、皇后もしくは皇太后のみが命令権を持つ。秘星監と名付けられたその組織こそ、煌星歌劇の裏の顔である——という噂です」

「なんだそりゃ。本当にそんなものがあるのか？」

今度は皇太后の顔を見ると、「まさか」と笑いを含んだ返事があった。

「遥か昔には、陛下をお助けするために特殊な組織を作った皇后もいたようだけれど——今となってはお伽話《とぎばなし》よ。毎日のように公演や稽古がある煌星歌劇の星娘に、二足の草鞋《わらじ》を履く暇などあると思う？」

皇太后の言葉に深く頷いたのは星羅だった。

「そうなのです。劇団の内部を探ってみても、それらしい活動の痕跡《こんせき》はなく……組織にそう報告すると、そのまま歌劇で花形を目指し、卒業後は劇団の幹部入りをして、秘星監の復活を果たすよう命じられました」

「劇団幹部になって、皇太后様に秘星監の復活を働きかけろと？　そうしてそれを乗っ取って、非情営の戦力増強を図る計画ですか。随分《ずいぶん》、野心的且《か》つ長期的な任務ですね。まあ、後宮内にある煌星歌劇は、外部の人間が関与しようがない組織ですから、それだけ手間をかけるしかないということですか」

　納得半分、厭味半分といった言い方で、琳瑞は告白の先を促《うなが》す。

「あなたが煌星歌劇に送り込まれた経緯はわかりました。他の星娘たちは非情営とは無関係だと信じるとして、陛下を襲った理由は？」

　それこそ龍意が一番知りたいことだった。身を乗り出して星羅を見つめる。

「――組織で面倒を見てもらった、冬果《とうか》姉さんを……実の姉同然に思っていた人を、皇帝に殺されたと知ったからです。だから仇討ちを――」

　星羅が絞り出すように言った言葉を、龍意は腑《ふ》に落ちない思いで訊《き》き返した。

「いつから俺を狙ってた？　あの晩の自主稽古中も、本当は隙《すき》を探してたのか？」

　夜の庭で偶然遭遇しただけだと思っていたが、実は待ち構えられていたのだとしたら。ひたすら熱心に稽古をしているようにしか見えなかったが、心の中は殺意に満ちていたのだとしたら。俺は人間不信になるぞ――と龍意が苦い顔をすると、星羅は頭《かぶり》を振った。

「あの時は、まだ知りませんでした……。組織の連絡係から姉さんの死を知らされたのは、一昨日のことです」

いました。

「立夏の前の日か」

星羅は頷いて語り始めた。

「毎月五日と二十日は、後宮出入りの商人たちが劇場近くの喜応殿《きおうでん》の前で店を広げます。組織の連絡係はその商人たちに紛れてやって来て、私とこっそり定期連絡や情報交換をします。冬果姉さんは、自分の任務が忙しい時以外は連絡係として私の顔を見に来てくれていました。

一昨日は五日だったので、いつものように喜応殿の前を覗きに行くと、連絡係は姉さんではありませんでした。姉さんは忙しいのかと訊ねると、紙に包まれた姉さんの腕輪を渡されました。――腕輪には血が付いていて、それを包んだ紙には、姉さんが死んだと書かれていました。何があったのか、その場で込み入った話は出来ず、午後の稽古を休んで後宮を抜け出し、非情営の営塞《えいさい》〔本拠地〕に行きました。組織の幹部に頼んで、そこで……」

星羅は涙声で言葉を詰まらせ、呼吸を整える時間を取ってから続けた。

「営塞には氷室があって、そこに姉さんの亡骸《なきがら》が置かれていました。全身が傷だらけで、ひどい姿でした。数日前、皇帝に嬲《なぶ》り殺されたのだと教えられました」

「まったく身に覚えがないぞ！　冬果なんて女、見たこともない」

龍意はぶんぶん首を振りながら潔白を主張した。

「私が会った幹部は言いました。眠りの病から覚めた皇帝は、人が変わってしまったのだと。女を集めて嬲り殺すようになったのだと。宮女を殺すと面倒なので、外から女たちを連れてきて、後宮の隠し部屋でいたぶるのだと。

この暗君を殺せ、と非情営に依頼があったのだと。今なら、乱心の末の頓死《とんし》で済ませられるからと。ちょうど後宮に潜入中の私に、その任務が与えられることになりそうだったところ、姉さんが強引に代わりを引き受けたのだと。間諜の仕事しかしたことがない私に、暗殺なんて無理だからと――」

星羅は青い眸からぼろぼろと涙をこぼす。

「皇帝の遊び部屋に連れ込まれる女たちの中に潜り込んだ姉さんは、皇帝を殺そうとして、返り討ちに遭ったのだと。瀕死《ひんし》の状態で逃げて営塞まで帰り着いたものの、そこで事切れたのだと。

組織の掟では、任務に失敗して死んだ者など山に打ち捨てられる。けれど、本来は私に与えられるはずだった任務だから、私がそれを引き継いでやり遂げるなら、姉さんを弔《とむら》ってもいいと。墓を作らせてくれると――」

星羅は泣きじゃくりながら龍意を見た。

「冬果姉さんは私の代わりに死んだ。だから私はその仇討ちをしなければならない。――でも、あの夜、自主稽古に付き合ってくれた陛下は、皇帝とはとても思えない言葉遣いだったけれど、親切だった。朝までかかって私の出来ないところを見てくれた。趣味の悪い遊びをするようには見えなかった。……でも子供の頃に組織で、心が壊れた仲間を見たことがある。とても穏やかな時と、手が付けられないほど乱暴な時があって、もしかしたら皇帝もそんな状態なのかもしれないと思った。私が会った時は、たまたま穏やかだっただけなのかもしれないと」

星羅の苦悩を窺《うかが》わせる言葉に、龍意は何と言っていいのかわからなかった。

「頭の中がぐちゃぐちゃで、六日の特別公演は散々だった。転ばなかったのだけが良かったようなもので、とても人に見せられる舞じゃなかった。あんな舞台、二度と務めてはいけないと深く反省した。早く任務を果たさなければ、いつまでも気が晴れず、舞台に差し支える。観に来てくれるお客様に申し訳ない——」

「それで、さっさと俺を殺して楽になろうと？」

星娘にとっては、天子様よりもお客様である宮女の方が大切らしい。なんだか悲しい気持ちになる龍意だった。

「今日、陛下の後を尾行《つ》けて、離宮の奥へ続く隠し扉を見つけた。その先で一度姿を見失ったものの、院子《にわ》に潜んで様子を窺ううち、女物の衣服が散らばった部屋にいる陛下を見つけた。非道の現場を突き止めたと思った。今まさに、あそこで女たちがひどい目に遭っているのかと思ったら、頭に血が昇って——」

「窓を破って飛び込んできた――と。やれやれ、とんでもない誤解をされたもんだ」

龍意はため息を吐いた。

「誤解？　ではあそこに散らばっていた衣服は？　寝台にいた、あのもうひとりの陛下は――」

星羅の眸が途方に暮れているのは、本当に訳がわからないでいるからだろう。それも尤《もっと》もだと思い、龍意は皇太后を見遣った。

「この期《ご》に及んで、隠してもしょうがないだろ。言っちまうぞ」

そう断ってから、星羅に答える。

「あそこに寝てたのは、俺の双子の兄貴で、名を陽慶礼という。つまり、この国の皇帝だよ」

「え!?　では、あなたは……？」

眸《め》を瞠《みは》る星羅に、龍意は手品の種明かしをするようなどこか愉快な気分で、替え玉を引き受けた経緯を説明した。

「つまりあなたは、陛下の双子の弟皇子……」

「皇子様なんて柄じゃねえよ」

龍意は肩を竦めてから、兄の眠る隣室に目を遣った。

「兄貴はな、ずっと目を覚まさないと言えば覚まさないんだが、時々うっすら目を開けて、死んだ皇后の名を呼ぶんだよ。周りにいる俺たちの顔は見えてなくて、皇后の服を見せてやると、落ち着くんだ。それで、あの部屋にはいつも皇后の服が散らばってる。そうしておかないと、魘《うな》されるんだよ。どれだけ皇后に一途《いちず》だったのやら」

先刻、星羅に襲われて転びかけたのも、床に散らばった皇后の衣服のせいである。あれがなければ、もっと上手く立ち回れた。怪我もせずに済んだかもしれないが、自分の流した血が星羅に素性を明かさせるきっかけに繋《つな》がったと考えるなら、まさに怪我の功名というやつか——龍意は複雑な気分で包帯を巻かれた腕を撫でた。

「とにかく、兄貴はあんな調子で、女遊びなんて出来る状態じゃない。仮に寝ぼけて起き出したとしたって、皇后一筋なのはわかっただろう。俺だって、毎日替え玉の勉強で忙しくて、皇帝の権力を笠《かさ》に着て悪さをする暇なんかない。せいぜい、後宮の庭を散歩して息抜きをするくらいのかわいそうな身の上さ」

「では……冬果姉さんは一体誰に……？」

「そもそも、その姉さんが後宮に潜り込んだという話からして怪しいと思うぜ。皇帝を襲って返り討ちにされたも何も、そんな事件は起きてないんだからな。俺は誰にも襲われてねえし」

「一体、何がどうなって——」

頭を抱える星羅に、これまでずっと黙って話を聞いていた皇太后が言った。

「もう一度、きちんと組織で話を聞いてきなさい」

「え……」

「それが、あなたを解放する条件です。陛下を襲ったことも、陛下に傷を負わせたことも、この場はいったん不問とします。その代わり、非情営で情報を得てきなさい。あなたの姉が殺されたのは、正確に何月何日のことなのか。皇帝暗殺を依頼したのは誰なのか」

「――皇太后様に感謝いたします」

跪《ひざまず》いて礼を言った星羅は、明日の午後、また営塞へ行ってみると約束した。外出許可日以外に星娘が後宮の外へ出ることについては、黙認する様子の皇太后だった。

◇――＊◆＊――◇

龍意にとって大騒ぎの一日は、まだ終わらなかった。

帰りの馬車に星羅を隠して後宮まで送り届けたあと、月麗宮《げつれいきゅう》で一息ついていたところに、薛貴妃が押し掛けてきたのである。

「陛下！　後宮にいらしていたのでしたら、なぜお知らせくださらないのですか」

今さらになって腕の傷が痛んできたこともあり、龍意が不機嫌に薛貴妃を拒むと、派手に泣き喚かれた。

「麗容は陛下のお加減が心配なのでございます！　どうしてお傍に置いてくださらないのですか。麗容のどこがお気に召さないのですか！」

「そのようにうるさく騒ぐところだ。頭が痛くなる」

顔も見ないで言い捨てると、薛貴妃はむっとしたように口を噤み、次の瞬間には気味の悪い笑みを浮かべて龍意に擦り寄った。そうして耳元にささやく。

「わたくし、知っておりますのよ」

「……何をだ」

「実はあなたが、陛下の替え玉だということ――」

薛貴妃は紅いくちびるの端をにっと引き上げ、甘ったるい声で続ける。

「この秘密を明かされたくなければ、わたくしを皇后にしてくださいな。わたくしを大切にしてくだされば、お祖父《じい》様もあなたを悪いようにはしないわ」

「何を言っているのかわからぬ。寝ぼけているなら、自分の部屋へ帰れ」

肩にしなだれかかる薛貴妃を引き剝がすようにして離れると、床に膝《ひざ》をついた薛貴妃が柳眉をキッと吊り上げた。

「とぼけるの？　いつまでとぼけられるかしら⁉　わたくしが大声で叫べば、すぐに大騒ぎになるのよ。この陛下は偽者だって！　本当の陛下は、まだ眠りの病から覚めていないのだと！　疚《やま》しいところがあるからわたくしを拒むのだと！」

「大声を出すな」

顔をしかめる龍意を意に介さず、薛貴妃は宣言通りに大声で叫ぶ。

「偽者よ！　みんな見て！　どこの馬の骨ともわからない男が、陛下の振りをしているわ！　皇帝陛下を騙《かた》るなんて、天下の大罪よ！」

「貴妃様、お静まりください。そのお言葉こそ大罪となります」

琳瑞が薛貴妃を宥めようとするが、諫《いさ》められるほどに意固地になって、偽者、替え玉、と叫び散らす。それに驚いて、宮女たちが様子を見に集まってきた。琳瑞は他の宦官たちに命じ、数人がかりで薛貴妃を取り押さえ、貴妃の宮殿へ送り返した。

やっと静かになった部屋で、龍意は「勘弁してくれよ……」とぼやいた。

──薛宰相の奴、なんて面倒臭い女を後宮へ送り込んできたんだ。

皇帝の替え玉疑惑は祖父から聞かされたのだろうが、その薛宰相も、表立っては口にしていないことだ。証拠もなく騒ぎ立てれば、罰せられるだけだとわかっている。たとえ疑いを持っていても、今この段階で龍意本人に言うことではない。それをあの薛麗容という女は、感情に流されやすく、浅慮過ぎる。厄介《やっかい》な爆弾だ──。

そんなことを思っているところへ、皇太后がやって来た。

「薛貴妃は叱《しか》っておきました。他の宮女たちは、貴妃のいつもの癇癪《かんしゃく》が出ただけと思っているようで、大きな騒ぎにはなっていないわ。それは幸いだったけれど、貴妃には三日の禁足《きんそく》を命じました。三日間は静かに過ごせますよ」

「ああいう女は、三月《みつき》でも三年でも閉じ込めといて欲しいよ」

うんざり顔の龍意に、皇太后も苦笑する。

「あまり長く閉じ込めると、それはそれでまた癇癪を起こして暴れて、使用人たちが被害を被《こうむ》るのよ」

「本当に厄介な女だな……！　薛家ってのは娘にどういう躾をしてるんだ」

「甘やかすだけで、野放しなのよ。そういう意味では、薛貴妃は育ちの悪い娘と言えるわね。物事の是非《ぜひ》や道理をきちんと教えてもらえる環境で育てられなかった」

「まあな……。宮女や使用人を虐《いじ》めたり罰したりするのを、皇帝に隠れてこそやってるならまだ可愛《かわい》げもある。でもあの女は、俺の前でも平気で宮女に嫌がらせをして、使用人の手足を切ろうとする。人を殺すことを悪いと思ってない」

「他人への思いやりというものが一切ない人だから。自分に楯《たて》突く者がいれば、祖父に言い付けて一族郎党に罰を与える。だから誰も逆らえない。この後宮で、あの人に面と向かって喧嘩を売るのは、星羅くらいのものね」

「なんで星羅は無事でいられるんだ？」

実のところ、ずっと不思議だったことである。

「煌星歌劇は、皇后もしくは皇太后の直轄《ちょっかつ》組織だからよ。薛宰相には星娘を罰する権限がない。それに、そもそも星羅は孤児で、親兄弟の左遷《させん》や降格をちらつかせて脅《おど》しをかける、という薛貴妃の得意技も使えない。それでも、余りに星羅が生意気だからとわたくしに泣きついて、罰を罰をとうるさく言ってくる時は、一応部屋に呼んで訓戒《くんかい》という形でお説教をするけれど、実際は一緒にお茶を飲むだけよ」

「……なるほどな」

薛貴妃が、星羅を皇太后のお気に入りだと言っていた意味がよくわかった。星羅は日頃から皇太后の庇護《ひご》を受け、だからこそ今日も、皇太后の言葉には素直だったのだ。

「お気に入りだから、今日も寛大な措置だったのか？　俺もまさかの素性を明かされてびっくりしたけど、ああも簡単に許してやるとは思わなかった」

何か誤解があるようだとはいえ、皇帝の生命《いのち》を狙ったのだ。龍意としては、いざとなったら星羅を庇《かば》って命乞《ご》いしてやろうとハラハラしていたのである。

皇太后は少し悪戯《いたずら》げな表情で龍意を見た。

「あなたこそ、星羅とは随分親しいようね。朝まで自主稽古に付き合っていたという報告もあったけれど」

「……知ってたのか」

考えてみれば、尤もな話ではある。あの夜、部屋を飛び出したまま帰ってこない龍意を、皇太后が捜させなかったわけがない。それなのに、邪魔も入らずに一晩中星羅の稽古に付き合えたのは、居場所を摑んだ上で静観されていたということなのだろう。

「面白そうだったから、一緒に剣舞の稽古をしただけだよ。おかげで薛宰相の罠《わな》も躱せたんだから、徹夜した甲斐《かい》もあったってもんだ」

「その時に、あの舞を覚えたの？　だったら、星羅を叱るわけにもいかないわね。——ただ、以前《まえ》にも言ったけれど、星娘は皇帝の相手をする義務がない。そのことはちゃんと覚えておいて」

「言われなくても、あんな女ったらしの女をそういう目で見ねえよ」

「ええ、そのままでいていただきたいものだわ。薛貴妃が三日部屋に閉じ籠《こも》って拗《す》ねていても誰も気にしないけれど、星羅が三日公演を休んだら、どれだけの宮女が嘆き悲しむことか……。影響を考えれば、簡単に罰せられないわ」

「俺の生命《いのち》より、歌劇の公演日程が大事なのか⁉」

それはそれでどうなのか、と龍意は憮然とする。

「それに、星羅を泳がせれば、非情営の動きを摑めるでしょう」

「……そっちが本音か。二重間者にしようってのか」

離宮から馬車に隠れて帰る間、星羅が言ったのだ。慶礼の状態は、呪いというよりも非情営特製の幻惑香の症状に似ている、と。件《くだん》の匣は引き金として使われただけで、先に何か別の手段で強い香を嗅がされていたのかもしれない。もしもそうだとすれば、非情営が持つ解毒薬を与えなければ治ることはない、と。

「とにかく、呪いなのか毒なのか、はっきりさせなきゃ埒が明かないしな。星羅が非情営で上手く情報を探り出せればいいが」

「他にも、確かめたいことがあるのよ。――英君《えいくん》を殺したのは非情営の毒なのかどうか」

皇太后の言葉に龍意は目をぱちくりとさせた。

「は？　皇后は病死だって言ってなかったか？」

「初めは、皆そう思っていたのよ。風邪をこじらせて高熱を出して、心臓が弱って亡くなったのだと。太医《たいい》の診立《みた》てもそうだった」

「それが、どこから毒殺疑惑が？」

「英君が亡くなってからしばらくして、英君の侍女が変死体で見つかったの。山に埋められていた亡骸が偶然犬に掘り返されたのだけれど、毒殺されたような様子で……それを知った慶礼は、英君の死因に疑いを持ったの。密かに真相を探ろうとしていた矢先、胡蝶《こちょう》の呪いに倒れてしまった――」

「皇后を殺したのは薛宰相だと？　孫娘の邪魔になるから殺した？　それを探られるのを恐れて、兄貴を呪いだか毒だかで黙らせた？　そしたら替え玉が現れたもんだから、それを殺してやろうとした？　替え玉が殺されちまえば、今さら本物を出してくるわけにもいかないし、あとはどうとでも自分の好きに出来ると？　全部、黒幕は薛宰相で実行犯は非情営だと？」

「わからないのよ」

皇太后はため息を吐いて小さく頭《かぶり》を振った。

「確かに薛宰相は悪党だけれど、慎重な人物でもある。皇族の暗殺なんて、露見すれば九族誅殺《ちゅうさつ》となるような危ない橋を渡らなくても、邪魔者を取り除く手段なら考えればいくらでもあるわ。けれど――」

「薛貴妃、か？」

龍意は頭の痛い気分でこめかみを押さえた。皇太后が皇后の件を今まで黙っていた理由がわかった気がした。薛貴妃の人間性や、非情営という組織について、説明が必要なことが多く、最初の段階では話し切れなかったのだろう。今日の事件で龍意が非情営の存在を知ったことで、打ち明ける気になったのだ。

「まさか彼女が、そこまで愚かな人だとは思いたくないけれど……」

「先に皇后がいるせいで自分が皇后になれない、邪魔だから殺しちゃえ――あの性格で後先考えずに愚行に出て、それが兄貴にバレそうになって、祖父さんに泣きついて、それを知った薛宰相は兄貴を黙らせた――これが正解だと？」

「……そういうこともあり得る、というだけの話です」

皇太后は硬い声で言った。

「憶測だけでいくら語っても仕方がないわ。星羅には、薛宰相と非情営の繋がりを探って欲しいのよ。何がどこまで薛宰相の仕業なのか、真相がわからなければ、対抗も反撃もしようがないでしょう」

「そうだな。薛貴妃がどこまで関わってるのか、それもはっきりさせないと気味が悪くてならねえ。もし、皇后を殺して、それを隠すために兄貴を黙らせておきながら、替え玉の俺に色目を使ってきてるなら、もう化け物だよ、俺には一生理解出来ねえ生き物だ」

宮中は権謀術数渦巻くところ、魑魅魍魎《ちみもうりょう》の跋扈《ばっこ》するところと言われるが、本当にとんでもないところへ連れて来られちまった——と龍意は嘆息した。

◇——＊◆＊——◇

翌日、午前の公演を終えた星羅は、午後の稽古を休んで後宮から忍び出た。

三日前にもこうして営塞《り》に向かった。こんなに何度も稽古を休むのは初めてだった。

表向き、星羅の実家は李家という素封家《そほうか》である。富豪の李家は、集児院《しゅうじいん》と名付けた施設で親のない子の面倒を見ており、そこで育ったことになっているのだ。そして慈愛深い聖人と名高い李家の主《あるじ》こそ、知る人ぞ知る非情営の営主《えいしゅ》である。

城市《まち》の西にある邸宅の奥が秘密の営塞となっており、そこへ向かいながら星羅の足取りは重かった。

眠りの病から覚めたばかりで奇行の多い皇帝陛下は、親身になって剣舞の稽古に付き合ってくれた。薛貴妃の嫌がらせからも救けてくれた。悪い人には見えなかったが、彼を信じたい気持ちをねじ伏せて、殺す覚悟を決めたのに。

――冬果姉さんを殺したのが陛下じゃないなら、組織が嘘《うそ》を吐いたことになる。どういうことなのか――。

邸の表で家職《かしょく》〔執事〕に迎えられ、任務の件で話があると言うと、奥の営塞へ通された。陳《ちん》というこの家職の正体は、非情営の幹部である。三日前、氷室に置かれた冬果の亡骸を見せてくれたのも彼だった。

営主は不在だというので、今日も陳に話を聞くことにした。皇帝暗殺に失敗して捕まったことは隠し、警備が厳しくてなかなか機会が摑めないのだと謝ってから、冬果の命日を教えて欲しいと頼んだ。

「正確な命日と時刻を知りたいのです。出来ればその時間に仇を討って、姉さんの魂を鎮めてやりたい――」

陳は営塞の日誌をめくり、冬果が死んだのは三月二十九日の朝のことだと言った。

「では、姉さんが後宮へ潜入したのは、二十八日の晩？」

「そうだ。瀕死の冬果が営塞に辿《たど》り着いて、暗殺の失敗を報告して事切れたのが、二十九日の卯《う》の刻〔朝六時〕前だった」

「二十八日――」

「どうした？　まさか今月の二十八日まで待つ気か？　そこまで冬果の死体を大事に取っておくつもりはないぞ。さっさとおかしくなった皇帝を殺せ」

「待ってください！　必ず任務は果たしますから、姉さんの亡骸を捨てないでください」

星羅は慌てて頼んだ。冬果の亡骸という人質を取られた状態で、組織に反抗的な態度を取るのは危険だった。陳の話を聞いたことで、謎はさらに深まったが、ここは従順な姿勢を見せておくしかない。

改めて任務の遂行を誓い、冬果の亡骸をくれぐれも頼むと繰り返してから星羅は営塞を出た。

◇――＊◆＊――◇

その晩、宮城における皇太后の御座所・祥華宮《しょうかきゅう》へ、こっそり星羅が呼ばれてやって来た。

上座の皇帝と皇太后に丁寧な礼を執る星羅に、龍意は待ちかねたとばかりに訊ねた。

「冬果が殺された日時はわかったか？」

星羅は神妙な表情で答えた。

「姉さんが後宮に潜入したのは、先月二十八日の晩だそうです」

「三月二十八日？」

龍意は首を捻ってから星羅の顔を見つめ返した。

「それって、あの夜だよな？　俺と剣舞の稽古を夜通ししてた――」

「……そうです。外《ほか》ならぬこの私が、陛下とずっと一緒にいました」

「ほらな！　俺の潔白は証明されただろ？　ずっとおまえと一緒にいたのに、どうやって妙な遊びに興じるっていうんだよ」

「そのことを、組織に話したのですか？」

皇太后の問いに星羅は頭《かぶり》を振った。

「私が組織に不審を抱いているような素振りを見せれば、姉さんの亡骸がどうされるかわかりません。何も疑っていない振りをして帰ってきました」

でも……と星羅は困惑の表情を見せる。

「犯人が皇帝じゃないなら、冬果は誰に殺されたのか、って？　う～ん……」

龍意も腕を組んで唸《うな》った。その脇で琳瑞が口を開いた。

「僭越ながら、可能性を申し上げますと――」

「なんだ、心当たりがあるのか？」

「星羅さんを働かせるためかもしれません」

「へ？　どういう意味だ？」

　龍意と同様に、星羅も説明を求めて琳瑞を見た。

「この後宮で、子供の頃から星娘として暮らしている星羅さんを、秘密組織の人間だなどと疑う者はいません。隙を衝《つ》いて陛下のお生命《いのち》を狙うのに、うってつけの刺客となり得るでしょう。――ですが、ひとつ大きな問題があります」

　琳瑞は星羅を見遣って続ける。

「あなたの仕事は間諜で、普段は役者として暮らしていて、人を殺したことなどないでしょう？　ただ普通に皇帝を暗殺しろと命じても、果たしてやりおおせるでしょうか」

　そこまで聞いたところで、星羅は掠《かす》れた声を出した。

「……私の憎しみを、煽《あお》ろうとしたのだと……？」

「大切な人の仇討ちだと思えば、幼い子供でも敵に刃を向けます。あなたを必死にさせるために、組織が仕組んだことかもしれません」

「私を刺客にするために、組織が姉さんを殺したのだと……!?」

「あり得ませんか？」

「あり得ない――……ことでは、ありません……」

　星羅はがくりと項垂れて答えた。

「非情営は、そういうところです。営主にとって、配下はすべて替えの利く駒《こま》。目的のために手段は択《えら》ばない。私を最適な刺客として働かせるためなら、姉さんの生命《いのち》を利用するくらい、なんでもない……」

「本当は組織の中で冬果を殺して氷室に保存して、それを星羅に見せて嘘八百の経緯を説明したってのか。どんだけ外道な組織だよ」

「——非情営にそこまでさせる、依頼人の正体はわかりましたか？」

皇太后の問いに星羅は頭《かぶり》を振った。

「ただ皇帝を殺せ、としか言われませんでした。皇帝が替え玉だということすら教えられず……組織もそれを把握していないのか、それとも私に教える必要はないと考えているのか……」

「まあ、後者だろうな。とにかく現在皇帝と呼ばれている人間を殺せ、ってことだろ」

「申し訳ありません——。迂闊な態度を取れば姉さんの亡骸を捨てられてしまいそうで、あまり踏み込んだことは探れませんでした」

「いや、まあそれはしょうがない。卑怯《ひきょう》だよな、完全に姉さんが人質だもんな」

龍意は顔をしかめる。

「……姉さんが私のせいで殺されたなら……尚更ちゃんと弔ってやらなければ、私は死んだ姉さんに顔向けが出来ない……。絶対に、姉さんの亡骸を守らなければ……」

拳を固く握り、己に言い聞かせるようにつぶやく星羅に、皇太后が言った。

「星羅。あなたは非情営に忠誠を誓っていますか？」

「……！」

傷口に触れられたような顔で、星羅が皇太后を振り仰いだ。

「あなたは一生を非情営の駒として生きたいのですか？」

息を呑んでしばらく言葉に詰まっていた星羅は、やがて小さな声を絞り出した。

「出来れば……解放されたいと願っています。私の望みは、間諜としてではなく、純粋に煌星歌劇の星娘として生きることです」

その返事に、皇太后は満足そうに頷いた。

「ならば、わたくしたちに協力しなさい。非情営と薛宰相が手を組んで行った悪事の決定的証拠が摑めれば、朝廷の力で非情営という組織を壊滅させることが出来ます。そうすれば、あなたを縛るものはなくなる」

「朝廷が組織を潰《つぶ》してくれる……？　本当にそんなことが……？」

星羅は信じられないというような顔をする。そこに龍意が口を挟んだ。

「待った！　その仕事、俺も仲間に入れてくれ」

「陛下!?」

皇太后と琳瑞が両側から龍意を見た。

「自分の目で確かめたいんだよ」

「何を確かめたいのですか」

「悪人どもの悪事をだよ。薛宰相が悪党なのは確かみたいだが、だからといって俺が聞かされてることのすべてが真実だとも限らない。今の有様を、遼家と薛家の権力争いだと見れば、あんたらが俺に教えることは、あんたらに都合のいいことばっかりだという可能性もあるからな」

あんた呼ばわりされた皇太后が静かに問う。

「わたくしがあなたを騙《だま》していると？」

「自分の家や地位を守るために立ち回るのを、一概に悪いことだと言うつもりはねえよ。ただ、是非の判断は自分でする。俺は、自分がなんでこんな厄介な役目を押しつけられることになったのか、その経緯《いきさつ》を自分の目で確かめたいんだ」

「あなたも城市《まち》へ出て、非情営や薛宰相の動きを探るというのですか」

「別にいいだろ。俺は元々市井《しせい》の育ちだ。こんな大仰な龍袍を脱げば、一瞬で庶民《しょみん》の中に溶け込めるさ」

「ですが陛下、腕のお怪我も癒《い》えていらっしゃらないのに」

琳瑞の言葉に対し、星羅が申し訳なさそうな顔になる。龍意はふたりに向かって左腕をぶんぶん振ってみせた。

「こんなの、かすり傷さ。ほら、十分に動く」

「それに、今のあなた様は、ただの芝居一座の役者ではないのでございますよ」

　重ねて心配する琳瑞に、「そこだよ」と龍意は人差し指を向ける。

「俺はただの役者で不満はないんだよ。行動の自由もない、生命《いのち》を狙われるのが当たり前みたいな仕事、誰が好きでやりたいもんか。やるならやるで、それも仕方ないと思えるような理由がなけりゃ、やってられねえ」

　龍意は皇太后を見据《みす》えて言い放つ。

「毒だの呪いだの秘密組織だの、俺にはまだ訳がわからないことだらけだ。自分の置かれた状況を自分の目で判断することすら許さないというなら、俺は替え玉の役なんて降ろさせてもらう。こんな生活より、貧乏一座で借金背負ってる方がまだマシだ。どうしようもなくなれば、暇を持て余した奥方どもを誑《たら》し込んででも金を工面するさ」

「なんと不埒なことを言うのです」

「初めから、最終手段はそのつもりだったんだ。一座の女の子たちを悪所に売るよりはいいだろう」

　皇太后は眉間《みけん》を険しくして龍意を見つめたあと、諦《あきら》めたように息を吐いた。

「――わかりました。ただ、これだけは胸に刻んでおいてください。あなたに何かあれば、慶礼の帝位を守れる者はもういません。今、この陽夏国のために何を守り、何をするべきなのか――あなたがそれを正しく見極めてくれることを願います」

◇——＊◆＊——◇

龍意と星羅が帰ったあとの祥華宮で、皇太后・遼秀苑は、息子とのやりとりを兄の遼炯成に説明した。

「私たちが嘘を言っているかもしれない、と？」

「ええ。あの子は本当に、思ったよりも聡明です。普段は軽口が多いけれど、物の考え方に冷静さと慎重さがある。あの子がもっと単純に、悪の宰相を懲《こ》らしめる正義に酔って突っ走るような子だったら、わたくしはがっかりしていたかもしれません」

「疑われて喜ぶのも妙な話だが、確かにそれくらいの警戒心はあって欲しいところだな」

「……あの子を連れてくる前、琳瑞が言っていました。替え玉としてやって来る慶礼の双子の弟皇子が、どんなに馬鹿《ばか》でも我慢して世話をすると。皇帝の身代わり役に味を占め、有頂天になって好き放題するような阿呆でも、今は慶礼の身代わりが必要なのだからと」

「その心配は杞憂《きゆう》に終わったわけだ」

「だからこそ、どうしても期待してしまうのです――」

殺されるはずだった龍意が本来の身分を取り戻し、幸せになる。それが叶えば、天の怒りも治まり、帝室に子宝も授かるのではないか。

母として、眠りに就いたままの慶礼も心配だが、龍意の行く末も案じられてならない。

無事に慶礼が目を覚まし、皇帝の座に戻ったら、龍意を芝居役者として《祥万里座》へ帰すのか？　そう約束はしたが、それは出来ない、という思いが日に日に強くなる。

龍意が皇子である証拠さえ用意出来れば。皇帝の弟として王号を与えられる。そうして兄を支えて欲しい。あるいは最悪の場合、兄の跡を継いで欲しい。

「――早く、占師の生き残りを見つけ出さなければ」

「薛宰相も最近、邸に占師を集めていると聞く。こちらの先を越すつもりかもしれない」

「なんですって！　先に生き証人を捕まえられたら、おしまいだわ。お兄様、急いで」

「捜索の人手を増やそう」

「ええ、お願い――」

四、暗中飛躍

城市《まち》へ忍び出るといっても、龍意《りゅうい》も星羅《せいら》も制約の多い立場だった。

龍意には皇帝としての公務があり、星羅には煌星《こうせい》歌劇の星娘《せいじょう》として舞台がある。一日中を好きには使えない。

星羅をこちらの味方に引き込み、二重間者を承諾させた皇太后《こうたいごう》だが、舞台を休むことは許さなかった。幸い、あと数日で星羅の所属する芳華《ほうか》組の公演が終了し、しばらくの休暇に入る。星羅はその期間を使い、里帰りを装って後宮を出ることになった。

どちらかといえば、自由が利くのは龍意の方だった。仕事があるといっても、午前の朝議さえ終われば解放される。変装して、皇太后からもらった令牌《れいはい》を各所の門番に見せれば、皇太后の配下として城の出入りは自在である。

星羅に先駆け、龍意は黄金の袍《ほう》を脱ぎ捨てて城市《まち》へ出た。

思いがけぬなりゆきで皇宮《こうぐう》の主《あるじ》になってから、一月《ひとつき》ほどが過ぎていた。懐かしい大街《たいがい》の喧噪《けんそう》に触れながら、最初に足を向けたのは、まだ郊外に掘っ立て小屋を建てて暮らしている《祥万里座《しようばんりざ》》だった。

皇太后は約束通り、一座の借金と養父《ちち》の薬代をすべて肩代わりしてくれたが、急に金回りが良くなってあらぬ噂《うわさ》が立ってはまずいと、それ以上の援助を断ったのは養父の秦玄正《しんげんせい》だった。

ともあれ、玄正は順調に回復して起き上がれるようになり、座員たちも城市《まち》の勾欄《こうらん》を借りて芝居をする余裕が生まれた。このまま金を貯《た》めて、また自分たちの勾欄を持つのだと張り切っている。その様子を見て安心したあと、龍意は弟分の飛燕《ひえん》を小屋の裏手に呼び出した。

「大哥《あにき》！　今までどこにいたんだよ！　出稼ぎって何の仕事なんだ？　座長は何も教えてくれないし、心配してたんだぞ！」

「うん、まあな……。おまえにもちょっと手伝ってもらいたいことがあってな」

調べたいことはいろいろあるが、行動時間に制約がある龍意ひとりでは難しい。遼宰《りようさい》相《しよう》に頼めば人手を貸してくれるだろうが、龍意としては気心の知れた手下が欲しかった。小柄で身の軽い飛燕は、軽業を得意とする。そのすばしっこさを活《い》かして、探索仕事を頼みたかった。

「実はな――」

龍意は飛燕に、極めて簡潔に自分の状況を説明した。

「皇帝の替え玉を頼まれた⁉　たまたま大哥《あにき》が皇帝とそっくりだった⁉　悪い宰相をやっつけないと、替え玉の仕事が終わらない⁉」

眸《め》を丸くして驚く飛燕に、龍意は「そうなんだ」と尤《もっと》もらしく頷《うなず》いた。

難しいことを言っても、どうせ飛燕には理解出来ない。この程度のことだけ教えれば、納得するだろうと踏んだのは正解だった。眸をキラキラさせて頷く。

「さすが大哥、皇帝に成り済ませるなんて千両役者だな！　でも大哥には早く出稼ぎから帰ってきて欲しいし、オレも宰相を倒すのを手伝うよ」

「他にもう少し、使い走りをしてくれそうなのがいると助かるんだが……」

「大哥の出稼ぎ先を知りたくてあちこち捜し回ってた時に、破落戸《ごろつき》連中の知り合いは増えたけど、無償《ただ》じゃ動かない奴らだからな〜」

「大丈夫だ、元から人を雇うつもりで軍資金はもらってきた」

銀子《ぎんす》のたっぷり入った巾着《きんちゃく》を見せると、飛燕がピュウと口笛を鳴らした。

「さすが皇帝陛下、金回りがいいな！」

実際は、外見の割に吝嗇家《りんしょくか》の遼宰相からこれを分捕るのには苦労したのだが、飛燕にそんな説明をしても仕方がない。

「じゃあ差し当たり、そいつらを動員して、薛《せつ》宰相の邸《やしき》に出入りする人間を探ってくれ。それと、道楽者だという栄王《えいおう》の遊んでる場所がわかったら知らせて欲しい」

非情営《ひじょうえい》に関しては、星羅と合流しなければ動きようがない。今日のところは飛燕にそれだけ頼んで連絡手段を教え、薛府や栄王府の場所を確認がてら外観を窺《うかが》ってから帰った。

早速、栄王が昼間から妓楼《ぎろう》で豪遊しているとの情報が入ったのは翌日のことだった。

栄王がどんちゃん騒ぎをしている広間は院子《にわ》に面しており、窓は開け放されていた。物陰《かげ》に隠れて中を観察するのは簡単だった。

周りに大勢の妓女《ぎじょ》を侍《はべ》らせた栄王は、浴びるように酒を呑《の》みながら上機嫌だった。

「正気を失った慶礼《けいれい》より、この私の方が皇帝に相応《ふさわ》しい。おまえたち、私に酒を注げるのも今のうちだけだぞ。帝位を継げば、こんなところへ遊びには来られぬからな。わかったら、私が至高の座に登る前に、とびきりのもてなしをしてみせろ！」

「栄王様、お声が高《たこ》うございますわ。そのようなこと、人に聞かれたら……」

女将《おかみ》に窘《たしな》められても栄王は悪怯《わるび》れない。

「本当のことを言って何が悪い。今帝位にいるのは木偶《でく》の坊だ。替わって私が帝位に即《つ》くのは時間の問題だぞ」

――どっちが木偶の坊だよ……。

生垣の陰で栄王の言葉を聞きながら、龍意はため息を吐いた。

妓楼の中で栄王の評判を聞いて回ったが、傍若無人《ぼうじゃくぶじん》な酒乱だと嫌われていた。朝廷の記録を見ても、栄王はろくな仕事をしていない。たとえば国のどこかで災害が起きれば、救済銀や救済米を出し渋り、賄賂《わいろ》を贈ってくる役人や商人ばかりに便宜《べんぎ》を図って復興事業の利権を貪《むさぼ》る。その俗物ぶりを薛宰相に見込まれ、傀儡《かいらい》役に選ばれたのだろう。

そんな人間のどこが皇帝に相応しいのか。あんなのが皇帝になったら民の迷惑だ。

龍意の胸中で、呆《あき》れの後《のち》にやって来たのは安心感だった。

――まあ、よかったよ。大層な志《こころざし》のある人物じゃなくて。

なまじ、天下国家を憂《うれ》う大志ある人物だったら、それを押し退《の》けるのは申し訳ないと思ってしまうが、ああいう人間ならよかった。遠慮なく野望を挫《くじ》いてやれる。

これが、龍意が自分の目で確かめたかったことのひとつだった。朝儀にも顔を見せない栄王とはあまり接する機会がなく、立夏《りっか》の祭祀《さいし》でわかりやすい嫌がらせをされたという印象しかない。本当に皇太后たちから聞かされた通りの人物なのかを知りたかった。

――本当に、ただのわかりやすい馬鹿《ばか》だった……。

あれだけ素直に己の即位を疑わないところを見ると、薛宰相は替え玉の正体に関する疑惑を栄王と共有してはいないようだ。馬鹿に余計なことを教えたら、馬鹿は余計なことをする、と考えたのかもしれない。

利用するには馬鹿なくらいがちょうどいいが、馬鹿過ぎても操縦が難しい。優秀な人材を得るのも大変だが、『ちょうどいい馬鹿』を見つけるのも案外難しい話なのかもな――

そんな風に思って、龍意はふと自分を顧《かえり》みた。

では、皇太后たちにとって自分はどうだろう？　扱いやすい替え玉だろうか？

あまりそうとも言えないかもしれない。こうやって、状況を自分の目で確かめたいと言って宮殿から出たがるような皇帝だからな――。

◇――＊◆＊――◇

数日後、星羅が休暇に入った。

朝議を終えた龍意は、城市《まち》の西にある妓楼へ向かった。

雲雅楼《うんがろう》。密かに遼家が経営する妓楼で、飛燕との連絡はここを介して取り合っているが、星羅もここに滞在することになったのだ。

妓楼に滞在といっても、妓女の振りをするわけではない。男装をし、女将の賓客《ひんきゃく》として居座る格好を取るらしい。非情営に動きを悟られないための変装である。

李碧星《りへきせい》という偽名で、すでに星羅は妓楼の一等室に通されていた。部屋の前には妓女が群がり、何事かと思えば、皆が贈り物を持って星羅に渡そうとしているようだ。

押し合いへし合いしている妓女たちを見兼ね、女将が止めに入ると、部屋の奥から星羅の声が聞こえた。

「ほら、喧嘩《けんか》しないで。みんなの名前を覚えたいから、笑顔で名前を教えてくれるかな」

爽《さわ》やかな色の衫《さん》を纏《まと》い、名家の公子然とした装いの星羅がにっこり笑ってそう言うと、妓女たちは整列して名を名乗り、それぞれに贈り物を置いて出て行った。

騒ぎが収まったところでようやく部屋の中に入れた龍意は、呆れ顔で星羅を見た。

「おまえは女なら誰でもいいのか。滞在一日目で妓楼の女から貢ぎ物の山とは、魔性の女ったらしめ」

言ってから、女に言う台詞《せりふ》ではないなと思ったが、他に言葉が見つからなかった。

「私からおねだりしたわけではありませんよ」

星羅のその返事も、悪怯れない花花公子《かかこうし》そのもので、龍意はため息を吐いた。熱心に稽《けい》古《こ》をしている時や、身の上を語った時の態度は殊勝そのものだったのに、男役になり切ると星羅はこうなるらしい。

「まあいい。俺はここへ遊びに来たわけじゃないからな。女たちのあしらいはおまえに任せる」

不機嫌に言って椅子《いす》にどかっと腰を下ろすと、星羅が問う。

「あなたは女性がお嫌いですか？」

「誰でもいいわけじゃないだけだ。俺はもっとこう、気立てが良くて優しくて、ふんわり可愛《かわい》らしい女の子がだな――」

「残念ながら、後宮の妃嬪《ひひん》にそういう女性はいませんね。それでは生き抜けない場所ですから」

「わかってるさ。だからとっとと替え玉の仕事をやっつけて、出て行きたいんだよ」

なんでこんなところで、男装した女に対して自分の女の好みを話してるんだ——と我に返った龍意は、話題を変えた。

「ところで、おまえは金持ちの若様の設定だろ？　皇太后から、それに見合う財布は渡されたか？」

「一応、困らない程度はいただきました」

それを聞いて龍意は舌打ちした。

「くそっ、やっぱり皇太后に言うべきだったんだな。朝議のあとのついでで遼宰相に頼んだら、小遣いもらうのにすげえ苦労したんだよ」

「遼宰相はお金に細かい方ですから」

「やっぱり？　後宮でも有名なのか？」

「後宮というか……煌星歌劇の中では知られている話です。太星《たいせい》と遼宰相はいつも歌劇の予算のことでぶつかっていますから。毎公演、どれだけ予算を捥《も》ぎ取れるかに太星はすべての精力を傾けているほどで。あ、太星というのは劇団の長です」

「あー、派手だもんな煌星歌劇って。あの衣装や大道具なんかは毎回新調するのか？」

行くのです」

星羅は頷いた。

「今も、次の光雲《こううん》組公演の予算交渉中ではないでしょうか。一応、内廷費の中から予算が出るのですが、黙っていると最低限しかもらえないので、毎回太星が気合を入れて交渉に行くのです」

黙っていれば最低限しかもらえない——その言葉に龍意も深く頷いた。自分も初めに渡された小遣いは本当に雀《すずめ》の涙だったのだ。そこをなんとか交渉して、増やしてもらった。

余りに遼宰相がケチなので、もしかしてこの国は思ったよりも貧乏なのかと心配になって琳瑞《りんずい》に訊《たず》ねれば、然《さ》に非《あら》ず。琳瑞曰《いわ》く、

「いえ、国庫に金はありますよ。単に遼宰相という方は、しまり屋なだけです。出てゆく金は少ないいほどいい、倹約するのが楽しい、という性分なのです」

外見と身分の割に、貧乏性なだけらしい。

「本来あの方は、お役所の片隅《すみ》で日がな一日細かい計算仕事をしていたかった——という方なのですよ。それが、妹君が皇后に冊立され、否《いや》が応《おう》でも権力争いに巻き込まれるお立場になり、一族を守るためにも顕職《けんしょく》へ昇らざるを得なかったのです」

小役人志望の男が宰相になり、ただの役者が皇帝になり、世の中不思議なものである。

星羅との会話でそんなことを思い出していると、部屋の外からこちらへ近づいてくる足音が聞こえた。

「大哥《あにき》が来てるって⁉　ここか⁉」

尻尾《しっぽ》をぶんぶん振った犬のような風情で飛燕が飛び込んでくる。そして星羅の存在に気づき、胡乱《うろん》な目を向ける。

「誰、こいつ」

「李碧星だ。皇太后の縁者で、俺の補佐をしてくれることになった」

表向きはそういう設定になっている。

「……なまっちろい公子だな。こんな奴が大哥の助けになるのかよ？」

飛燕は自分より背の高い星羅を男だと疑っていないようだった。

「使えるかどうか、オレが確かめてやるよ！」

言うが早いか、飛燕は星羅に殴りかかった。

「おい！」

龍意が制止の声を上げるも、星羅は軽い動作で攻撃を躱《かわ》し、逆に飛燕の腕を取って捻《ひね》り上げた。そのまま背後に回り、肩を極《き》めて首を絞め上げる。

「やめてやれ、星──碧星！」

飛燕を止めるつもりが、星羅を止めることになってしまった。

龍意の仲裁で放された飛燕は、咳《せ》き込みながら星羅を睨《にら》む。

「ふん、ちょっとは出来るみたいだな……！　今のはオレが油断しただけだ」

完全に負け惜しみである。思えば離宮で星羅に襲われた時、暗殺の要領がいいとは言えなかったが、身のこなしは普通ではなかった。非情営という秘密組織で、暗殺技術を専門に仕込まれはしなかったものの、それなりの訓練は受けてきたのだろう。

「それで飛燕、何か報告でもあるのか?」

「や、別に……大哥《あにき》からの連絡が何かあるかな、と思って顔を出したら、本人が来てるって聞いたから——」

「だったら、薛府の監視に戻ってろ。撒かれっぱなしの薛宰相の外出先を、なんとか突き止めてくれ」

しばらく薛府を見張っていた飛燕の話によると、薛宰相は何かと外出が多いが、途中で何度も馬車を乗り換えるせいで、いつの間にか見失っていたり、気がつけば違う人間の乗った馬車を追う羽目になっているという。これまで皇太后が配下を総動員して追わせても撒かれたというのだから、相当な警戒である。それだけ慎重に出かける先が後ろ暗い場所でないはずはない。

薛宰相には、北伐《ほくばつ》の開戦を睨んで火薬を大量に買い集めているという噂がある。だが北伐は正式に決定していない。今の段階で、臣下が私的に多量の火薬を所持していることが露見すれば、厳罰を下す格好の材料となる。薛宰相の外出先とは、その手の危険な物を保管している場所か、あるいはその取引場所ではないかと龍意は踏んでいた。

「わかったよ、次こそちゃんと追いかけ切ってみせる……！」

　飛燕が出て行ったあと、龍意は話を本題に戻して星羅に訊《き》いた。

「それで、結局休暇は何日取れたんだ？」

「次回公演の稽古が思ったよりも早く始まりそうで、里帰りとしての休暇は三日です」

「三日？　短いな！」

「元より、そんなに時間をかけられる問題ではありませんから。組織からは早くあなたを殺せと急《せ》かされていますし」

「そうだったな」

　龍意は首を竦《すく》めて苦笑した。

「姉さんのことを思うと、組織の催促をあまり引っ張れません。私があなたを殺すか、組織自体がなくなるか、どちらかを果たさなければ姉さんの亡骸《なきがら》を救えない」

「強硬手段もあるだろ。姉さんの亡骸を営塞《えいさい》から奪還するなら、協力するぞ？　人質さえなくなれば、ひとまずおまえは自由になれる」

「それは最後の手段です。今の時点で私が組織と決定的に対立するのは、得策とは言えません。それに、あなたを営塞に連れてゆくことは皇太后様に禁じられています」

　朝議後の微行《びこう》は許してくれた皇太后だが、非情営の内部に足を踏み入れることは罷《まか》りならぬときつく命じられていた。慶礼と同じ顔をした龍意が捕らえられでもしたら、取り返しがつかないからと。その命により、星羅も龍意には決して営塞の場所を教えようとしなかった。

「秘密組織ってとこを覗《のぞ》いてみたかったのになー……」

「駄目です。あなたを危険から守るよう、皇太后様からきつく命じられています」

「なんで俺が女に守られなきゃならないんだ……」

「私はあなたに、借りがありますから」

星羅の視線が龍意の左腕に向く。離宮で龍意を襲い、怪我《けが》をさせたことを言っているようだった。龍意は肩を竦めて言う。

「別に、この程度の傷で根に持ったりしねえよ。旅回り中、土地の破落戸《ごろつき》と喧嘩になって、もっと大怪我をしたことだってある」

「事実を確かめる前に早まった行動をしたのは私の過《あやま》ちですから。この先は私が、あなたを守ります。この身に代えて、あなたに傷ひとつ負わせないと誓いましょう」

「やめろ！　そういう格好いい台詞は、言われたいんじゃなくて言いたいんだよ！」

龍意は頭を抱える。

「――わかったよ。じゃあそのうち、何か頼み事を思いついたら借りを返してもらうから、それまで忘れてろ。あんまり気に病まれると、こっちが落ち着かねえ。俺に借りがあると思うなら、言うことを聞け。わかったな」

「……わかりました」

星羅は頷いたが、やはり龍意を非情営に連れてゆく気はないようだった。

「そもそも私ひとりなら、営塞に顔を出すことはいつでも出来ます。それよりも今は、せっかくのこの機会に、薛府に潜り込んでみたいのです」

「なんだと？　どうやって！」

「占師《せんし》に扮《ふん》します」

「占師？」

「薛宰相は今、邸に占師を集めています。占師だと名乗れば、誰でも招き入れられる状態だとか」

「ああ、そういう風に聞いてる。招くだけじゃ飽き足らず、京師《けいし》の外からも手当たり次第に攫《さら》ってきてるって報告もある」

「薛宰相の目的はわかっています。あなたの出生の秘密を知る生き証人を皇太后様より先に見つけて、始末してしまいたいのでしょう」

「でも二十三年前に命からがら逃げ延びた占師なんて、そう簡単に見つからねえよ。遼宰相も大捜索してるみたいだが、そもそも今もまだ生きてるかもわからねえし、雲を摑《つか》むような話だ」

龍意としては、そんな証人は見つからない方が、後腐《あとくさ》れなく替え玉の仕事から解放されそうで有り難い。だが薛宰相が先に見つければ、こちらの陣営は絶体絶命に陥《おちい》るということもあり、どちらの陣営にも見つけられないままどこかで天寿を全うしていて欲しかった。
「ですが、その状況を逆手に取って、薛宰相を撹《かく》乱《らん》出来れば？　当時の占師本人ではない
としても、その行方を知っていそうな、思わせぶりな態度で薛邸に居座って、邸内を探る
ことが出来れば――」
「薛宰相に顔を知られてる俺には出来ない芸当だな」
「ええ。外廷と接触のない私は薛宰相に顔を知られていませんから」
「非情営の営塞を探り回るよりは、薛府の中を探る方がおまえにとっては安全だろうが
……ひとりで大丈夫か？」
「脱出する時の手助けが必要なので、あなたには一緒に行動するよりも外から逃げ道を開
いていただきたいのです」
それと、と言って星羅は龍意の前に紙の束を置いた。
「皇太后様から頂いてきました。二十三年前に占師署《せんししょ》にいた占師たちの似顔絵です。皇太
后様が覚えておられるだけの分を描かせたそうです。この中の人物が薛宰相にすでに捕ら
えられていないかも確認したいのです」
「ああ、描かせてると言ってた似顔絵が出来たのか。う～ん、曖昧《あいまい》な絵だなあ……。まあ、
二十三年も前の話じゃしょうがないが、一応飛燕にも回して、薛府を張ってる奴らに気を

つけさせるか……」

　ぶつぶつ言いながら似顔絵を見ていた龍意は、中の一枚に目を留めた。

「ん？　白何某《はくなにがし》？　こいつだけ、絵柄が違うな。やけにしっかり描き込まれてる」

「ひとり、大層な美青年がいたそうで、その占師の顔はよく覚えていらっしゃるそうです。そのため、歌劇で絵姿を描いている専門絵師を呼んで描かせたと」

「確かに、歌劇の花形並みのキラキラ感と描き込み具合だな……。まあ今は五十絡みのおっさんだろうが」

「白という姓しかわかっていませんが、この占師の縁者を騙《かた》ろうと思っています。もし薛宰相もこの占師のことが印象に残っていれば、引っ掛かりやすくなりますから」

　龍意は結局、星羅の計画を後方支援することを約束させられ、一緒に薛府の様子を偵察に出かけた。物陰から少し門前を見ていただけでも、占師を名乗って招き入れられた者は何人もおり、逃走経路などを確認してからいったん薛府を離れた。

「入ってった分、追い出される占師も大勢いるって話だぞ。役に立たないとわかれば、すぐに放り出される」

「明日明後日まではなんとか居座れるように、それらしい扮装をしてから出直します」

　市を覗いて衣装や占いの小道具などを揃《そろ》え、妙に奥方受けしそうな美形占い師の風采《ふうさい》を整えた星羅は、改めて薛府の門を叩き、中へ入っていった。

それを見届けた龍意は無性に心配な気分になっていた。

雲雅楼を出てからここまでの道のりで、星羅は何度も人助けをした。酒屋の裏で酔っ払いの父親に折檻《せっかん》されている娘を救け、路地で破落戸に絡まれている老人を救け、後宮の中で宮女たちを救っているのと同じことを城市《まち》でもやっていた。

——あの義俠《ぎきょう》みたいな性格で、おとなしく薛府内を探れるか？

他の占師が薛宰相から虐《しいた》げられていようものなら、派手に救けて悪目立ちしそうだ。やっぱりひとりで行かせたのは不安だな——。

何か騒ぎが起こるのではないかと案じ、しばらく邸の様子を窺っていると、数人の占師らしい男たちが門を出てきた。何やらぼやき節の会話に耳を澄ませてみる。

「せっかく薛府の食客《しょっかく》になれるかと思ったら、期待外れだったな」

「薛宰相が喜びそうなことばっかり言ってやったのにな」

「さっき来た胡人みたいな青い眸の男は要領良かったよな。やけに綺麗《きれい》な貌《かお》でにっこり笑ったら、薛夫人に早速気に入られて、侍女たちもこぞって世話したがってた。あれは居残れるんじゃないか？」

星羅のことを言っているのだとすぐにわかった。

——あいつ、早速誑《たら》し込んだのか！

龍意は呆れて薛家の豪邸を仰いだ。

義俠体質のくせに、その軟派ぶりはどうなのか。だが女性陣を陥落させて甘くおねだりすれば、邸内で動ける範囲も広がるだろう。恥知らずではあるが、非常に有効な手段だ。

まったく、心配して損したぜ――！


むかむかしながら宮城へ帰った龍意を、琳瑞《りんずい》が不思議そうに出迎えた。

「おや、随分《ずいぶん》とご機嫌斜めでございますが、どうかなさいましたか？」

琳瑞の手で着替えさせられながら龍意は愚痴《ぐち》る。

「なんで星羅はあんなに女にモテるんだ……隣に俺がいても、みんな星羅の方に擦り寄るのはなぜなんだ……!?」

「それはまあ、仕方ないですね」

当然のようにあしらう琳瑞に、さらに腹が立つ。

「どこが仕方ない!?　俺だって十分に男前だぞ!?」

「確かに陛下も水際立った美丈夫でいらっしゃいますが、そういうことではないと申しますか……」

「じゃあどういうことだよ？」

「ただ男に生まれただけの立場に胡坐《あぐら》をかいている人間と、日々女性受けの研究をしている煌星歌劇の男役とでは、実力が違う――ということでございますよ」

「何の実力だよ」

「女性に夢を見させる技術の、ですよ」

「夢……？」

きょとんとしてから、なんとなく思い当たる場面が脳裏に蘇《よみがえ》った。

雲雅楼の星羅の部屋に、妓女が群がっていた。苦界《くがい》の女たちが、生身の男よりもああいうお綺麗な貴公子に夢を見たい気持ちはわかる気がした。

だが、皇帝のためにある後宮でも俺より歌劇の男役の方がモテるのはなぜだ……！

ここで俺に寄ってくる女は薛貴妃《きひ》くらいのもので、全然嬉《うれ》しくないぞ——！

と、薛貴妃の顔を思い出しただけでうんざりし、龍意は酒を持って来させた。

禁足《きんそく》が解けた薛貴妃がまた押し掛けてきたら面倒臭い。その前に酒を呑んで寝てしまおうという算段である。

そうして翌日、微妙に酒が残ったまま朝議を終えた龍意が陽麗宮《ようれいきゅう》へ戻ると、琳瑞が笑顔で報告した。

「先ほど、無事に薛貴妃は里帰りなさいましたよ」

「なんだと？　里帰り？」

「おや、皇太后様から伺っておられませんか？　どうやら、先日の騒ぎを薛宰相が知って、無理矢理家に連れ戻したようです」

「騒ぎって……あれか。俺を替え玉だと言いふらそうとしたことか？」

「はい。病のようだから実家で療養させたいと言って、急なことでしたが、皇太后様も了承なさいました」

「ふん、さすがに孫娘の浅慮を叱《しか》る気になったか」

したり顔で頷いてから、龍意ははっとした。

――まずい、今、薛府には星羅が潜入してるぞ！

薛宰相は星羅の顔を知らないから安心していたが、薛貴妃は星羅とは因縁《いんねん》の関係である。もしも薛府でふたりが鉢合わせしたら――。

ぞっとして、残っていた酒が完全に醒《さ》めた。

昨夜、酒を呑んで寝る前に、皇太后に星羅の計画を報告しておけばよかった。そうすれば、薛貴妃の里帰りを阻止してくれただろうに！

悔やんでも後の祭りである。龍意は急いで龍袍を脱ぎ捨て、薛府へ向かった。

◇――＊◆＊――◇

薛寿昌《じゆしよう》のもとへ、その占師が捕らえられてきたのは数日前のことだった。

「城市《まち》で似顔絵にそっくりの男を見つけました」

そう言って配下が連れてきたのは、端整な顔立ちをした若い男だった。

二十三年前当時、占いに傾倒する先帝のもと、朝廷の占師署は最大規模の人員を誇っていた。皇帝の不興を買えばすぐに解雇されるので、出入りの激しい占師の顔をすべて把握出来るものではなかったが、中にひとり、印象的な美形がいたのは記憶にあった。

似顔絵を描かせ、そこから二十年以上が経過した風貌《ふうぼう》を想像して捜すように命じたのだが、まさか似顔絵とそっくり同じ顔の人間が見つかるとは思わなかった。

話を聞いてみると、どうやら件《くだん》の占師の息子らしい。

「――父は、身体《からだ》に無数の古傷があり、訊ねてもその曰くを教えてはくれませんでした。私がまだ幼い頃、結局その古傷が悪化して亡くなり、父にどんな過去があったのか、私は知りません」

白青藍《せいらん》と名乗る青年はそう語った。彼の父は、先帝が差し向けた刺客から逃げる際に怪我を負い、秘密を胸に秘めたまま死んだということなのだろう。幼い息子にわざわざ身の危険を招く秘密を言い遺す必要もなく、母親もすでに病で亡くなっているとのことで、この青年が何も知らないというのはひとまず信用出来た。

他にも逃げ延びた占師がいるかも知れず、その捜索は続けさせるとして、せっかく捕えたこの青年を何かに利用出来ないだろうか――？

「そうだ、皇太后は面喰《めんく》いだ。私でも覚えていたくらいなのだから、きっと当時の占師の中でもあの占師の顔は覚えているだろう。あの男を皇太后の前に出して見せたら……」

「さぞかし驚くでしょう。本人だとは思わなくとも、息子だとは見当が付くはず」

配下がにやりと笑い、薛寿昌も同様に笑う。

「あの男が何も知らなくても構わん。そんなことは、あの男の顔を見ただけの皇太后にはわからぬ話だ。ただ、皇太后に揺さぶりをかけられればいい」

「焦った皇太后は、あの男を奪おうとするでしょう」

「奪ったところで、あの男は何も知らぬ。二十三年前、双子の皇子が生まれたことの証人にはなれぬ。それどころか、皇太后の手の者に無体を働かれ、薛家で雇っている占師を奪われたと騒ぎ立てれば、皇太后を追い詰められる」

「なるほど、皇帝の替え玉が皇子である証拠を摑むため、などとは説明出来ません。言ったところで、その証拠はない――」

「そうだ。上手《うま》く追及すれば、いずれは襤褸《ぼろ》が出て、皇太后を失脚させられる」

そんな計画を立てていたところへ、後宮で孫娘の麗容《れいよう》が騒ぎを起こしたと報告が入った。

皇帝が替え玉だと叫び回り、皇太后から禁足を命じられたというのである。

「まったくあの娘は……！　今はまだそれを暴く段階ではないし、麗容《あれ》が口にすることでもない。こちらにはこちらの計画があるというのに――いささか甘やかし過ぎたようだ」

「どうなさいますか」

「禁足が解けたら、病を装って実家に戻らせよう。これ以上、こちらの邪魔をされてはたまらぬからな」

麗容を戻らせて余計な口をきちんと塞ぐまで、白青藍は邸の奥に閉じ込めておくことにした。そこへまた、綺麗な貌をした占師が網に掛かったのである。邸の女たちが一瞥《いちべつ》でメロメロになってしまい、不届きな男だったが、これはこれで使えそうだ。

「考えてみれば、白青藍だけを連れて皇太后の前に出るというのも不自然だからな。皇太后が喰いつくように、綺麗どころの占師を何人か集めて、宴《うたげ》でも催すか」

「興味を持った皇太后をおびき寄せて、わざと隙《すき》を作って行動を起こさせるのですね」

「そういうことだ。あの白碧星という男も一緒に閉じ込めておけ」

◇――＊◆＊――◇

一方の星羅は、思いがけない展開に呆然《ぼうぜん》としていた。

白碧星という占師を名乗って薛寿昌の前に出ると、二十三年前の件について思わせぶりな態度を取る前に、なぜか気に入られてしまい、食事を供され、滞在を勧められた。夫人や侍女たちも好意的で、これは邸内の探索がやりやすそうだと思った。だが、通された部屋の扉に鍵を掛けられ、閉じ込められてしまった。

これでは、滞在ではなく監禁ではないか――。憮然《ぶぜん》としていると、部屋の隅に先客がいることに気がついた。文人風の若い男が榻《とう》に横たわっている。

一瞬ぎくりとして、息を確かめると、眠っているだけのようだった。

もう外は暗いが、寝るには少し早くないだろうか――と思いながらまじまじと男の顔を見つめ、はっとする。

この顔は――！

つい先刻、龍意とも話題にした、美形占師の似顔絵。その絵にそっくりの男が目の前で眠っていた。目を開けた顔を見なければ確証は持てないが、それにしても似ている。

「あの、もし」

軽く肩を揺すってみたが、男は目を覚まさない。何度声を掛けても起きてくれず、心配になって扉を叩き、外にいる見張りに訴えてみれば、

「その男は、いったん寝たらなかなか起きない。腹が減れば目を覚ますから放っておけ」

と返事があるだけだった。

謎の男と閉じ込められたまま、結局男が目を覚ましたのは翌日の昼近くだった。

おもむろに、う～んと伸びをしながら起き上がった男の顔を見て、改めて驚く。

――やっぱり、あの似顔絵にそっくりだ！

眸《め》を丸くしている星羅に気づいた男が、不思議そうな顔をする。

「おや、あなたは？　どうしてそんな、幽霊でも見たような顔で私を？」

「――すみません、失礼しました。あなたと似た人を見たことがある気がしたもので」

だが、二十三年前の似顔絵と今の姿が同じであるはずがない。

「つかぬことをお訊ねしますが、あなたの姓は白というのでは……？」

「ええ、白青藍と申しますが、あなたは？」

どうやら白何某の本物の縁者が先に捕まっていたようだ。これだけ顔が似ているようでは、後から自分が白を名乗っても意味はなかったな……と苦笑しつつも、薛宰相にはすでにそう名乗ってしまった手前、「私も同じ白姓で、白碧星と申します」と答えるしかなかった。

「私は、薛家で占師を募っているというので応じたところ、なぜかここに閉じ込められてしまい……」

「そうですか。私は城市《まち》を歩いていただけでここに連れて来られましたよ」

「攫われたのですか」

その割に、のんびりした態度である。

「あの、重ね重ねつかぬことを訊ねますが、あなたのお父様は占師だったのでは？」

「そうみたいですね。ここへ来てから、父のことをよく訊かれますが、幼い頃に亡くなったため、あまりよく覚えていないのですよ。父が占師だったことすら、教えてもらって初めて知りました」

当時の占師の息子とはいえ、何も知らない……？　そんな人間をなぜ監禁しているのか？　星羅は首を捻った。

「あなたはいつからここに閉じ込められているのですか？」

「数日前からですが、食事はご馳走《ちそう》が出ますし、悪い待遇ではありません。ちょっとやってもらいたい仕事があるから、ここにいて欲しいと頼まれまして」

「仕事？　どのような？」

「さあ……。詳しいことは聞いていませんが、ご馳走が出るそうで」

薛宰相が持ち掛ける仕事など、後ろ暗いことでないわけがない。この男を使って、何をするつもりだ――？

悪党の考えることなどわからないが、龍意や皇太后を窮地《きゅうち》に陥《おとしい》れるような悪巧みだろうとは見当が付く。

――なんとかして、この男を連れて逃げなければ。

「外の見張りが常時何人いるかわかりますか？」

小声で訊ねる星羅に青藍も付き合って小さく答えた。

「扉の前にふたりですね」

窓のない部屋である。しかも青藍に抵抗の意思はなさそうだ。自分のこともひ弱な占師としか見ていないだろうし、こんな連中を閉じ込めておくなら、出入り口の前にだけ見張りを付ければいいと思っているのだろう。その隙を利用して、逃げられるか？

――見張りがふたり程度なら、突破出来る。

ただし、青藍が協力的でなければ、足を引っ張られることになる。

「あの――ここから逃げませんか？　ご馳走が出る仕事なら、無理にここでなくても」

慎重に切り出した星羅に対し、青藍は呑気《のんき》な返事をした。

「え、昼食を食べてからでもいいですか？　よく寝たらお腹《なか》が空いてしまって」

腹をさする青藍に「食べたら一緒に逃げてもらえますか？」と確認しようとした時、俄《にわか》に扉の外が騒がしくなった。

「！」

反射的に青藍を庇《かば》うように身構える星羅だったが、外から聞こえてきたのは思いがけない人物の声だった。

「お祖父《じい》様の客人だったら、わたくしの客人も同じことだわ！　どんな美形を隠しているのか、そこを開けて見せなさい！　逆らうなら、おまえも家族も全員奴隷《どれい》として北方の鉱山に送るわよ！」

なぜ薛貴妃がここに――⁉

宮城を飛び出し、慌てて薛府に駆け付けた龍意は、見張り当番の飛燕を見つけて様子を訊ねた。

「ああ、立派な馬車から派手な美人が降りてきて中に入ってくのは見たよ。それからしばらくして、薛宰相がどっかに出かけたくらいで、特に変わったことは起きてないな……。あ、薛宰相にはちゃんと尾行を付けてあるから！　今度こそ行き先を突き止めろって言ってあるから」

言い訳がましい飛燕の言葉に、龍意は頭《かぶり》を振って答える。

「ああ、今日のところは薛宰相の行き先より、邸内が心配だ」

薛宰相が留守の邸で、薛貴妃がおとなしくしているだろうか？　自分の家に変装して潜り込んでいる星羅を見つけた日には、逆上して何をするかわからない。

下手をすれば血を見るぞ――！

なんとか星羅に、薛貴妃が里帰りしていることを教えて警戒させなければ。

「飛燕、ちょっと中へ忍び込んで碧星に伝えて欲しいことがあるんだが」

伝言を言い含め、裏門近くに回った飛燕が身軽に塀を登った時だった。突然、邸内が騒がしくなった。大勢の足音や、犬の吠える声が響く。塀の上から邸内を見渡した飛燕がこちらに叫んだ。

「――大哥《あにき》！　李公子がこっちに逃げてくる！　なんか大勢に追いかけられてるぞ」

「中から裏口の戸を開けろ！」

龍意の命で、塀の内側に降り立った飛燕は、裏口の戸から閂《かんぬき》を引き抜いた。

「こっちだ！」

龍意の声に気づいた星羅が、開け放された裏口へ走ってくる。知らない男を連れているが、事情を訊ねている暇はない。すばしっこい飛燕に陽動役を任せながら、なんとか追っ手を撒いて雲雅楼へ逃げ込んだのだった。


人払いをした妓楼の一室で、龍意の前にいるのは、星羅と、例のひとりだけ絵柄の違う占師そっくりの男だった。

星羅はいささか憮然とした面持《おもも》ちで経緯を説明した。

「なぜか薛宰相に気に入られて、監禁されたと思ったら、そこに先客の彼がいたのです。一緒に逃げる相談をしようとしていた時、薛貴妃が現れて――見張りに無理矢理扉を開けさせた時は万事休すと思いましたが、私を見た薛貴妃が驚いて頭に血が昇り過ぎたのか卒倒してしまい、見張りがその介抱に気を取られた隙にまんまと逃げ出せたのです――」

「なんと……思いがけない薛貴妃の里帰りが、こっちの有利に働くとはな」

龍意は気が抜けたように笑った。

「ですが、私の顔はしっかり見られてしまいました。目を覚ましたあと、薛貴妃はきっと騒ぎ立てると思います」

「そこはあれだ。ひたすらとぼけ通せ。いくら顔がそっくりで、眸の色まで同じでも、この国に胡人は多い。普通に考えて、煌星歌劇の人気男役・鳳《ほう》星羅が占師の振りをして薛府にいるわけがないんだからな。白を切り通せばなんとかなる」

「そうでしょうか……。まあ、そうするしかありませんが……」

そんな話をしているところへ飛燕が戻ってきた。追っ手はすべて撒いたというので、引き続き薛府を監視するように命じた。

そして飛燕と入れ違いに、微行姿に身をやつした皇太后が訪れた。女将に命じて、白青藍という男を保護したことを連絡させておいたのである。

白青藍を見た皇太后は絶句してから言った。

「思い出したわ……。あの占師の名前は、白翠藍《すいらん》。あなたはその息子なのですか」

「皇太后様には、私が白翠藍の息子に見えますか?」

どこか人を喰ったような青藍の態度に、皇太后は気分を害した様子もなく答える。

「いいえ……。その佇《たたず》まい、その物言い、翠藍本人に見えます」

皇太后の返事に、青藍は小さく笑って頷いた。

「薛宰相の前では、息子の振りをしてやり過ごそうとしただけです。私の本当の名は白翠藍。二十三年前に朝廷の占師署に勤め、双子の皇子を占ったおかげで殺されかけ、それでもなんとか生き延びて、今年五十八歳になります」

「どこが六十絡みだよ⁉」

反射的に突っ込みを入れた龍意だったが、彼が事も無げに「双子の皇子を占った」と言ってのけたことに気づき、息を呑んだ。

「なんで、そのことを知ってる……？　本当に本人なのか」

「ええ。あの夜、占師署に勤める者すべてに命じられました。遼皇后の生んだ双子の皇子、その将来を占えと」

青藍なのか翠藍なのか、わからない男がじっと龍意を見つめる。

「ああ、今ならばわかります。あの炎の正体が――」

「炎？」

首を傾《かし》げる龍意の横で皇太后が言う。

「翠藍。あなたは人の背後に将来を見ることの出来る占師でした。あなたはあの時、本当に弟皇子の方を天煞孤星《てんさつこせい》と占ったのですか」

「天煞孤星？」

皇太后がすっかり白翠藍と認めている男は、頭《かぶり》を振った。

「あの夜、私が弟皇子の背後に見たのは、真っ赤な炎でした。そしてその炎の中に、皇子が尋常でない手段で帝位に登る将来を見ました。それだけです」

「尋常でない手段……」

当たってるといえば当たってるな、と龍意は苦笑した。替え玉で皇帝になるなんて、まさに尋常でない話である。

「大勢の占師がそれぞれに得意なやり方でふたりの皇子を占い、その結果を太占師《たいせんし》に報告しました。私は、最終的に太占師がどのように占いの結果をまとめたのかは知りませんでしたが——どうやら、弟皇子の方に不吉を占う者が多く、天煞孤星といういささか刺激の強い表現で上奏したようですね」

「その結果、全員が口封じを喰らう羽目になったたってことか」

「……あの夜、ふたりの皇子を占ったあと、占師署には皇子の誕生を祝って酒が下賜《かし》されました。それを呑んだ同僚たちが次々に倒れ、これはまずいと思った私は、皆に付き合って咄嗟《とっさ》に死んだ振りをしました」

「酒を呑まなかったのか？」

「呑みましたが、私は毒が効かない体質なのです。そのまま死体として埋められる前に隙を見つけて逃げ出し、酒を呑まなかった同僚も皆、殺されたらしいことを知りました。私は念のために自分と背格好の似た死体を調達し、自分の服を着せて川に沈めました。そうして京師を出て放浪し、双子として生まれたはずの皇子がその事実を伏せられているのを知った時、占師が皆殺しになった理由を確信しました」

そう語って、翠藍はまた龍意をじっと見た。

「あの時は、まだお小さかったので全貌が見えませんでした。今なら見えます。あなたの背後に炎を纏った大きな紅《あか》い龍が――」

翠藍の視線は、龍意の肩の向こうを見ている。だが龍意が振り返っても、何も見えない。

「何を見てるんだ、あんたは。人の背後に将来が見える、ってどういうことだ？　本当にあんたが二十三年前に俺を占った占師だというなら、なぜ齢《とし》を取らないんだ。毒が効かないって、どういう体質なんだ。あんたは何者なんだ？」

疑問を並べる龍意に、翠藍はさらりと言った。

「私が何者なのかなんて、こちらが教えていただきたいですよ」

「は？」

「なぜか私は、子供の頃から人の背後にその人の天命が見えます。なぜか私は、毒を口にしても腐ったものを食べても腹を壊しません。なぜか私は、気がついたら齢を取らなくなっていました。なぜなのか、私にもわかりません」

「なんだよそれ……気がついたら齢を取らなくなってたって、そんなことあるのか」

「では逆に伺いましょう。あなた方は、齢の取り方を知っていますか？　どうやったら老けられるのですか？」

翠藍は一同を見渡して問う。龍意は皇太后と顔を見合わせて苦笑した。

そう訊かれると、確かに返答に困る。生き物が齢を取るのは当たり前で、特別に何かをしているわけではない。身体が勝手に齢を取ってゆくのだ。それと同じように、翠藍も、特別に何かをしているわけではなく、身体が勝手に齢を取らないだけなのだと？

返す言葉を失った龍意たちに対し、翠藍は話を戻した。

「皇太后様に加え、あの時の弟皇子ご本人までいらっしゃるとなれば、私をお捜しの理由は推察出来ますが――生憎《あいにく》、私はこのような不思議な体質です。私を当時の証人として引き出しても、大衆の信用を得るのは難しいかと」

「それはそうだ。せっかく見つけた生き残りだが、役には立たなさそうだな」

龍意としては、当時の証人など見つからなくていい。もしも見つかったなら、薛宰相の手にさえ渡らなければいい。そういう意味では、今日の展開は上出来だった。先に薛宰相に捕らえられたのは危なかったが、救出に成功し、こちらの手の内に置いたところで、役には立たない男である。

「大体、自分を殺そうとした帝室のために今さら働く気なんかないだろう？」

「いえ、そこはまあ、私としてはちょうど渡りに船だったので、むしろ救かったといいますか……」

「どういう意味だ？」

「この通り、私の外見は齢を取りませんので。たまたま占師署でご厄介《やっかい》になったものの、あまり長居をすると周囲から不審を抱かれかねず、そろそろお暇《いとま》したいなー……と思っていたところ、陛下にも皇后様にも良くしていただいて、辞められずにいたのです。それがあの件のおかげで、心おきなく朝廷を離れられました。ありがとうございます」

「殺されかけたのを感謝する人間はあんたくらいだよ！」

呆れる龍意の隣で、皇太后が訊ねた。

「あなたの他に逃げ延びた者を知っていますか？」

「わかりません。私が知る限りでは、皆殺されたようですが……」

その返事を聞き、しばし考えてから皇太后は言う。

「他に生き残った者はいないとしても——考えようによっては、この翠藍こそ最強の証人になり得るかもしれないわ」

「どういうことだよ？」

「彼を、不老長生の仙人とでも触れ込めば、その仙人に生まれを証明されたあなたを誰も退《しりぞ》けられない」

「呆れたな。朝廷でそんな猿芝居をする気か？」

「本当に仙人かもしれないでしょう。わたくしが初めて会った時から、翠藍はずっとこの姿だわ。あの当時も本当は三十を越えていたのでしょう？　それからさらに二十年以上も経《た》ったのにこの美貌を保てるなんて、それを世俗の人間だと言う方が不自然だわ」

皇太后は言いながらじりじりと翠藍に迫り、その貌に手を伸ばした。

「――まあ、この肌のすべすべなこと！　珠のようとはこのことね」

「皇太后様、お戯《たわむ》れを」

さすがの翠藍も苦笑して身を引くと、皇太后は我に返ったようにこほんと咳《せき》払いをした。

「ともあれ――証人に登場を願うのは最後の手段よ。そのような事態に陥らないに越したことはないわ」

龍意は頷いた。

その通りだ。兄が早く目を覚まし、替え玉皇帝など要らなくなれば――あるいは薛宰相の悪事を暴いて朝廷から追放出来れば、わざわざ自分の出自を明かす必要はなくなる。

皇太后は翠藍に向かって言う。

「ひとまず、薛宰相の手から守る意味でも、わたくしがあなたを匿《かくま》います。遼家所有の小さな家を用意させますから、そちらでしばらく暮らしてください」

「美味《おい》しい食事をいただけるなら、私は構いませんよ」

「良い料理人を呼びましょう」

そうして皇太后は帰って行き、しばらくしてから隠れ家の用意が出来たと言って目立たない馬車が翠藍を迎えに来た。

翠藍を見送り、室内に残ったのは龍意と星羅だけになった。

部屋の片隅で、星羅は俯《うつむ》きがちに座っている。そういえば、皇太后が来て以降、星羅の声をほとんど聞いていないことに気がついた。つい今までも、翠藍と会話をしていたのは龍意だけである。

「おい星羅、妙におとなしいな。どうかしたのか？」

声を掛けて近寄ると、星羅の顔色が真っ青であることがわかった。膝《ひざ》の上に握った拳《こぶし》も細かく震えている。

「星羅!?　おい、どうした!?」

肩に手を置けば、その力に押されるようにして星羅の身体が傾いだ。慌てて抱き留めた星羅の身体は、高熱を発していた。

五、蠱毒孤星

「誰か──」

人を呼ぼうとした龍意《りゅうい》を、星羅《せいら》の熱い手が止めた。

「……大丈夫です……誰も……呼ばないでください……」

「どこが大丈夫だ!?　顔は真っ青だわ身体《からだ》は熱いわ、見ろ、ぶるぶる震えて、全然大丈夫には見えん！　なんだ、風邪か？　調子が悪かったなら、先に言えよ。そしたら無理はさせなかったのに！」

急いで寝台に寝かせ、医者を呼びに行こうとするも、星羅の手に腕を摑《つか》まれた。

「大丈夫です……病気では……ありません、から……」

「病気じゃないならなんだ」

「……毒の……発作です、から……波が引けば……治まります……」

「毒？　何の毒だ！　薛府《せつふ》で何かされたのか!?」

「非情営《ひじょうえい》の……毒、です……」

「なんだと？」

震える声で星羅は語った。非情営の配下は特殊な蠱毒《こどく》に冒《おか》されており、毎月、組織から一粒だけ与えられる解毒薬を服《の》むことで一時的に発作を抑えるのだと。先日、薛貴妃《きひ》の嫌がらせで取り上げられた丸薬はその解毒薬だった。あの時はそのまま発作の波が去ったので、結局薬は飲まなかった。そのせいで今、再び大きな波が来ているようだ――と。

「だったら、あの解毒薬はどこだ？　すぐに飲め！　荷物の中か？」

行李《こうり》に納められた荷物を引っ繰り返そうとする龍意を星羅が制止《と》めた。

「大丈夫です……！　まだ、耐えられます……から……」

「なぜ耐える必要がある⁉　苦しいなら飲めよ。薬を飲めば楽になるんだろ？」

「……出来るだけ……飲みたくないのです……組織に……操られたくない……っ」

真っ青な顔で震えながら、こちらを見る青い眸《ひとみ》だけは強い光を放っていた。皇太后《こうたいごう》にも話していた通り、本当に組織から解放されたいのだろう。そのために、組織から与えられる薬を断とうとしているのだ。

「おまえの気持ちもわかるけどさ……！」

明らかに、発作の症状は悪化を続けている。人の顔がこんなに蒼くなれるのかと思うほど顔色はひどく、全身ががたがた震え、どこが痛むのか、呻き声はどんどん大きくなる。額を触れば熱も上がる一方、腕には黒い蛇が絡み合う非情営の紋が浮かんでいる。

――血を浴びた時だけじゃなくて、こういう時にもこの模様が出るのか。

きっと腕だけではない。二匹の黒い蛇が、呪いのように星羅の全身を絞めつけ、苛んでいるのだと想像出来た。

「ああもう、見てられねえ！」

制止を無視して行李を開け、中を探って小さな巾着《きんちゃく》を引っ張り出した。あの時の丸薬がいくつか入っている。

「一粒でいいんだな？　ほら、飲め！」

口元に押しつけた薬を、星羅は頭《かぶり》を振って拒む。

「まだ……耐えられ……ます……」

「見てるこっちが耐えられないんだよ！」

無理矢理くちびるに押し込んでも吐き出そうとする星羅に、いよいよ龍意は頭に来て薬を自分の口に放り込んだ。伸し掛かるように星羅の身体を押さえ込み、くちびるを重ねる。

「……！」

星羅は目を白黒させて暴れたが、熱のせいか、動きは緩慢《かんまん》だった。そのまま強引に薬を飲み込ませると、暴れる力が徐々に弱まり、ついには静かになった。

眠ったのかと思えば、瞼《まぶた》はわずかに上がっていた。だがどこかとろんとした眸は、龍意を見ているようで見ていない。

「星羅……？」

腕から黒い蛇の模様は消え、身体の震えも止まっている。顔色はまだ蒼く、熱もあるが、苦しげな呻き声は上げなくなった。薬が効いてきているのだろう。

「よし、このまま寝ちまえ。起きたら快《よ》くなってるさ」

そう言って寝台を離れようとしたが、星羅に腕を摑まれて、引き止められた。

「……姉さん……待って……」

「寝ぼけてるのか？　俺は姉さんじゃねえよ」

「ああ……陛……下……」

星羅はいつになく無邪気な表情で龍意を見つめて言う。

「私の話を……聞いてください……」

「話？　後で聞いてやるから、今は眠った方がいい」

「眠く……ないです……」

「嘘《うそ》吐け、目が半分閉じてるぞ」

なんだか子供の相手をしている気分になりながら、寝台に腰掛けて星羅の話を聞くことになった。寝ろと言っても勝手に話し始めるのだから、聞くしかない。

寝言のような力の抜けた声で星羅が語り始めたのは、身の上話だった。

両親の記憶もなく、物心ついた頃にはあちらこちらをたらい回しにされていたこと。非情営には売られたのか拾われたのか、気がついたらそこで厳しい訓練をさせられていたこと。言われたことが出来なければ、食事を抜かれたり、苦役を課されたこと。

「初めは……ご馳走《ちそう》をくれるんです。飢《う》えた子供たちは喜んでそれを食べて……やがて気づく。そのご馳走に毒が入れられていたことを。もらった薬を飲まなければ辛い発作に苦しむことを。薬をもらうために、営主《えいしゅ》の言うことを聞くようになる……。

私は、冬に営塞《えいさい》へやって来て、冬の班に入れられました。冬果《とうか》姉さんが世話をしている子供たちの班です。私は七番目に来たので、冬七《とうしち》と呼ばれました。その頃の私は、足が遅くて、力も弱くて、なかなか武術の訓練についていけなくて、よく姉さんに助けてもらいました。水練で溺《おぼ》れかけた上に風邪をひいて寝込んだ時は、食糧《しょくりょう》庫からこっそり林檎《りんご》を盗《と》ってきてくれて、それがバレてひどい折檻《せっかん》を受けて、姉さんの額にはその時の傷が残ってしまって……」

冬果の世話になった話を一頻《ひとしき》りしてから、毒の話に戻った。

「非情営の蠱毒は……解毒薬が切れた途端に死ぬようなものではありません。ただ、全身を蝕《むしば》む苦しみが波のようにやって来て、それが終わらない……。いっそ死ねた方が楽だと思わせる。子供の頃、薬を拒んで組織から解放されようとして、けれど毒の発作に苦しみ続け、結局は薬を求めた仲間を何人も見てきました。営主はわざと、薬を拒む者を仲間の中に放り込むのです。周りは苦しむ姿を見せつけられ、薬を拒んでも無駄だと思い知らされる……。仮に組織から逃げても、追っ手は掛けられません……。苦しみに耐えかねて自死を選ぶか、自分から薬を求めて戻ってくることがわかっているからです。それほど、非情営の使う蠱毒は強力で恐ろしい……。

だから、わかってるんです。解放されるなんて、夢のまた夢だと。それでも、夢を見ずにいられない……。あの場所では、夢を見たくなるんです」

うっすらと開いた星羅の眸が、文字通り夢見るように煌《きら》めいた。

「十二歳の時……後宮へ送り込まれました。営塞を出る時、姉さんに木彫りの腕輪を贈りました。へたくそな模様しか彫れなかったけれど、姉さんは喜んでもらってくれた。いつも腕に嵌《は》めてくれていた……。

当時はまだ、先帝の御世でした……。後宮にいる妃嬪《ひひん》たちも先帝の妃で、今の皇太后様には良くしてもらったけれど、横暴な妃もいました。陛下の寵愛《ちょうあい》を受けられない鬱憤《うっぷん》を、星娘《せいじょう》を愛《め》でることで晴らす妃もいれば、星娘を虐《いじ》めることで晴らす妃もいます。けれど虐められて泣き寝入りするのは厭《いや》で……やり返しては騒ぎになり、皇太后様が庇《かば》ってくださって事無きを得ていました」

「おまえ、新米の頃から妃にやり返してたのかよ……」

龍意は思わず苦笑した。

「初めは……自分は間諜《かんちょう》だから目立ってはいけない、と思っていたのです。でも、そうもいかないのだと気がつきました。だって私は……後宮の中では煌星《こうせい》歌劇の役者です。それは目立っていくらの仕事。目立たずに生きようなんて考えてはいけない……。それに、自分が虐められるのも厭だし、仲間が虐められるのも厭なのです。

最初に意地悪な妃にやり返して目立ってしまった時、開き直りました。いっそ目立ってしまえば、まさか私が間諜だなんて誰も思わない。陰《かげ》でこっそり劇団の内部を探っている罪滅ぼしだと思って、仲間の楯《たて》になると決めました。仲間に限らず、出来るだけ人助けをする。善行を重ねることで、負い目を軽くしたかった……」

「――おまえのお節介は、そういうことか」

隠さなければならない事情を抱えた身で、なぜあんなに目立つ行動を取るのか不思議だったが、星羅なりの贖罪《しょくざい》だったのだ。

「子供の頃は……非情営の中しか知らなかったし、命じられたことをするだけでした。けれど煌星歌劇に来てから、世界がまったく変わってしまった。ここでも訓練は厳しかったけれど、食事を抜かれたり体罰を受けたりはしない。何より、目指すものがあの華やかな舞台だと思うと、頑張れたのです。

後宮へ連れて来られて、大きな宮殿が立ち並ぶお城の中にも驚いたけれど、いきなり見せられた華やかな煌星歌劇に、度肝《どぎも》を抜かれました。美しい男の人がたくさんいると思ったら、全員女の人だと教えられて、さらに驚きました。劇団の偉い人が、これからは私もあの舞台に立つために勉強するのだと言いました。自分もあんな綺麗《きれい》な服を着て、豪華な舞台で歌ったり踊ったり出来るなんて信じられませんでした。

けれど私には任務がありました。小星娘として訓練を受ける傍《かたわ》ら、劇団内部をいくら探っても、秘星監《ひせいかん》なんて組織が活動している痕跡《こんせき》は見つかりませんでした。それを組織に報告したら、もう歌劇に用はないといって営塞に連れ戻されるかもしれないと恐れましたが、新たな命が下されました。そのまま劇団に残り、八星《はちせい》を目指して幹部入りしろと」

「八星？」

「それぞれの組で主役を演じる花形男役のことを、八星と呼ぶのです。持ち物に、星を八つ使った模様が許されます。二番手は七星《しちせい》、三番手は六星《ろくせい》です」

「へえ、独特の序列があるんだな」

「私は……李七娘《りしちじょう》という名で後宮に来ました。そして初舞台を踏む時、鳳《ほう》星羅という芸名をもらいました。――非情営では冬七と呼ばれ、小星娘時代は七娘と呼ばれ、ずっと番号で呼ばれていたのに、なんてキラキラした名前をもらえたのだろうと夢のようでした」

星羅の青い眸がまた煌めいた。

「この名前をもらった時、決めたのです。この綺麗な名前に恥じない人間になると。秘密があるからと卑屈にならない。本気で八星を目指す。それまでに毒を克服して、自由になる。大切な煌星歌劇を非情営の手になど渡さない――」

「だから、出来るだけ薬を飲まないようにしていたのか」

「無駄かもしれません……。いくら耐えても、どこかで限界が来て、薬を飲むことになる。それでも、劇団の中にいて、みんなが芝居の稽古《けいこ》に懸命な姿を見ていると、自分もそんな風に生きたいと思ってしまう。毒に支配されて、こそこそ劇団の内部を探るような仕事をしたくないと思ってしまうのです――」

龍意は、巾着の中に薬が数粒入っていたことを思い出した。毎月飲む必要がある薬を、それだけ残したということは、それだけ耐えたということだ。最悪、組織と決別しても、降参するまでの猶予《ゆうよ》を稼いだとも言える。

「おまえは本気で、組織と手を切りたいんだな……」

「今年の年明け、芳華《ほうか》組の六星に昇格しました。組の中で役割が大きくなるほど、苦しくなるのです。みんなを騙《だま》していることが苦しい……私もみんなのように純粋に役者として精進したい――」

星羅は繰り返し、煌星歌劇への罪悪感を語る。非情営も罪なことをしたものだと思った。十二歳の女の子をあんな華やかな世界に送り込んで、そこで夢を見ないわけがない。殺伐とした秘密組織に帰りたいと思うわけがない。だからこそ、星羅に己の立場を弁《わきま》えさせるため、皇帝の暗殺という後戻り出来ない汚れ仕事をさせようとしたのだろうか。

「ところで、十二の時に後宮へ来て、今年で何年経《た》ったんだ?」

ふと気になって訊《たず》ねる。

「六年です……」

「じゃあ十八か。飛燕《ひえん》と同い年だな」

しかし星羅の方がずっと大人びて見える。

「飛燕……彼は、あなたの弟分……? 付き合いが長いのですか」

星羅が初めて、龍意の身辺に関心を持ったような問いをした。

「孤児《みなしご》だったのを、親父《おやじ》が——一座の座長が拾ってきたんだよ。うちの一座には、そういう身の上が多い。俺もついこないだまで、同じだと思ってたんだけどな」

「そうですか……」

訊ねておきながら、どうでもよさそうな眠たげな声で星羅が言う。

「眠いなら寝ろ。俺は向こうへ行ってるから」

「眠くない……です……陛下の話も、聞かせてください……」

「俺の話?」

「……」

「おい、瞼が下りてるぞ。素直に寝ろ」

だが立ち上がろうとすると、星羅の手が腕を摑んでいる。

「しょうがねえな……。何を聞きたいんだよ。俺にはおまえほど過酷な過去はないぞ」

ため息を吐いて寝台に腰掛け直し、いや、見ようによっては自分もかなり気の毒な身の上なのか……？　と考え直した。

翠藍《すいらん》の話では、多くの占師《せんし》が自分を不吉な存在と占ったようだ。そのせいで殺されそうになり、巻き添えで関係者も皆殺しに遭った。十分に過酷な生い立ちと言える。

だが、天煞孤星《てんさつこせい》呼ばわりにはどこか釈然としないのだ。災難を呼ぶかどうかはともかく、孤独に生きる定めというのは、正直ピンと来ない。

養父母には厳しくも優しく育てられたし、弟分の飛燕にはうるさいほど懐かれ、一座の皆とも楽しくわいわいやりながら旅をしてきた。その旅回りでも、女には迷惑なくらいモテたし、各地で親しくなった兄弟分が大勢いる。これまでの人生、孤独を感じたことなどないと言っていい。

「……占いなんて、当てにならないよな。いいこと言われた時だけ信じて、それ以外は忘れちまうのが利口な生き方だと思うんだけどな」

龍意の言葉に、星羅は何も答えない。瞼は閉じていて、眠っているのかもしれない。だがどうせ聞いていないと思うと、却《かえ》って口の滑りが良くなった。

「俺はさ——自分が殺されそうになったのは別にいいんだよ。でも、関係者皆殺しは駄目だろう。許されることじゃねえよ」

　自分が生まれたせいで、大勢の生命《いのち》が失われた。龍意としては、そのことがとにかく遣《や》り切れなかった。

「俺の実の父親……先帝はさ、どっかおかしくなってたんじゃないかと思った。占いを鵜《う》呑《の》みにして、実の子を殺そうとするなんて、正気とは思えない。絶対理解出来ない、って思った。でもさ——知ってるか？　毎日、皇帝のもとへ届けられる奏状の山。政敵の足を引っ張ろうとする単純な讒言《ざんげん》から、一刻を争う暴動や災害の対応まで、一通り読んで『勘弁してくれ』って思ったよ」

　誰を罰し、誰に褒美を与え、どこに兵を派遣し、どこへ優先的に救済銀を回すのか。判断を間違えれば、民意を失い、暗君の誹《そし》りを受ける。

「今は皇太后と遼宰相《りょうさいしょう》が必死に捌《さば》いてるけど、ちょっと手違いが起きたり配慮が裏目に出れば、鬼の首を獲《と》ったように薛宰相が追及してくる。おまえだったらどう出来たんだよ、と言ってやりたくなるよな。人のやったことに文句を言ってるだけの立場が一番気楽だよ。皇帝なんてさ、国の最高権力者にして最終責任者だもんな。わざわざこんな立場になりたいなんて思う奴は、よっぽど自信家か、旨味《うまみ》だけ吸ってあとは知らんぷりを決め込むつもりの無責任野郎だけだ」

　そう思ってから気づいたのだ。

「――先帝はさ、そのどっちでもなかったのかもな。皇太后も、優しい人だったたって庇うように言ってたけど、普通に真面目なイイヒトだったのかもしれない。そういう人間は、皇帝に向いてないのかもしれない」

勤勉で善良なほど、皇帝という大きな権力の責任に押し潰《つぶ》され、生命《いのち》を縮めてしまう。

薛宰相のように利己的であるほど、精力的に謀《はかりごと》を巡らせて長く生きる。

「国や民のことなど考えず、自分のことだけを考える人間の方がいい目を見るなんて、ふざけた話だよな」

だから、そんな連中を掃除して、正しい政治を行いたいとは思われませんか――と琳瑞《りんずい》に言われたことがある。だが、何をもって正しいと判じるのかは難しい話だ。偉い人が考える正しさと、庶民《しょみん》が考える正しさは嚙《か》み合わないことも多い。生きる環境が違えば仕方のないことなのだろうが、その嚙み合わなさに悩むような面倒臭い仕事をしたいとは思わなかった。

「誰かに頼れる、誰かのせいに出来る、って楽だよな」

何かあればお上に頼り、お上に文句を言っていればいいだけの庶民は楽だ。人の上に立てば、文句を言われる側になる。一番上に立てば、誰かのせいに出来なくなる。臣下に献策を求めたところで、最終的な決断と責任は皇帝が負う。ゆえに、国を災禍が襲えば、皇帝のせいにされる。その対処に失敗すれば、徳や能力を疑われ、位《くらい》を追われる。

「国の隅《すみ》から隅まで、すべての人間が満足する政治なんて、神様じゃないんだから無理だよな。そんな出来ない話に向き合わされて、悩み続ける人生なんて真っ平だよ」

そう思いながら、周《しゅう》兄弟の注釈付きで奏状の読み方を覚えるうち、先帝の心理が腑《ふ》に落ちてしまったのだ。

皇帝に任された判断は、自分の単純な好き嫌いやその場の感情で決断するには、責任が重過ぎる。人の意見を聞けば聞くほど迷いが増え、真面目な人間ほど心が揺れる。

たとえば薛宰相などは、先帝の時代はひたすら主《あるじ》に阿《おもね》り、主の喜ぶことしか言わなかったらしい。自分を肯定してもらえるのは、誰だって嬉《うれ》しいものだ。それで薛宰相は先帝の寵愛を得たが、だからといって先帝は、薛宰相だけを信頼したのではなかった。様々な意見から最適解を探し出そうとした。自分の考えとは違っても、それが正しいならそちらの方が良いのだと受け入れるだけの器《うつわ》はあったようだ。

しかし自分も臣下も神ならぬ身。人に絶対はない。いくら自分たちが頭を寄せ合って考えても、実は見当違いなことを話し合っているだけなのかもしれない。正しく行動したいのに、間違っていたらどうしよう、もっと良い対処があるかもしれない、誰か正解を教えてくれ――そう天を仰いだ時、頼ったのが占いだったのだろう。

龍意個人としては、占いなんかで息子を殺すなよ！　と文句を言っていい立場だと思う。一生恨んでも許されると思う。

だが、皇帝という、国にただひとりの、孤独な為政者にしてみれば、天意にすべてを委《ゆだ》ねたくなる気持ちもわかってしまった。

自分の考えが絶対に正しい！　自分の意思が天の意思だ！　先帝は、そんな風に信じ込めるほど世間知らずではなく、自信家でもなかったのだろう。だから占いで天意を知ることに躍起になった。責任を天に肩代わりしてもらえれば、どれほど楽になることか——。

「先帝は弱い人だった、って皇太后が言ってた意味がわかったよ。兄貴も似たり寄ったりの、生真面目な性格らしい。でも兄貴の場合は、占いに凝《こ》らなかった代わり、切れ者の皇后が頼りだったみたいだな」

慶礼《けいれい》が皇太子時代、皇帝が占いによって正妃を選んだ。そうして迎えられた王英君《おうえいくん》は、慶礼とは運命的な相性の良さで、とても仲睦《むつ》まじかったという。才媛の英君は、悩み深い夫を平気で叱《しか》り飛ばし、意見を言った。慶礼は英君に悩みを相談し共有することで、皇帝としての重責に耐えていたのだと皇太后は言った。

「たぶん、先帝の血筋は皇帝に向いてないんだよ。もうちょっと、野心みたいなものがあれば踏ん張れるのかもしれないけどな……俺だって、このまま帝位を分捕りたい！　とか、領土を広げて大帝国を築きたい！　みたいなことは全然思わないしな。地位や財産より、それに伴う厄介《やっかい》事の方が気になってうんざりしちまうのは、貧乏性なのかね……」

だから本当なら、こんな厄介な役目は放り出し、逃げ出してしまいたい。だが自分が逃げたらあの栄王《えいおう》が皇帝になるのかと思うと、万民への罪悪感で足が動かなくなるのだ。

「栄王よりは俺の方がまだ無害《マシ》だって思いたいけどさ、でもこんな帝王学なんて何も習ってこなかった人間が皇帝の座にいても、役に立たねえよなぁ……。早く兄貴を叩き起こさねえと……」

ため息を吐いて弱音を吐いたような格好になると、眠っているのかと思った星羅がふと龍意の手を握った。掠《かす》れたつぶやきが聞こえる。

「あなただから、出来ることがあります……」

「ん？　起きてたのか？　なんだよ、俺に出来ることって」

訊《き》き返しても返事はない。

「おい、ただの寝言か？」

苦笑したものの、もしかして自分のことを夢に見ながら漏れた言葉かもしれないと思い当たると、なんとなく嬉しい気分になった。

◇――＊◆＊――◇

その後、無断外泊など許されない身の龍意は、星羅の世話を女将《おかみ》に頼んで宮城へ戻った。

そして翌日は星羅の里帰り休暇最終日であり、雲雅楼《うんがろう》からの報告では、星羅はすっかり回復したので予定通り午後には後宮へ戻るとのことだった。

朝議が終わったあと、皇太后から翠藍を仙人に仕立て上げる策を聞かされたり、遼宰相からは余った小遣いの返還要求をされたり、細かい仕事を片づけてから龍意は煌星歌劇団の宿舎へ向かった。

星羅は今、同室者が不在で、ひとり部屋状態になっているとの情報は得ている。しかもこの時間は星娘たちが皆、訓練棟で稽古中のため、宿舎付近に人気《ひとけ》はない。

龍意はまんまと宿舎の中へ忍び込み、『鳳星羅』と札の掛かった部屋を見つけた。扉には鍵がなく、簡単に開いた。

「おいおい、不用心だなあ……」

そう言いながら中を覗《のぞ》くと、綺麗に整理整頓《せいとん》された室内が目に入った。星羅はまだ帰っていないようだ。

「忍び込み直すのも面倒だしな、ここで帰るのを待つか……」

部屋に足を踏み入れたところで、後ろから星羅の声がした。

「陛下!?」

廊下を振り返ると、荷物を抱えた星羅がいた。

「こんなところで何をしているのですか、皇帝が星娘の宿舎に入るなんて許されません！」

「固いこと言うなよ、おまえの様子を見に来たんじゃねえか」

「わざわざ宿舎の中に侵入する必要はないでしょう。しかも、勝手に私の部屋に入って、何を――」

「もしかして、また毒がぶり返して倒れてるんじゃないかって心配だったんだよ」

「やめてください」

星羅が龍意の口を塞ぐように飛びつき、扉を閉めてから小声で言った。

「毒のことは内密にお願いします。誰も知らないことですから」

「だったら余計、心配だよ。我慢し過ぎて、自分で薬も飲めない状態になったらどうするんだ。昨日もかなりヤバかっただろう」

「昨日……」

星羅が眉間《みけん》に皺《しわ》を寄せる。その表情が怒っているように見えて、龍意は「ごめん」と謝った。

「強引にあんな薬の飲ませ方をしたのは悪かったよ。それも謝りたかったんだ」

「――いえ、ああいう場面でああいう薬の飲ませ方をするのは、歌劇の芝居でもお約束の展開ですから。現実にもあるのだとわかってよかったです。勉強になりました。ありがとうございます」

「はっ？」

まさか礼を言われるとは思わず、龍意は啞然《あぜん》とした。無理矢理くちびるを奪われたと言って責められるとばかり考え、早々に謝ってしまおうと思って急いで来たというのに。

怒っていないならそれに越したことはないが、なんだか釈然としない。面白くない。

——もっとこう、驚きとか恥じらいとかそういうものはないのか？

昨日、熱で朦朧《もうろう》としてた時は、こっちに話そう話そうと甘えてきて可愛《かわい》かったのに、正気に戻ったら可愛くないぞ？

「私はもう大丈夫ですから、人に見つからないうちにお帰りください」

星羅はそう言って扉を開け、龍意を追い出そうとしたが、廊下に人影を見つけて慌てて扉を閉めた。

「少し待ってください。人がいなくなってから——」

しかし息を潜めて人の気配がなくなるのを待つも、足音はどんどん近づいてくる。

「念のために、ここに隠れていてください」

衣装箪笥《だんす》の中に押し込められた龍意は、反射的に腕を摑んで星羅も中へ引っ張り込んだ。

「何を——」

星羅が抵抗の声を上げようとした時、扉が叩かれて可愛い女の子の声がした。

「星羅様、もうお帰りですか？」

廊下の人影は星羅に用があったらしい。「星羅様、いらっしゃいませんか？」と言って控えめに扉が開けられるのと、内側から箪笥の戸を閉めるのとはほぼ同時だった。

「星羅様？　お荷物はあるのに……？」

床に投げ出されたままの荷物を片づけるような物音が聞こえ、やがて扉が閉まって人がいなくなった。ほっとして箪笥から出ようとするも、また部屋の扉が叩かれた。

「星羅様！　お帰りですか？　お菓子を作ったのでどうぞ」

「星羅様！　新しい手巾《しゅきん》を縫いましたのでどうぞ」

次々に可愛い声の星娘がやって来て、部屋を覗いては差し入れを置いてゆく。おかげでなかなか箪笥から出られない。

（おまえ、大人気だな……。でも、なんで部屋に鍵がないんだよ）

狭い衣装箪笥の中で文句をささやくと、星羅も小声で答えた。

（後輩が先輩のお世話をするのが伝統だからです）

（じゃあ何か、憧れの先輩の部屋に勝手に入って、片づけをしたり差し入れを置いて帰るのが当たり前なのか）

星羅が頷《うなず》く。

（わからん世界だ……）

そこにまた誰かが入ってきたので口を噤《つぐ》んだ。

「――……」

暗く狭い場所で抱き合うように密着していると、星羅の華奢《きゃしゃ》さを実感する。昨日も寝台で押さえ込んだ時に気づいたが、男と疑われない風采《ふうさい》を装っても、実際の体格は驚くほど華奢だった。身振りで体格を大きく見せる技術を使っているだけなのだ。本当はこんなに細い、ちょっと背が高いだけの女の子なのだ。

なんだか不思議な気分になり、また人の気配がなくなってから訊ねる。

（そういえば昨日、薬を飲んだあと、寝言で『あなただから出来ることがある』と言ったのを覚えてるか？　どんな夢を見ててそう思ったんだ？）

（夢……？　特に陛下の夢は見ませんでしたが、私は何か言いましたか）

「おい、本当にただの寝ぼけた寝言だったのか⁉」

（しっ、大きな声を出さないでください）

星羅の手が龍意の口を塞ぎ、その勢いで身体が簞笥の壁に押しつけられた。かと思うと、すかさず星羅のもう片方の手が龍意の顔の横に突かれ、耳元でささやかれる。

（このまま動かないで）

——ちょっと待て、この体勢はなんだ⁉　壁にドンで耳元にコソッでキャッとなるやつは、普通、男が女にするものだろう⁉

（おい……！　逆だぞ、逆！　俺を誑《たら》そうとするな……！）

（誑してなんかいませんよ。それより真面目に聞いてください。みんな、稽古の休憩時間に来ているだけですから、もう少しで静かになります。そうしたら、こっそり窓から逃げ

てください）
（皇帝が自分の後宮で、なんでそんな間男みたいな逃げ方しなきゃならないんだよ！）
（星娘の宿舎に忍び込んだ陛下が悪いのです。もし見つかったら、大問題になりますよ。私もとばっちりを受けることになるので、絶対に見つからないでください）
やっぱり可愛くない――！

◇――＊◆＊――◇

「――どうしてわたくしがこんな目に遭わなきゃならないの？」

薛府の一室では、祖父から禁足《きんそく》を命じられた貴妃・薛麗容《れいよう》が、侍女を相手にひたすら文句をぶつけ、悪態を吐いていた。

強引に里帰りを命じられ、邸《やしき》へ帰ってきたら、祖父が占師を集めているとかで知らない人間がうろうろしていた。その中で、とびきり美形をふたり隠しているらしいという話を聞き、興味を持ったのだ。

「わたくしはちょっと部屋を覗いただけよ。わたくしのせいでふたりが逃げたなんて、言いがかりだわ」

ふたりのうちひとりの顔に、激しく見覚えがあったのだ。生意気で大嫌いなあの星娘、鳳星羅にそっくりだった。だがまさか星羅がこんなところにいるはずはない。　思いがけない場所で不意打ち的にあの顔を見たせいで、頭に血が昇ってしまったのだ。

「わたくしが目眩《めまい》を起こして倒れたのを、家の者が介抱するのは当然でしょう。そのせいでふたりが逃げたなんて、見張り役の言い訳だわ。それなのにお祖父《じい》様ったら、真っ赤になって怒ってわたくしの話をまったく聞かず、禁足を命じるなんて――おまえはいつも余計なことばかりする、ってどういう意味？　わたくしはちゃんと薛家のことを考えて行動しているのよ」

もしもあれが、本当に星羅だったら大問題だ。後宮の外で男に変装して、宰相の邸に入り込むなんて、何を企《たくら》んでいるのか。

他人の空似で別人だったとしても、それはそれで眸の色までそっくりな紛らわしい顔をしている星羅を懲《こ》らしめる材料にはなるかもしれない。

「……そうよ、あの娘は一度きっちり懲らしめないといけないわ。皇太后様も陛下もあの娘に甘いのよ。それでは示しがつかないわ」

星羅の顔を思い浮かべると、胸がむかむかしてくる。

「わたくしが里帰りしている間に、あの娘が陛下を誘惑しているかもしれないわ。星娘に手を付けてはならないという規則なんて、どうとでもなるのではないの？　あの娘が陛下の寵愛を受けて、わたくしより高い身分になったら――ああ、冗談ではないわ！　そんなこと絶対に許さない！」

麗容が怒りに委《まか》せて投げつけた茶碗《ちゃわん》は、柱に当たって粉々に割れ、侍女たちが慌てて片づける。部屋には三人の侍女がいたが、声は一切発さない。不機嫌な主に対し、迂闊《うかつ》なことを言えば体罰が待っているからである。ひたすら追従したところで、この状態の麗容は却って機嫌を損ねるのだ。何も言わないに越したことはない。

戦々恐々とした侍女たちの態度を意に介さず、麗容は遠い目をしてつぶやく。

「どうしてなの……こんなはずではなかったわ……」

入内する前は、自分の欲しい物はなんでも自分の物になったのだ。望みが叶わないことはなかった。それなのに、後宮へ上がってからというもの、何も思い通りにならない。

二年前、先帝の崩御《ほうぎょ》に伴い慶礼が新帝として即位した時、麗容は十八歳で入内した。慶礼の正妃・王英君がすでに皇后に冊立されていたが、そんなことは関係ないと思っていた。すぐに皇帝は自分に夢中になり、今の皇后を廃して自分が皇后になる。それは決まった未来のはずだった。

それなのに、皇帝は王英君しか愛さず、自分をまったく見ない。なぜそんな屈辱《くつじょく》に耐えなければならない？　耐えられるわけがなかった。そして今、邪魔な皇后は死んだのに、どうして自分はまだ貴妃のままなのだ？

皇帝の正妻たる皇后は別格として、数多《あまた》いる妃嬪の中では最上位が貴妃の位である。そこからもう一段登れれば、女として最高の地位に立てるのに。

「あれを使えば、上手《う ま》く行くはずだったのよ……」

それまでも、太医《たいい》を買収して英君に不妊薬を飲ませたり、慶礼との仲を裂く策をあれこれと弄《ろう》していたが、余りに慶礼は自分につれなく、そんな生ぬるいことでは駄目だと考えを変えた。そこで使ったのが、祖父の持つ笛だった。それを吹くと、黒ずくめの密偵が現れて、祖父の命令をなんでも聞くことを知っていた。何かの時に役立つと思い、祖父の部屋からこっそり持ち出して複製品を作らせ、それを持って入内したのである。

吹いても音が聞こえない笛。自分で使うのは初めてだったが、しばらくして黒ずくめの密偵が現れた。皇后に毒を盛るよう命じた。病死に見える毒を指定した。

まんまと英君は死んだ。邪魔者はいなくなった。しかし慶礼は英君の病死を信じず、真相を追及すると言い出した。

自分が毒殺を命じたことが露見したらどうしよう、と俄《にわか》に怖くなり、祖父に相談した。祖父は激怒し、密偵を呼ぶ笛は取り上げられたが、それからすぐ、慶礼が眠りの病に罹《かか》った。祖父が手を打ってくれたのだろうとわかった。

慶礼の周囲は、病の正体を突き止めるのに躍起になり、英君の件を調べるどころではなくなっている。このまま慶礼が眠っていてくれれば、英君の死について、真相は暴かれずに済むだろうか？　祖父からも、皇帝を心配する振りをして、とにかくおとなしくしていろと命じられた。くれぐれも余計なことをするなと。

――でも、このまま陛下が目を覚まさなかったら、次の皇帝は誰？

祖父が肩入れしている栄王？　新帝が立てば、自分はただの先帝の妃。しかも子を生《な》していない妃は尼寺《あまでら》へ送られ、完全に過去の存在になってしまう。もう二度と、女として最高の地位に登る機会は巡って来ない。そんな惨《みじ》めな人生、耐えられない――！

周りの者に八つ当たりしながら過ごしていると、慶礼が目を覚ましたと知らされた。また英君の死について調べ始めるのだろうかと恐れたが、長く眠っていたせいで記憶が混乱しているという。奇行が多く、英君の件を蒸し返す様子は今のところ見られない。

どうも様子が変だと思っていたら、今の皇帝は替え玉だと祖父が知らせてきた。慶礼とは別人である証拠を見つけろと命じられたが、替え玉でもなんでも、皇帝を籠絡《ろうらく》してしまえば自分が権力を握れるではないか。そう思った。

祖父は替え玉を取り除こうとしているようだが、市井《しせい》で育った男なら、いっそ都合がいい。宮中のことは何も知らないだろうし、自分の言いなりに出来るではないか。

「そうよ、栄王なんかより、替え玉の方がずっと男前だし、彼を上手く籠絡すれば、英君亡き今、わたくしが皇后になれるわ。そうすればこの国は薛家の天下。お祖父様がどうしてそう考えないのかがわからないわ。おまえたちもそう思うでしょう？」

同意を求められても、侍女たちは俯《うつむ》いたまま何も言えない。替え玉を皇帝と認めてしまえば、結局のところ皇太后の権力を削げないからでは──とは思っても口に出せない。どれだけ悪事を働いても簡単に尻尾《しっぽ》は掴ませない狡猾《こうかつ》な祖父に対し、考えの浅い行動で余計な騒ぎを起こすのはいつも麗容の方なのだが、意見をしたが最後、生命《いのち》がないので黙っているしかない。

「問題は、あの替え玉陛下の趣味の悪さよ。鳳星羅、あんな男だか女だかわからないような娘のどこがいいの？　この間も、懲らしめてやろうとしていたところを陛下に見つかって、心証を悪くしたわ。どうしてわたくしが損をするの？　態度の悪い役者に躾《しつけ》をしていただけではないの」

ぎりぎりと歯軋《はぎし》りをする麗容を見て、侍女たちは震えて身を寄せ合った。

「せっかく邪魔な皇后はいなくなったのに、今度は役者風情がわたくしの邪魔をするなんて……許せないわ。わたくしを不快にする者に、生きる価値はないのよ」

麗容は吐き捨てるように言ったあと、部屋の隅の厨子《ずし》へゆっくりと歩き、扉を開けて中から小さな笛を取り出した。

「──ふふふ。複製が一本きりだと思うなんて、お祖父様は甘いわ」

紅《あか》いくちびるを引いて妖艶《ようえん》に笑ったあと、麗容はその笛を吹いた。

六、胡蝶幻惑

「薛貴妃《せっきひ》はまだ里帰り中なのか」

今日も琳瑞《りんずい》に確認すると、からかうような返事があった。

「そう毎日お訊《たず》ねになられますと、まるでご寵愛《ちょうあい》の妃を待ちかねておられるようで」

「やめてくれ！　あんな怖い女を寵愛なんて、冗談でも考えたくない」

龍意《りゅうい》はぶるりと震えて琳瑞を睨《にら》んだ。

「星羅《せいら》を追いかけるように後宮へ戻ってくると思ったのに、なかなか戻って来ないから気味が悪いんだよ。まあ飛燕《ひえん》の話では、翠藍《すいらん》を逃がした罰で薛宰相《さいしょう》から禁足《きんそく》を喰《く》らってるっぽいが、でもああいう女は閉じ込めると祟《たた》るからな……」

いたらいたで迫って来られるのは迷惑だが、いなければいないで肚《はら》が読めなくて怖い。そうでなくても龍意には、薛貴妃の浅慮さと衝動的な行動が理解出来ないのだ。あんなに自分勝手な人間を見たことがない。苦手を通り越して、最早恐怖の対象である。

さらに言えば、祖父の薛宰相の方もあの日の件には沈黙しており、不気味だった。飛燕の報告では、ここ数日の薛宰相は占師《せんし》集めを放って外出ばかりしているという。何度か尾行に成功したが、行き先はどれも空の倉庫だった。

遼《りょう》宰相の方の調べでは、薛宰相は最近、隠し財産をあちらこちらへ移動させているらしい。異国の武器商人と何か取引をしているようだという報告もあり、それがどういう意味を持つのか、慎重に監視させているという。

「あー、陰謀とか闇《やみ》取引とか、物騒だったらない。こんな面倒臭い仕事、早くお役御免になりたいぜ……」

ぼやく龍意に、琳瑞が真面目な顔で言った。

「ところで陛下、星羅さんに妙なちょっかいは出していらっしゃらないでしょうね？」

「……なんだよ、当たり前だろ。俺はもっと可愛《かわい》らしい女の子が好きなんだって何度言わせるんだ。男役としては人気があっても、女の子的な可愛げは全然ないぞあいつ」

「いえ、きちんと適切な距離を取っていらっしゃるなら結構でございます。もし万が一、間違いでもあれば、大変なことになりますから」

「大変なことって……なんだよ」

少しぎくりとして、声が小さくなる。薬を無理矢理口移しで飲ませたのは、万が一の間違いに当たるのだろうか？

「実は過去に、規則を破って星娘《せいじょう》に手を付けた皇帝がいたのです。その方がどのような末路を辿《たど》ったと？」

「……どうなったんだ？」

「皇后以下、宮女全員の反感を買い、退位させられました」

「この国の皇帝は、そんなことで退位させられるのか⁉」

「実際は、それがきっかけでケチが付いて、その後いろいろな政治的失策も重なって——ということのようですが。とにかくそういった先例もあり、星娘に手を付けることは後宮絶対の禁忌《きんき》でございますから」

「……」

星羅が必死に自分を宿舎から追い出そうとしたのは、そのせいか。

「ちなみに、手を付けられた星娘の方はどうなったんだ？」

「人気の娘役だったそうですが、劇団を辞めさせられました。宮女たちが怒ったのはそのせいですよ。皇帝の寵愛に一喜一憂《いっきいちゆう》する必要のない、自分たちとは違う立場にいる綺麗《きれい》な花を、皇帝の勝手で手折《たお》られた。それが許せなかったのでしょう」

「……安心しろよ。俺はあの後宮を、手付かずで兄貴に返す。そう決めてるからさ」

「いえ、星娘でなければどんどん手を付けていただいても」

「だから、その話は俺の機嫌を悪くするだけだからやめろと言ってるだろう」

龍意が本気で睨むと、琳瑞は頭を下げて退がっていった。

一方で、星羅もまた薛貴妃の出方を待ちながら落ち着かない日々を過ごしていた。

自慢ではないが、薛貴妃からは蛇蝎《だかつ》の如《ごと》く嫌われている自覚がある。薛府にいたのが星羅本人であるという確証がなくとも、難癖を付ける機会を見逃すはずがない。祖父に言い付けて、しつこく追及してくるだろうと覚悟していたのに。

落ち着かないながらも、今日も午前の稽古《けいこ》を終えて宿舎に戻ると、部屋の文机《ふづくえ》に文《ふみ》が置かれていた。後輩の星娘たちが想いを綴《つづ》った手紙をくれるのはいつものことだが、花や菓子も添えず、飾り折りもせずに畳んだ便箋《びんせん》だけというのは珍しかった。

首を傾《かし》げながら文を広げて、星羅は眸《め》を見開いた。

それは薛貴妃からの文だった。

◇――＊◆＊――◇

鳳《ほう》星羅。

秘密組織の密偵を雇って、おまえの弱味を握った。

姉を魚の餌《えさ》にしてやるから、わたくしに刃向かったことをよく反省しなさい。

憎しみが滲《にじ》み出るような荒々しい文字でそう書かれていた。

「秘密組織……？」

まさか、薛貴妃は非情営《ひじょうえい》と接触を持ったのだろうか？　そうでなければ、孤児《みなしご》の自分に姉代わりの存在がいることも、その亡骸《なきがら》を人質に取られていることも知り得るはずがない。そしてこんな文を密かに自分の部屋へ届けられるわけもない。

「馬鹿《ばか》なことを……！」

冬果《とうか》の亡骸を害して星羅に報復するというのは、薛貴妃ならやりかねない嫌がらせである。だがそのこと自体より、薛貴妃が非情営に近づいたというのが厄介《やっかい》だった。彼女のような人間が渡り合える組織ではないのだ。自分が利用しているつもりで、利用されるのが目に見えている。

「もう、どうしてこうあの人は問題ばかり……！」

星羅は机の上に外出届を置き、部屋を飛び出した。劇団事務局まで外出届を持って行く間が惜しかった。いざという時のために確保してある抜け道を通り、宮城から出た。大街《たいがい》をひた走り、営塞《えいさい》へ向かう途中、

「あ、李《り》公子」

飛燕と出くわした。

「なんだよ、風流な公子様が今日は随分《ずいぶん》質素な恰好《かっこう》じゃねえか」

稽古着のまま飛び出してきたので、動きやすい胡服《こふく》姿である。飛燕は星羅をじろじろ見ながら、「そういえばこないだの借りがあったな。今日はそう簡単にはいかねえぞ」と喧嘩《けんか》を吹っ掛けてくる。

今は飛燕の戯《じゃ》れ合いに付き合っている暇はない。腕を捻《ひね》り上げて動きを封じ、

「急いでいるので、失礼する――」

そう言って立ち去ろうとして、ふと思いつく。

「そうだ、一応言付けをお願いしたい。もしも陛下と会ったら、私は営塞へ行ったと言って欲しい」

それだけ頼み、小柄な飛燕の身体《からだ》を放り出すようにしてその場から駆け去った。

街西《がいせい》の李家に辿り着き、中へ入ると、いつも迎えに出てくる家職《かしょく》の陳《ちん》がおらず、他の使用人たちの姿も見えなかった。

「……？」

不思議に人気《ひとけ》のない邸《やしき》の奥、営塞の領域に足を踏み入れても、やはり人の気配は感じられなかった。薛貴妃はここに来たのか、冬果の亡骸は無事なのか、訊ねようにも人が見当たらない。

胸騒ぎがどんどんひどくなる。薛貴妃は一体、非情営に乗り込んできて何をやらかした

のか。この異変が薛貴妃のせいだと、そんな確信だけはあった。

とにかく冬果の亡骸が心配だった。営塞の奥にある氷室へ急ぎ、重い扉を押し開けた。

白く凍った氷室の中、そこには視界を覆い尽くすほどの胡蝶《こちょう》が舞っていた。

◇——＊◆＊——◇

「おや、陛下。後宮へお出かけでございますか?」

「ああ、ちょっと星羅と今後の相談をしてくる」

「くれぐれも稽古の邪魔をなさらないように」

琳瑞の物言いが歌劇優先なのはいつものこと、龍意が大仰な輿《こし》を断ってこっそり後宮へ忍び込むのもいつものことだった。

星羅の予定はしっかり把握している。今日の午後は劇団稽古はなく、自主稽古のはずだ。だが、いつもの場所でひとりで稽古をしているのかと思えば、見当たらない。

「訓練棟の稽古場が取れたのかな」

そちらを覗《のぞ》きに行くには、記憶の混乱した皇帝の奇行を演じなければならない。ここはどこだ、私は誰だ、とつぶやきながら訓練棟付近を探っていると、星娘たちの会話の中に星羅の名前を聞きつけた。

「さっき星羅様のお部屋に差し入れを持って行ったら、机の上に外出届が置いてあったの。どこへ行かれたのかしら」

「真面目な星羅様が、休日でもないのに外出するなんて珍しいわね」

「でも最近の星羅様、ちょっと外出が多いような気もするわ。この前にも午後の稽古を休んでたような……」

──星羅が外出した？　俺に何も言わずに？

可愛げはないが律義ではある星羅が、それは徒事《ただごと》ではないという気がした。

よほど緊急の案件か──？

胸騒ぎがした。急いで城市《まち》へ出ると、飛燕と連絡を取った。

「星……李碧星《へきせい》を捜して欲しいんだが」

そう頼むと、飛燕は不機嫌顔で言った。

「李公子なら、さっき会ったよ。営塞に行く、って大哥《あにき》に伝えて欲しいってさ」

「営塞？　どういう意味だ？」

「知らねえよ。それだけ言って、走って行っちまった」

──非情営で何かあったのか？

龍意の表情が深刻になるのを見て、飛燕が懐《ふところ》から畳んだ文を取り出した。

「これ、李公子が落としてったものだと思う。これのせいで急いでたんじゃないか」

文には、星羅の姉を魚の餌にしてやると書いてあった。

「薛貴妃か……！」

この手のことを本気でやりかねない女だから恐ろしい。

「なあ大哥《あにき》、鳳星羅って誰だよ？　李公子とどういう関係？」

飛燕に事情を説明している暇はなかった。自分も急いで営塞へ――と思ってから龍意は地団太を踏んだ。

――バカ星羅、どうせなら営塞の場所も教えていけ！

これでは、結局のところどこへ行ったのかわからないのと同じだ。

「あいつはどっちへ走ってった？」

「西の方だけど……そういえば、白《はく》翠藍からも大哥に伝言頼まれたんだよ。話があるから家に来て欲しいって」

今はそれどころじゃない、と切って捨てようとして、

「なんか、李公子の病気に関わることだとかなんとか言ってたぜ。あいつ、持病持ち？」

飛燕の言葉にはっとする。

――星羅の持病？　蠱毒《こどく》のことか？　翠藍は非情営のことを何か知っている？

実際、闇雲に走り回ったところで秘密組織の営塞が見つかるわけもない。ならば、一縷《いちる》の望みを懸けて、翠藍の話を聞いてみる方が早道かもしれない。

「わかった、翠藍のところへ行ってみる。おまえは薛府を探って、薛貴妃がどうしてるか調べてくれ」

皇太后《こうたいごう》が翠藍のために用意したのは、街西にある小さな家だった。申し訳程度の院子《にわ》もあり、翠藍はそこを様々な植物の鉢で埋め尽くしていた。

龍意を迎えた翠藍は、院子《にわ》に並べた鉢を見遣《みや》りながら言った。

「星羅さんの毒を消すための薬を作ってみようと思いましてね」

「あ？」

思いがけないことを言われてきょとんとする龍意に、翠藍が説明した。

「占師というのは、あの当時、特技を活《い》かして食い扶持《ぶち》を稼ぐために使った方便で、私の本当の専門は医術なのですよ。子供の頃から師匠のもとで修業をして、薬草を育てる腕にはお墨《すみ》付きを頂きました。非情営の使う蠱毒は非常に特殊ですが、私ならなんとか出来るかもしれません」

「……星羅のことは、皇太后から聞いたのか」

あの日、星羅が蠱毒の発作で倒れたのは翠藍が妓楼《ぎろう》を出て行ってからだ。星羅が非情営の配下であること、蠱毒に苦しんでいることを龍意は翠藍に話した覚えがなかった。

「匂いですよ」

「匂い？」

「非情営の配下は、その身に流れる毒のせいで甘い香りを漂わせていますから。薛府で初めて会った時から、彼女が非情営の人間だとわかっていました」

「……随分と鼻がいいんだな。しかも、最初から女だと見抜いていたのか」

「彼女の背後に見えるのは、女性の色でしたからね。キラキラと耀《かがや》いて、あれは将来の栄華を示す色です」

「ああ、そうかい」

龍意は投げ遣りに頷《うなず》いた。

この男の言うことを真面目に聞いているとおかしくなりそうだった。特技という言葉では済まないような能力をいくつも持っているらしい。だが今は、星羅について細かい説明をする手間が省《はぶ》けたと思っておくことにした。

「あんたの人間離れした特技はとりあえず措《お》いといて、非情営との関係を教えろ。あの組織について、どこまで知ってる？　営塞の場所を知ってるか？」

「場所は知っていますが、入るのには少しコツが要りますね」

「案内しろ！」

腰を浮かせて立ち上がろうとする龍意に、翠藍はのんびりと答える。

「あなたは非情営に足を踏み入れることを禁じられているのでは？」

「今はそんなこと言ってる場合じゃねえ！　星羅が営塞へ行くと言って姿を消した。非情営はあいつの姉貴分を人質に取ってる。しかもそれを薛貴妃も狙ってる。あいつは姉貴のことになると頭に血が昇るから、ひとりじゃ心配なんだ！　一刻を争う事態なんだよ！」

龍意が焦りながら言うと、ようやく翠藍が腰を上げた。

「そういうことでしたら、仕方がありませんね。皇太后様にはあなたから釈明を」

「ああ、後でいくらでも言い訳はするから、早く連れて行け！」

「実は、ここからそう遠くないのですよ」

「なに？」

翠藍が龍意を連れて行ったのは、通りをふたつほど隔てた先の李家という財産家の邸だった。門前には門番もおらず、誰でも中へ入れそうである。

「一見、不用心な金持ちの邸ですが、奥に営塞へ続く扉があります。ただ、特別な客でなければそこへ招き入れられることはありません」

「おまえなら入れるのか？　コツってのは？　おまえは非情営とどういう関係なんだ」

「別に、一度来たことがあるだけですよ。その時と同じ手が効けば、奥には入れると思いますが――」

翠藍は言いながら門を入り、正堂の前で「もし」と声を掛けたが、誰も出て来ない。

「おかしいですね……来客があれば、家職が出迎えるはずですが」

龍意も違和感に気づいて首を傾げた。

「そうだな、妙に人気がない」

案内がないので勝手に正堂へ上がり込み、中を見て回っても、やはり誰もいない。

「以前に来た時は、使用人がたくさんいましたが……」

「なんだか厭《いや》な予感がするが……とにかく奥へ行こう」

龍意は顔をしかめつつ、邸の奥へと進んだ。いくつかの棟を通り過ぎた先の行き止まりは仏堂になっており、大きな仏像の裏に営塞へ続く扉が隠されていた。そこにも見張りはいない。

「どうやらコツを使わなくても入れそうだな」

それを幸運とも喜べない気分で龍意は扉の先へ足を踏み入れた。

——どう考えても、何か起きたに決まってる。それは星羅が来る前か、星羅が来た後か……。どっちにしても厭な感じしかしないな。

扉の先は階段になっており、その先の通路もしばらくは下りの坂道だった。要するに、非情営の営塞は地下にあったのだ。

「おい、氷室がどこにあるか知ってるか？」

案内役のはずが、後ろから随《つ》いてくるだけの翠藍に訊ねる。

「氷室？　そこへは行ったことがないのでわかりません」

「肝心なところで役に立たねえな！」

龍意は舌打ちをして、営塞の中を走り回った。通路の各所に灯《あか》りは点《つ》いたまま、どこを覗いても人がいないのを確かめる度に、ざわざわと冷たい不安が背筋を上《のぼ》る。星羅を捜しているのでなければ、今すぐ引き返して逃げ出したいほど、厄介に巻き込まれそうな予感ばかりが募る。

――星羅はどこだ？　薛貴妃もどこにいる――？

とにかく星羅が目指す場所は、冬果の亡骸がある氷室のはずだ。そこへ行ってみれば、何かわかるだろう。

営塞の奥は、ほぼ洞窟と言っていいような岩肌が剝《む》き出しの場所となっており、その突き当たりに、冷気の漏れ出す扉を見つけた。

「ここか！」

龍意が扉を押し開けようとした時、中からけたたましい悲鳴が聞こえた。

「きゃあああ！」

この金切り声は、薛貴妃である。

慌てて中へ飛び込むと、白い冷気が漂う氷室の中に、信じ難い光景が広がっていた。

「――」

龍意は絶句してその場に立ち尽くした。

石の棺《ひつぎ》に寄り掛かるようにして倒れているのは血まみれの薛宰相。その傍《かたわ》らには、両手を血で濡《ぬ》らした星羅が呆然《ぼうぜん》とした表情で立っており、薛貴妃が泣きながら叫んでいる。

「お祖父《じい》様――！　鳳星羅がお祖父様を殺した！　この女が殺したのよ――！」

「そんな馬鹿な……！」

龍意が無理矢理声を絞り出すと、凍りついたように動かなかった足も動くようになった。急いで駆け寄って薛宰相の息を確かめる。本当に死んでいた。

「馬鹿な……！」

同じ言葉しか出て来なかった。

「星羅、一体何があったんだ」

魂が抜けたような風情で立ち尽くす星羅に訊ねた時、不意に外から大勢の足音が聞こえた。氷室の中へ雪崩《なだ》れ込んできたのは、大理寺《たいりじ》〔追捕・訴訟・裁判などを掌《つかさど》る官署〕の捕吏《ほり》たちだった。

「大理寺の者だ！　そこを動くな！」

なんでそう都合良く、大理寺の捕吏が来るんだ!?

捕吏たちは真っ先に星羅を取り押さえ、次いで龍意の方へ目を向けた。皇帝への拝謁《はいえつ》が許される身分の者たちではなく、龍意の顔に特段の反応を示さないのは助かったが、隣で翠藍が焦ったように腕を引いた。

「見てください、あちらにも扉があります。逃げましょう」

「馬鹿言え、星羅を置いて逃げられるか！」

「ご自分の立場を考えてください。あなたまで捕まったらおしまいですよ」

「だが――」

「あなたが無事でいなければ、彼女を救うことも出来ませんよ！」

その言葉が決定打となった。龍意は捕吏の包囲を力尽くで突破し、翠藍を連れて扉の先の迷路のような道をひたすら走った。

星羅、待ってろよ、絶対救けてやるからな――！

◇――＊◆＊――◇

非情営の営塞で、薛宰相の殺害犯として捕まった星羅は、大理寺の牢《ろう》に入れられた。

薛貴妃は星羅が祖父を殺すところを見たと証言し、他にも星羅が様々な悪事に加担したという証拠があちらこちらから出てきた。

大理寺の審理で明らかになった星羅の罪は、皇帝の呪詛《じゅそ》、皇后の毒殺、薛宰相の殺害。さらには、煌星《こうせい》歌劇の役者とは仮の姿で、実は秘密組織・非情営の営主《えいしゅ》だったこと、薛宰相を操って今上帝《きんじょうてい》を退位に追い込み、栄王《えいおう》を傀儡《かいらい》にして、この陽夏国《ようかこく》を操る算段だったことまでが暴かれた。だが今回は上手の手から水が漏れ、ちょっとした行き違いで薛宰相を殺《あや》めてしまい、それを見られて捕まった——という顚末《てんまつ》が大理卿《だいりけい》〔大理寺の長官〕の口から滔々《とうとう》と語られた。

——全部、嘘《うそ》っぱちだ！

大理寺の法廷に皇太后と共に臨席した龍意は、大声でそう叫びたいのを必死に堪《こら》えた。法廷に引き出された星羅の姿は悲惨なもので、全身に明らかな拷問《ごうもん》の痕跡《こんせき》が見られた。それでも星羅は罪を否認しており、一切の自供を拒んでいた。

当たり前だ。認めたが最後、大逆罪で斬首《ざんしゅ》だぞ——。

星羅の言い分は、こうだった。あの日、非情営の営塞へ行くと、不思議に人気がなかった。冬杲の亡骸の無事を確かめに氷室へ急ぐと、そこには血まみれの薛宰相が倒れていた。両手の血は、驚いて薛宰相を抱き起こした時に付いたもの。その時、すでに薛宰相は事切れていた。薛貴妃も薛宰相の傍《そば》に倒れており、それが突然起き上がったと思ったら、星羅が祖父を殺したと騒ぎ出したのだ——。

星羅が氷室に足を踏み入れた時、たくさんの胡蝶が舞っているのを見たという。すぐに蝶は消えてしまい、そのあとに血まみれの薛宰相を発見したのだと。だが氷を詰め込んだ氷室の中に蝶などいるはずがなく、審理を攪乱《かくらん》するための嘘か、当時の星羅が錯乱していた証《あかし》としか大理卿は受け止めなかった。

龍意が皇帝として最後に発言し、さらに審理を尽くすよう命じたため、今日の公判はひとまず閉廷となったが、状況は極めて星羅に不利だった。

非情営の営塞や、劇団宿舎の星羅の部屋からも、星羅が非情営の営主として配下を操っていたことを窺《うかが》わせる帳簿が発見されている。誰かが仕込んだに決まっているが、星羅が身に覚えがないと言っても通らない。

――星羅が営主のわけないだろう！

あの時の、蠱毒の発作に苦しむ星羅の姿を皆に見せてやりたかった。あんなに苦しみながらも、必死に解毒薬に頼るのを拒み、組織から解放されたがっていた。あれだけ朦朧《もうろう》としながらも強情で、口移しに薬を飲み込ませるのは本当に大変だったんだぞ――！

龍意にとっては、自分のその苦労が星羅の潔白の何よりの証だったが、立場上、説明するわけにはいかない話である。

とにかく、星羅は陥《おとしい》れられたのだ。だが、それを企《たくら》んだのは誰だ？

薛宰相こそがこの国に巣喰う巨悪、彼こそが倒すべき敵だと思っていたのに、その背後にまだ黒幕がいたというのか？

黒幕がいたとして、わざわざ星羅を選んで陥れたのはなぜだ？　いつから、どこからその計画は始まっていたのか？

わからないことばかりだった。星羅の話を直接聞きたかった。星羅とはあの日、営塞の氷室で別れて以来、言葉を交わすことが出来ないままでいる。

遼宰相経由でなんとか便宜《べんぎ》を図ってもらい、牢にいる星羅と面会出来たのは、星羅が投獄されてから十日目の夜だった。凶悪犯扱いで独房に入れられているのだけが幸いで、人払いをすればふたりきりで話すことが出来た。だが、

「獄卒《ごくそつ》に女がいなかったのが残念だったな。得意の誑《たら》し込みで、手心を加えてもらえただろうに」

鉄格子《てつごうし》越しに近くで見た星羅の姿に、思わず軽口を叩かずにいられなかった。そうしなければ、不覚にも泣いてしまいそうだったのだ。端整な星羅の美貌《びぼう》が痣《あざ》と血に汚れ、手足にも酷《ひど》い傷がある。役者の大切な顔に、大切な身体に、何をしてくれたのか。

「――俺が皇帝だったら、拷問なんて非人道的な行為は絶対廃止する」

「だったらも何も、あなたは皇帝でしょう」

星羅はくすっと笑って言った。

「そんなに大したことではありません。組織の訓練でもしょっちゅう怪我《けが》はしていましたし、皇太后様からの差し入れをそのまま獄卒に渡せば、扱いも少し良くなりますし」

「そういうことじゃねえだろ。おまえは誰かに嵌《は》められたんだぞ。そのせいでこんな目に遭って、悔しくないのか」

「そんなことより……冬果姉さんの亡骸がどうなったかわかりますか？　あの日、氷室の中を捜しても見つからなくて」

「そんなこと、って……このままじゃ極刑だぞ？　まずは自分の身を心配しろよ」

苦笑する龍意に構わず、星羅は言い募る。

「あの日、薛貴妃は姉さんの亡骸を河に捨てたの一点張りで、でも様子がおかしくて正気とは思えず、本当にそんなことをしたのかどうか……営塞が無人だったのも不思議で、組織の人間に運び出されたということも……」

「どうだろうな――。薛貴妃はあれからずっと錯乱状態で、まともに話が出来ないんだよ。おかげで冬果の行方もわからずじまいだ。冬果の亡骸が実際あそこにあったとわかれば、ちょっとはおまえの言い分も聞いてもらえるようになるだろうに」

今の薛貴妃は、星羅が祖父を殺した、それを繰り返すだけの人形だった。薛府で療養しているが、回復したという報告は未だない。

「おそらく、非情営の使う幻惑香《げんわくこう》のせいです。幻の中で、薛貴妃は本当に私が薛宰相を殺す場面を見たのでしょう。私が氷室の中に胡蝶を見たのも、その香のせいだと思いますが、すでに効果が薄くなっていたようで、それ以上の幻は見えずに消えました」

「胡蝶……兄貴にも使われたやつか」

「幻惑香は、眠らせて幻の虜《とりこ》にする調合と、幻を見せて行動を操る調合があるのです」

「じゃあやっぱり、今回のことは全部非情営の仕業なのか？　非情営自体が黒幕なのか、それとも非情営を操ってる奴がいるのか」

「……わかりません」

星羅は当惑の表情で頭《かぶり》を振る。

「組織に何が起きたのか、わからないのです。私が行った時、すでに李家の邸も営塞も空っぽでした。氷室にいた薛宰相と薛貴妃以外、私はあそこで人の姿を見ていません」

「俺もだ。誰も出て来ないから勝手に奥まで上がらせてもらった」

「そういえば、陛下はどうして営塞の場所がわかったのですか」

「翠藍に案内してもらったんだ」

「翠藍？」

「昔、何か関わりがあったみたいだが、詳しいことを聞き出す前に昏睡《こんすい》しちまってな」

あの日、氷室から逃げて迷路のような隠し通路を走るうち、湿った地面に滑って転んだ翠藍は、岩にぶつかって脚《あし》をざっくり切った。立てないと言うので担《かつ》いで走り、なんとか外へ出られたのはいいが、翠藍はそのまま昏々と眠りに就《つ》き、目を覚ます気配がない。

「別に熱とかはないんだけどな。皇太后が言うには、昔からそういう体質の奴らしい。呼んでも来ない時は、昏睡してるんだと。何かのきっかけで深い眠りに入っちまうらしい」

「確かに、薛府で初めて会った時は眠っていて、なかなか起きないので心配しました」

「あいつの特異体質には付き合い切れねえよ、ほんと。でも、奴が目を覚ませば、何か非情営について知ってることがありそうなんだけどな。営塞の入り方も知ってたしな……」

「営主に招かれるか、相当に近しい関係でなければ、部外者が営塞に入ることは出来ません。彼が営塞へ来たことがあるというなら、営主の知り合いなのでしょうか……」

星羅は首を傾げた。

「だったらますます翠藍の話を聞きたいよ。今のところ、一番怪しいのは非情営の営主なんだからな。配下を全員どこかへ引き揚げさせた上で、おまえを営塞に誘《おび》き出し、薛宰相の死体を発見させて、そこへ捕吏を突入させた。おまえを自分の身代わりにして、すべての悪事を擦《なす》り付けて逃げたようにしか見えねえ」

「……なぜ私を身代わりに？」

「そこがわからねえんだよ。営主は元々、秘星監《ひせいかん》を掌握《しょうあく》するためにおまえを後宮に送り込んだわけだろ。で、そのついでに皇帝を暗殺させようとしてたのに、いつからおまえの使い方を変えたのか。まあ皇帝暗殺が薛宰相の依頼だったなら、それに関しては薛宰相が死んじまえばチャラだろうけどさ」

では薛宰相を殺した本当の犯人は誰なのか、非情営の目的は何なのか、非情営の背後にまだ黒幕がいるのか――真相がわからない限り、星羅の潔白を証明することは出来ない。

難しい顔をする龍意に、星羅が少し言いにくそうに訊《き》いた。

「あの……後宮では……劇団のみんなは、私のことを……?」

「星娘も宮女たちも、おまえが秘密組織の親玉だなんて信じてねえよ。俺の顔を見れば縋《すが》りついてきて、星羅を救けて欲しいと頼んでくる」

実際、初めは星羅のことがどんな風に噂《うわさ》になっているのかと恐る恐る後宮を覗いたのだが、大半の者が星羅の無実を信じ、投獄された星羅を案じていた。困っているところを星羅に救われた者は多く、直接星羅を知っている人間ならこういう反応になるのだと、龍意としても救われた気分になったものだ。

だが後宮内での好感度がどれほど高くても、法廷でそれは考慮されない。もっと具体的且《か》つ決定的な無実の証拠が必要である。

「雲隠れした本物の営主を捕まえられれば、一気に解決に近づくと思うんだけどな。遼宰相が手を尽くして捜させても見つからねえ」

「営主は、見た目だけならば小柄で人の好《よ》さそうな老人ですから……。まだ京師《けいし》にいるにせよ、地方へ逃げたにせよ、人の中に紛れてしまえば見つけ出すのは難しいでしょう」

皇太后の説得でこちら側に協力することを決めた時、星羅は非情営という組織について知っていることはすべて話した。だが組織の中枢《ちゅうすう》は謎が多く、営主の本名や素性《すじょう》は幹部すらも知らないという。小柄な老人という特徴しかないのでは、捜索が難航するのも無理はなかった。

星羅と顔を見合わせて唸《うな》った時、獄卒が顔を出した。

「そろそろ時間です。これ以上はもう――」

龍意はため息を吐き、改めて星羅に言った。

「絶対にここから出してやるからな。もう少し頑張ってくれ」

星羅は頷く。

「犯してもいない罪で処刑される筋合いはありませんから。それに、私のせいで死んだのかもしれない姉さんを、この手で弔《とむら》うまでは、死んでも死に切れません」

「ああ、なんとか営主を引きずり出して、冬果の死の真相から何から全部吐かせてやるから待ってろ――！」

◇――＊◆＊――◇

翌日、龍意は正陽殿《せいようでん》の書房に大理卿を召し出した。

皇太后と遼宰相を脇に置いて座る皇帝に、大理卿は恐縮しながら礼を執《と》った。龍意は威厳ある皇帝役を心掛けながら言う。

「鳳星羅が起こしたとされる此度《こたび》の事件、実に大胆不敵で驚いているが、よくわからない点も多くある。法廷では口を出さずにいたが、いくつか訊ねたい」

「はい。どのようなことでございましょう」

「非情営とは、その実態もしかと摑《つか》めぬような秘密組織であると聞く。その隠された本拠地に、なぜあの日、ああも都合良く捕吏を乗り込ませることが出来たのか？　場所を知っていたなら、もっと早くに壊滅させることが出来たのではないか」

「あの日、大理寺に密告があったのでございます」

「密告？」

「組織からの解放を願う配下のひとりです。あの日、薛宰相を殺す営主を見てしまい、その罪で営主を捕らえさせれば、余罪はいくらでも出てくる、そうすれば組織は潰《つぶ》れて自分は解放される——そう考えたのだと申しておりました」

「その密告者は今どこにいる？」

「——死にました。自死したのです。遺書によると、一度は営主を裏切ったものの、冷静になると報復が恐ろしく、生きているのが怖くなった——と」

「……」

龍意は皇太后と顔を見合わせた。

完全に、使い捨ての駒《こま》だ。星羅を捕らえさせるために密告者を演じさせ、その後は余計なことを話させないように殺したのだろう。

「聞いたところによると、非情営という組織は二十年ほど前から活動の痕跡があるらしいな。鳳星羅が生まれる前の話ではないか？」

「それはもちろん、まだ若い鳳星羅が設立した組織ではないでしょう。代替わりして、現在の営主ということです」

「では鳳星羅は、非情営の営主の証である令牌《れいはい》を持っているのか？　営主は、その令牌で配下を動かしていると聞いたが」

「いいえ、鳳星羅は令牌を身に付けておりませんでした」

「それなのに、なぜ鳳星羅が営主だと決めつけたのだ？」

「恐れながら陛下、世に憚《はばか》る秘密組織の営主ならば、わざわざ身分を証明する物を持って捕まるほど馬鹿ではないでしょう。言い逃れ出来るよう、令牌は咄嗟《とっさ》に捨てたか隠したかして捕縛されたのに違いありません」

　大理卿はきっぱりと言って続ける。

「令牌などより、鳳星羅の部屋や営塞から見つかった文書が、何よりも彼女を営主だと証《あか》し立てております。誰にも疑われない星娘の立場を利用して、不届きにも後宮からこの陽夏国を転覆《てんぷく》する計画を指示していたのです」

「なるほど……」

　と頷いてみせながらも、龍意はひとつも納得していなかった。

　星羅は非情営で読み書きを習ったのだ。これが非情営の仕組んだことなら、星羅の筆跡を真似て偽の文書を作るくらい簡単だろう。しかも、劇団宿舎の部屋は鍵もない風通しの良さである。誰でも入って掃除をしてやれるのと同様に、怪しげな帳簿も隠し放題だ。

「だが、まだわからぬことがある。非情営の営塞は無人だったのだろう。配下はどこへ消えたのだ?」

「それがさっぱり……」

大理卿は初めて言葉を淀《よど》ませた。

「営塞で鳳星羅を捕縛した際、その場から男がふたり逃げたとの報告もありますが、行方はわからぬままで……」

その男のひとりは目の前にいるぞ、と言ってやるわけにもいかない龍意である。

「いくら尋問しても、鳳星羅は配下をどこに潜ませているのか白状しません。よからぬことを企んでいるのに違いなく、もっと強く尋問して、一刻も早く一網打尽にせねば……」

「拷問は控えろ」

「は?」

「次回の公判の場で、鳳星羅の身に傷が増えていたら許さぬ」

「いえ、しかし……」

大理卿は当惑の表情で龍意を見た。

彼からすれば、最愛の皇后を殺し、己を呪詛したとされる人間を、即刻処刑しろと命じられるならともかく、拷問するなと命じられるとは思わなかったのだろう。

「わかったら退がれ」

「──は、御前失礼いたします」

大理卿が退出したあと、龍意はうんざりした気分で天を仰いだ。

「なんであんなに頑張るんだ、大理卿は。ああ言えばこう言う、何が何でも星羅を非情宮の宮主として断罪する気だ」

「薛宰相の死が、少し厄介な方向に話を動かしているのよ……」

そう言って皇太后はため息を吐き、遼宰相が続ける。

「これまで、大理寺の審理はすべて薛宰相の圧力で都合の良いように裁かれて、大理卿は名ばかりの身でした。それが薛宰相が亡くなり、横車を押す人間がいなくなったので、張り切っているのですよ」

「なんだよそれ。薛宰相ってのは、死んだあとまで迷惑な奴だな……！」

「大理卿の本音としては、薛宰相を殺してくれた人間には感謝しているでしょうけれどね……事は皇帝の呪詛や皇后の毒殺という大逆罪にまで発展し、その犯人を捕まえるついでに悪名高い秘密組織まで壊滅させられたなら、歴史に残る大手柄となる──そう思えば力も入るでしょう」

「その情熱で、真犯人を捕まえてくれるならいいけどさ、完全に星羅で決め打ちだからな……このままじゃ歴史に残る冤罪《えんざい》事件の出来上がりだ」

「非情営の配下がどこへ消えたのか……せめて末端の者でも見つかれば、手掛かりになるのですが」

「翠藍が早く目を覚ませばな……！　あいつは、匂いで非情営の人間がわかるらしい。連れて歩けば、嗅《か》ぎつけられるかもしれないってのに」

しかし美貌の似非《えせ》仙人は昏睡したままだった。

その後も、龍意があれこれと疑問を挟み、審理を引き延ばせば引き延ばすほど、星羅に不利な証拠ばかりが湧き出てきた。星羅に命じられて悪事を働いたと自白する者が現れては、乱心して生命《いのち》を絶つ。どこかで誰かが仕込んでいるのは明白だが、その黒幕が見つからなかった。

果たして、大理卿は次の公判でも強気の姿勢を崩さなかった。星羅の傷が増えていないようなのはよかったが、姿を晦《くら》ました営主は依然として見つからず、星羅の無実を証明出来る決定的な証拠は見つからないままだった。

事ここに及んでは、星羅本人の否認は一切聞き入れられず、龍意も皇帝の立場で根拠もなく星羅を庇《かば》うわけにはいかず、いよいよ判決が出た。

大逆罪に下される罰は、斬刑――斬首である。

七、落花非情

「絶対納得いかねえ……！」

　星羅《せいら》に斬首《ざんしゅ》が言い渡された日、陽麗宮《ようれいきゅう》へ戻った龍意《りゅうい》は卓上に酒瓶《びん》を何本も転がしながら悪態を吐いた。

「星羅は何も自供してないじゃないか。それで極刑の判決なんか出していいのかよ。そんないい加減に人の生命《いのち》を奪っていいのかよ！」

　空の酒瓶を片づけながら琳瑞《りんずい》が言う。

「そもそも我が国において、帝室に弓引く大逆罪となれば、その疑いだけでも極刑に処されます。元々自供など問題にされない罪なのでございますよ」

「だからってさ……！　一応俺は皇帝だぞ。この国で一番偉いんだろ!?　なのになんで何も出来ないんだよ」

　皇帝の鶴《つる》の一声が効かないことは、司法が健全であると思えば喜ばしいが、今回のような明らかに冤罪《えんざい》だとわかっている人間を救えないとなった時、余りに遣《や》り切れない。

「……まだ手はございますよ」

琳瑞が耳元でささやいた。

「手？」

「処刑の前に、星羅さんを攫《さら》ってしまえばよろしいのです」

大胆なことをさらりと言う琳瑞に一瞬驚いてから、目が覚めた心地になる。

「強硬手段だが、それしかないか――」

処刑は五日後である。このまま手をこまねいていれば、五日後に星羅の首と胴は離れることになる。

「牢《ろう》を破るか、刑場までの移送時を狙うか、手段はいくつかございますが」

「――いや、それはどっちも警備が厳しいからな、狙うならそのあとだ」

「と申しますと？」

「刑場だよ」

京師《けいし》において、斬首が執行される刑場は、西の市の外れにある。不謹慎ながらもこういった処刑は民にとってある種の娯楽であり、また見せしめのためにも、人が集まりやすい広い場所で行われるのだ。

当日、刑場には大勢の見物人が集まるだろう。一般庶民《しょみん》にとっては秘密の帳《とばり》に隠された後宮の、さらにその中で人気を博す幻の劇団の人気役者が起こした大事件である。当初から人々の関心度は高く、城市《まち》では星羅について尾ひれの付いた噂《うわさ》が広がっている。

曰《いわ》く、鳳《ほう》星羅の外見は絶世の美青年にして花花公子《かかこうし》、宮女たちを片っ端から誑《たら》し込み、果ては皇后をも籠絡《ろうらく》して油断させ、毒を盛った。後宮を我が物にする星羅を皇帝は排そうとしたが、先手を打たれて呪いをかけられてしまった。鳳星羅は後宮を足場に帝室に喰《く》い込み、また一方では非情営《ひじょうえい》の営主《えいしゅ》として薛宰相《せつさいしょう》を操って私腹を肥《こ》やし、傀儡《かいらい》の皇帝を立てようとした――。

そんな話を、講談師が見てきたように喋《しゃべ》り散らしている。

星羅が性質《たち》の悪い花花公子だという点はあながち間違っていないが、他はまったくの濡《ぬ》れ衣《ぎぬ》である。それでも人々は刺激の強い物語に喰いつく。鳳星羅という娘がどれほどの貴公子ぶりなのか、綺麗《きれい》な貌《かお》をした極悪人が如何《いか》に無惨な最期《さいご》を遂げるのか、こぞって見物に来るだろう。

「人が大勢集まるほど、一度混乱が起きれば、収めるのは大変だ。刑場で騒ぎを起こして、その隙《すき》を衝《つ》いて星羅を攫い出す」

「どさくさ救出作戦でございますね」

「でもよっぽど派手にやらないと、星羅《主役》から目を逸《そ》らせねえ。人前で一芝居打って耳目《じもく》を集める役は一座の仲間に頼むとして、それを口火に暴れ回る役には破落戸《ごろつき》どもを動員しねえと……となると軍資金が必要だな」

遼宰相《りょう》の吝嗇《りんしょく》ぶりに懲《こ》りた龍意は、今回は皇太后《こうたいごう》に小遣いをせびった。星羅を救うには最早こうするしかないと、皇太后も納得して軍資金を出してくれた。

飛燕《ひえん》と当日の段取りを相談してから、遼宰相にまた星羅との面会の便宜《べんぎ》を頼もうとしたが、今回は叶わなかった。処刑の前に非情営の配下が星羅を救出に来る可能性を鑑《かんが》み、大《たい》理卿《りけい》が牢の警備を一層強めたのである。

当日、円滑に逃亡を促《うなが》すためには、星羅本人にも予《あらかじ》め計画を伝えておきたかったが、仕方がない。飛燕が直接星羅と接触するようにして、これが龍意の計画だと理解してもらうしかない。

何しろ龍意と皇太后は、処刑を見届ける立場で臨席するのだ。その場で出来ることは、刑場で起きた騒ぎに驚いて卒倒してみせることくらいだ。自分たちに注目を集めれば、星羅の監視に隙が生まれる。

「せいぜい派手にぶっ倒れてくれよ」

皇太后にもそう頼み、とうとう運命の処刑日を迎えた。

◇――――＊◆＊――――◇

処刑の開始は、午《うま》の刻〔正午〕。

朝議を終えた龍意と皇太后が刑場へ到着した時、すでにそこには黒山の人だかりが出来ていた。

龍意たちが貴賓《きひん》用に設《しつら》えられた席に着くと、処刑台に星羅が引き出されてきた。

乱れた髪に粗い麻の衣。手足には枷《かせ》が嵌《は》められ、顔を始め全身に痛々しい傷痕《あと》。

後宮ではいつも華やかな舞台で歌い踊っていた星羅が、まさかこんなところで晒《さら》し者になる日が来るとは、誰が予想しただろう。思わず目を伏せる龍意の一方で、

「あれがそんなにいい男に化けるのかねえ」

「背は高いみたいだけどねえ」

処刑台を囲む柵の最前列に陣取った女たちが、値踏みするように星羅を見つめる。

――馬鹿《ばか》にするな。星羅が本気出したら、おまえら全員その場で腰砕けだぞ。

思わず心の中でそう言い返してしまい、龍意は密かに苦笑した。

星羅の花花公子ぶりにはうんざりしていたはずなのに、その魅力がわからない女を見て腹を立てるとは。自分は一体どうしてしまったのか。

そう、今は女たちが星羅にうっとり見惚《みと》れるようでは困るのだ。ボロボロの姿に興味を失ってくれるなら、それに越したことはない。如何に周囲の目を星羅から逸らすか、今日の計画はそこに懸かっているのだから。

龍意は背後に控える周《しゅう》兄弟や劉紀衛《りゅうきえい》たちに目配せし、見物人に紛れている仲間が多方向

から騒ぎ出すのを見落とさないよう念押しした。柵のこちら側と向こう側、上手《うま》く連携して動かなければならない。

処刑台では、いよいよ首切り役人が大刀に酒を吹きかけている。

今だ、一世一代の芝居を打て——と龍意が大きく頷《うなず》く合図をした時。

ドカン！　と大きな音がして、刑場の数ヶ所で爆発が起きた。

「!?」

処刑台の一角が吹き飛び、銅鑼《どら》を掛けた台の脚《あし》が吹き飛び、見物人がひしめく柵の向こうでは人が吹き飛ばされて悲鳴が上がっている。

「陛下！」

劉紀衛たち供の者は、龍意と皇太后を守るために飛び出してきて張り付いた。首切り役人が驚いて大刀を取り落としたのはよかったが、

「非情営の仕業かもしれぬ。鳳星羅を奪われるな！」

大理卿の指示で獄卒《ごくそつ》が星羅を取り囲んでしまった。そして、

「刑場の外でも各地で爆発が起きている模様です！」

そう報告があった時、どこからか矢が射かけられた。大理卿の足元に刺さった矢には文《ふみ》が結ばれており、それを読んだ大理卿が「不届き者が！」と叫んだ。

「見せろ」

龍意の命に大理卿が文を差し出す。

我らの営主、鳳星羅を解放せよ。さもなくば京師は火の海になるだろう。

ふざけるな――！

龍意は矢文を握り潰《つぶ》した。

これじゃ、余計に星羅の罪が重くなるだろう――！

自分が何のために、一座の仲間を使って騒ぎの口火を作り出そうとしたと思っているのだ。土壇場でただ騒ぎを起こすだけなら、自分や皇太后が生命《いのち》を狙われた振りでもすればいい。それが一番大騒ぎになる。だがそんな事件が起きれば、非情営が星羅を奪還するためにしでかしたこととしか思われないだろう。星羅を逃がしたいのは山々だが、そのためにさらに星羅の立場を悪くするような真似は出来なかった。

自分が狙われるのでもなく、星羅を狙うのでもなく、見物人たちの中で騒ぎを発生させたかった。だから一座の仲間に芝居を打たせ、見物人たちを巻き込んだ大騒ぎになるような台本を大急ぎで書いたというのに。

仲間たちのせっかくの舞台が奪われただけでなく、事態は最悪だ。星羅を救うための取引という名目で、城市《まち》中に爆薬を仕掛けたというなら。すでにそれが爆発を始めているというなら。その被害はすべて星羅のせいにされてしまうではないか。

どさくさに紛れて逃げるのと、余計な罪を増やして逃げるのとは全然違うんだよ――！

そう歯軋《はぎし》りをする間にも、遠くから連続して爆発音が聞こえる。

「仕方がない、今日のところは処刑を中断する。見物人を帰らせてから、警備を増やして鳳星羅を牢へ護送せよ」

大理卿が獄卒に命じた。このまま処刑を押し切れば、非情営の報復で罪のない民に甚大な被害が出るという判断だろう。

「本日の処刑は中断とする！　処刑は中断だ！」

どこかにいる非情営の配下に聞かせるように、大理卿が大声で叫ぶ。

非情営の襲撃に備え、大理卿は何台もの囮《おとり》の馬車を用意し、慎重に星羅を牢へ送り返した。龍意と皇太后も禁軍に護衛されて宮城へ帰り、こうして龍意の星羅救出計画は潰《つい》えたのだった。

◇――＊◆＊――◇

処刑の中断が発表されても、京師の各地で爆発は起こり続けていた。星羅が解放されるまで、非情営は徹底抗戦の構えである。城市《まち》の救護所は怪我人《けがにん》で溢《あふ》れ、人々は爆発を恐れて逃げ惑い、星羅を解放すれば済むことなら放せばいいという声が上がり始めている。

だが大理卿は非情営の卑劣《ひれつ》な行為に屈する気がなく、城市《まち》に仕掛けられた爆薬を人海戦術で探し出して除去させている。ところが爆薬は偽物と本物が入り交じり、わざわざ真偽を確認してから取り除く作業に手間がかかる。そうこうするうちにどこかでまた爆発が起こり、被害が増え、人々の恐怖と怒りも膨らむ一方で、事態の収束はまだまだ先になりそうである——。

そんな報告を受けて、龍意は頭を抱えた。

——なんでこうなるんだよ！

非情営は一体どういうつもりなのか。星羅を救けようとする振りをして、逆に星羅を追い込んでいる。

星羅を営主に仕立て上げ、蜥蜴《とかげ》の尻尾《しっぽ》を切るように組織から切り捨てるつもりなら、そのまま黙って処刑されるのを見ていればいい。それで終わる話ではないか。普通に考えれば、ここまで派手な騒ぎを起こして、駄目押しをする必要はない。

——非情営の営主は、星羅に悪意でもあるのか？

まるで星羅を徹底的に国賊《こくぞく》として印象付け、民の憎しみを煽《あお》ろうとしているかのようだ。

だが、ただ極刑にするだけでは飽き足らないほどの憎しみとは、星羅と営主にはどんな因《いん》縁《ねん》があるというのか。星羅は心当たりがなさそうだったが——。

「ああっ、もう、こんなところで考え込んでたって始まらねえ！」

龍意は黄金の袍《ほう》を脱ぎ捨て、琳瑞を振り切って宮城を飛び出した。

大体にして、城市《まち》中に仕掛けたというその爆薬を非情営はどこから調達したのか？　思い浮かぶのは、北伐《ほくばつ》のために火薬を買い集めていたという薛宰相だ。どこかに溜め込んでいたはずのその火薬は、未だ発見されていない。

非情営は薛宰相の買い集めた火薬を頂戴《ちょうだい》したのではないか？

そんなことが出来たとすれば、やはり非情営と薛宰相の関係はかなり近しいものだったはずだ。それなのに、非情営の営塞《えいさい》で薛宰相が死んでいたのはなぜだ。別に火薬を手に入れるために非情営が殺したわけではないだろう。結果的に、薛宰相が死んだから、その財産を掠《かす》め取った？　ならばそもそも、薛宰相を殺したのは誰だ。殺したのはなぜだ。

大理卿が真相だと信じて語る星羅の罪は、龍意にとってはまったく疑問の答えにならなかった。星羅も自分も知らないところに、真相がある。謎の答えは、非情営の営主が知っている。

——だから、絶対取っ捕まえてやる！

城市へ出ると、大理卿の配下を始め、禁軍や金吾衛《きんごえい》〔警察活動を行う武官〕たちも総出で爆薬の除去に励んでいた。

一方で城市の住人たちは、一度爆発が起きた場所は安全と考え、そこに集まって身を寄せ合っている。逆に爆発が起きたことのない区域からは人が逃げ出し、ひっそりとしていた。龍意はそんな場所を覗《のぞ》いて回っては、不審人物に目を光らせた。

爆薬は、ただ置いておいても爆発はしない。点火する者が必要だ。あちらこちら時間差で爆発が起きていることからして、非情営の手先が無作為に爆薬に火を点《つ》けて回っているのだろう。導火線などの時限装置を使うにしても、広い京師の中ではその制御にそれなりの人員を動かしているはずである。

下っ端でもいい。とにかく非情営と繋《つな》がりのある人間を捕まえて、親玉に辿《たど》り着いてみせる！

龍意は途中で出くわした飛燕たち一座の仲間とも協力し、やっとひとり、爆薬に火を点けようとしていた男を見つけて捕まえた。だが話を聞くと、非情営の配下ではなく、金で雇われた破落戸《ごろつき》だった。しかもその破落戸が火を点けようとしていたのは、偽物の爆薬だった。火を点けたところで、砂を詰めた紙玉が燃えただけだった。

雇われた破落戸たちは、どれが本物でどれが偽物かも知らされないまたくさんの爆薬を配られ、城市中で手当たり次第に仕掛けて回るよう命じられたらしい。

「非情営の営主ってのは、なんて性格が悪い奴なんだ……！」

うっかり導火線に火が点いた爆薬を発見しても、見ただけではそれが本物か偽物かわからず、急いで導火線を切るか、桶《おけ》に水を汲《く》んでくるしかない。偽物ならいいが、本物だったなら余計なことをせずに逃げた方がいいという場合もあるだろう。すでに導火線が短かったり、近くに水場がなければ、迂闊《うかつ》に近づくのは危険である。

実際、金吾衛たちは水桶を携《たずさ》えて爆薬を探している。怪しい場所があれば片っ端から水をかけるので、爆発の回数は減ったが、家や店の商品を水浸しにされた住人たちは怒り切れない。もちろんその怒りは、星羅に向けられることになる。

「結局、爆破されても水浸しにされても星羅が恨まれるじゃねえか。どんだけ星羅に嫌がらせしたいんだ……！」

龍意はむかむかしながら、飛燕たちと手分けして非情営に雇われた破落戸どもを捜して回った。そう、すでに仕掛けられた爆薬に破落戸が火を点けて回っているのではなく、今この時も新しい爆薬が破落戸の手で仕掛けられ続けている。ならば、爆薬を探すというよりも破落戸どもを捕まえなければきりがない。それに、もしかしたら中には非情営と繋がりの深い破落戸もいるかもしれない――。

とにかく、宮殿で悶々《もんもん》としているよりは身体《からだ》を動かしている方が気が紛れた。人気《ひとけ》のない一角でまた怪しい男を見かけ、声を掛ける。

「おい、何をしてる？」

爆薬を抱えた破落戸が逃げ出し、追いかける。

「待て！　話を聞きたいんだ」

破落戸は爆薬をこちらへ投げつけ、龍意がそれに気を取られた隙に逃げていった。

舌打ちをして足元を見ると、転がっている数個の爆薬はどれも導火線に火は点いていなかった。内のいくつかが本物かはわからないが、これを抱えて歩き回るのも放置しておくのもどちらも危ない。

「とりあえず、水をぶっかけて使えなくしておくか……」

近くの井戸を振り返った時、びゅうっと風が吹いた。と思うと、足元にあった爆薬が消えていた。

「!?」

黒衣の人影が爆薬を拾い、走り去ってゆく。

――非情営の配下か!?

塀や屋根に軽々と飛び上がり、風のように走るその身のこなしは、明らかにただの破落戸ではない。龍意は必死に黒衣の人影を追った。しかし人の多い通りに出ると、姿を見失ってしまった。

「くそっ……」

地団太を踏んだ時、今度は目の前をふらふらと歩いている男に気づいて龍意は眸《め》を瞠《みは》った。

「翠藍《すいらん》!?」

美貌《びぼう》の似非《えせ》仙人がこちらを振り返った。

「目を覚ましたのか！」

「はあ、あれからどれくらい経《た》ちましたか？　目を覚ましたら外が妙に騒がしく、何事かと思って出てきたのですが……」

「何事も何も、大変なことになってるんだ。あんたには訊《き》きたいことだらけだ！」

翠藍の隠れ家に戻り、状況を説明してから龍意は矢継ぎ早に問い質《ただ》した。

「あんたは非情営とどういう関係なんだ？　営主を知ってるのか？　営主は星羅にどんな恨みを持ってるんだ？　星羅を徹底的に陥《おとしい》れて、何をしようとしてるんだ⁉」

「――……」

翠藍は、寝起きの頭に詰め込まれた情報を整理するようにしばらく考えてから、口を開いた。

「星羅さんへの恨みはわかりませんが――」

そう前置きしてから言う。

「非情営の営主は、私の兄弟子なのです」

「なんだと⁉　じゃあやっぱりおまえも組織に関わってるのか」

「いえ、師兄《しけい》は師匠から破門され、最近、約三十年ぶりに再会しました」

「そしたら兄弟子が秘密組織の親玉になってて驚いた、ってことか？　それで、非情営という組織の中を見たのか？　営主は何を考えてる？」

「……私と師兄の関係や、その後の経緯《いきさつ》を話すと長くなるのですが」

「だが聞かなきゃ非情営の魂胆が全然わからん。話せ」

龍意に促され、翠藍は語り始めた。

「私は南方の小さな町の生まれですが、子供の頃から人の背後にその人の将来を見てしまう不思議な力があり、うっかり不吉なことを言ってしまったりして周囲から気味悪がられていました。隣の町には、そんな風に変わったところのある子供を引き取って育てている白《はく》という医者がいて、私はそこへ預けられました。

師匠は、不思議な力を持っているがゆえに爪弾《つまはじ》きにされている子供を集め、きちんとその能力を使えるように、悪用しないように、世の中で正しく生きていけるように厳しく優しく育ててくれました。子供たちは皆、親から捨てられたようなものなので、揃《そろ》って師匠の姓である白を名乗りました。

二歳上の兄弟子・白蒼明《そうめい》は、私以上に毒への耐性を持つ体質で、邪悪な闇《やみ》医者の実験体にされていたのを師匠が救け出したという話でした。師兄と私は師匠のもとで医術を学んでいましたが、師兄は陰《かげ》でこっそり毒の研究をしていました。私はそれをなんとか止めようとしたのですが、聞いてもらえませんでした。そしてある時、とうとう師兄が毒を人に売り捌《さば》いていたことを師匠に知られてしまいました。兄は破門されて町を出て行き、私もまた医者の道を諦《あきら》めて師匠のもとを離れました」

「なんで、あんたまで医者になるのをやめたんだ？」

龍意の問いに、翠藍は悲しげな顔をした。

「私は人の背後に、将来を見てしまう……。その人の死期が見えてしまうのです。病や怪我が治るかどうか、診療するまでもなくわかってしまう。人の命運が見えてしまう人間に、医者という職業は向きません。治せるかもしれない、という希望を持てずに続けられる仕事ではないのですよ」

じゃあ俺がいつどうやって死ぬのかも見えているのか、と龍意は訊きたくなったが、口には出さなかった。世の中には知らない方がいいこともある。

そう思うと、知らなくてもいい他人の命運を無理矢理教えられてしまう翠藍は、ひどく気の毒な身の上かもしれなかった。

「それでも、上手く使えば役立つ特技ではありますから、占師《せんし》を名乗って各地を放浪しました。いつの頃からか、自分の外見が齢《とし》を取っていないことに気づき、ひとつの土地に長居は出来ませんでした。そうして京師を訪れた時、朝廷の占師署《せんししょ》が大々的に占師を募集していたもので、ちょっと面白半分に門を叩いてみたところ……」

「採用されちまったのか」

「はい。当時の皇帝陛下にも皇后様にも良くしていただいて数年が過ぎ、どうやって職を辞そうか悩み始めた頃、遼皇后が双子の皇子を生んだのです。――その辺りのことは先日お話しした通りですが、そのごたごたで京師を出て、また流浪の日々を過ごしました。そうして、二月《ふたつき》ほど前のことでしょうか、二十年近くぶりに京師の近くまで来た時、ひょんなことから、ずっと行方不明だった師兄の消息を知ったのです」

「秘密組織の頭領になっている、ということをか？」

「蛇《じゃ》の道は蛇《へび》といいますか、占師の世界もなかなか胡散《うさん》臭い連中が多く、京師で幅を利かせている裏組織がある、と噂し合っているのを耳にしたのです。非情営というその組織は、営主が毒を使って配下を束縛していると聞き、師兄かもしれないと思いました。

占師仲間の伝手《つて》を辿って非情営と繫ぎを取ってもらい、『藍児《らんじ》が会いたいと言っている』と幼い頃の愛称を伝えてもらうと、営塞へ呼ばれました」

「それが営塞に入るコツか。あんたしか使えない手じゃねえか」

龍意は苦笑した。

「――本当は、人違いならいいと思っていました。けれど、営塞で待っていたのは確かに師兄の白蒼明でした。久しぶりに会った師兄はひどく齢を取って見えました。私の姿が異様に若いのとは比べられないとしても、師兄の老け具合は普通ではありませんでした。まだ六十のはずなのに、まるで百歳にもなったかのような萎《しお》れ具合で――」

「営主は小柄な老人だと星羅から聞いたが、そこまでしわしわだとは言ってなかったな」

「十年ほど前から病のせいで老け込み始め、ここ最近、急激に病が進行して身体が弱ったのだそうです。その姿を配下には見せないようにしていたようです」

「そういえば、営塞に行っても営主は不在で会えなかったと言ってたな。居留守か」

「師兄は自分の病を治す薬を処方しようとしていましたが、毒に慣れた身体は薬を受け付けなくなっていました。……師兄の命数が尽きかけているのは、一目でわかりました」

「営主は死にかけてたのか？」

思いがけない新情報に龍意は身を乗り出した。

「師兄は、私に薬を作れと言いました。そのために呼んだのだと。私は薬草の扱いをよく師匠に褒められていましたから、私の名を聞いてそれを思い出したのでしょう。営塞の奥、隠し通路を通って秘密の薬草園へ案内されました。ここにはあらゆる薬草と毒草が揃っている、どれを使ってもいいから俺を治せ、と言われました」

「薬を作ったのか？」

翠藍は頭《かぶり》を振った。

「師兄の命数は見えていました。どんな薬も、もう師兄を治せない。長年、毒を扱い続けていた報《むく》いで、師兄の全身に毒が染み込んでいたのです。せめて安らかに逝《い》けるよう、配下に解毒薬をやって組織を畳めと説得しましたが、受け入れてもらえませんでした。話し合いが揉《も》み合いになり、そうするうち、師兄が発作を起こして倒れてしまい……」

「どうなった？」

「なんとか引きずって元の部屋へ戻り、寝かせようとしたところで、師兄が意識を取り戻しました。そこでまた薬を作れと迫られ、揉み合いになった時——師兄の懐《ふところ》から営主の令《れい》牌《はい》が落ちました。その裏側に、蠱毒《こどく》の処方と、解毒薬の処方が刻まれているらしいのが見えました。けれどじっくり見る暇もなく、師兄がまた発作を起こして倒れ、今度はぴくりとも動かなくなってしまいました」

「……それで、どうなった？」

「恐る恐る脈を確かめようとしたところに、人が来る気配がして、反射的に隠し通路へ逃げ込みました。そのまま、迷路のような道を散々迷って外へ出ました」

「そのあとは？　営主の様子を確かめに行ったのか？」

　翠藍はまた頭《かぶり》を振った。

「逃げたのは、師兄を殺したと疑われるのが怖かったからではありません。……師兄の死を知るのが怖かった。私の目の前で死んで欲しくなかったのです。出来るなら、私の知らないところで死んでいて欲しかった……」

　複雑な感情を吐露し、翠藍は目を伏せる。

「結局、その後も非情営が活動を停止したという話は聞かず、師兄は無事だったのでしょう。けれど再び営塞を訪ねる気にはなりませんでした。行ってもどうせ、薬を作れと迫られて押し問答になるだけですから」

「――つまり、あんたは営主と古馴染《なじ》みではあるが、非情営という組織とは無関係だと？　非情営が何を狙っているのか、そういう話は全然聞いていないと？」

龍意が確認すると、翠藍は頷いた。

「師兄には、自分の薬を作れと個人的な頼み事をされただけです。組織のことはまったくわかりません。ただ、解毒薬の処方がちらりと目に入ったので、星羅さんを救けて差し上げられるかなと思いまして」

「う～ん……わかったのは営主が病持ちだってことだけか……」

腕を組んで唸《うな》ってから、龍意はふと顔を上げた。

「そういえば、大理寺《たいりじ》は非情営の営塞を大々的に捜索したはずだが、奥に薬草園が見つかったなんて報告は聞いてないな。あの営塞にはまだ、隠された場所があるのか」

「あの日、帰り道に散々迷ったのでわかりますが、あそこの隠し通路は一筋縄ではいきませんよ。地下に階層がいくつもある上に、途中で地上に出る経路もあり、あの李《り》家の地下から始まる通路は、京師のあちこちに繋がっているのです」

「まあ、氷室から逃げる時も迷いまくった挙句、街東《がいとう》の空き家に出たもんな。ってことは、姿を晦《くら》ました営主は、実はまだ営塞のどこかに潜んでるのかもしれねえな――」

◇―――＊◆＊―――◇

外はすっかり暗かった。空腹を訴える翠藍の口に饅頭《まんじゅう》を詰め込んで黙らせ、龍意は李家へ急いだ。

門扉《もんぴ》には大理寺の名で封が貼られていたが、それを勝手に剝がして中へ入る。爆発騒ぎの対処に人員を割かれているせいか、普段はうろついている大理寺の役人もおらず、龍意を阻《はば》む者はいなかった。翠藍は饅頭を頰張《ほおば》りながら素直に随《つ》いてくる。

「薬草園への行き方は覚えてるか？」

「はい、たぶん」

「そこが一番怪しい。営主は薬草園に潜んで、まだしつこく自分の薬を作ろうとしてるんじゃないのか。どうも聞いた話じゃ、生命《いのち》根性汚さそうだからな」

翠藍に案内させ、営主の部屋から続く隠し通路を進んだが、

「――おや、こちらではありませんでした。えぇっと……こっちも違った――」

網の目のように張り巡らされた地下通路の中ですっかり迷子になってしまった。

「おい、全然覚えてないじゃないか」

「おかしいな、もう少し覚えていると思ったのですが……最近物忘れが激しくて」

「外見は若作りでも、頭は順当に齢を取ってるってことか。それで、昔のことほどよく覚えてるんだろ」

「その通り。すみませんね……」

頼りにならない翠藍の案内を諦め、龍意は勘の赴《おもむ》くまま通路を歩き回った。そうして大きな錠《じよう》の下がった扉を見つけた。

「薬草園に続く扉か？」

「いえ、これは違います」

頑丈な鉄の扉と錠は、叩いても蹴っても開かない。

「薬草園じゃないにしても怪しいな、鍵さえあればな――」

悔しがる龍意に、抱えていた饅頭を平らげた翠藍がさらりと言った。

「鍵などなくても開けられますよ」

翠藍は懐から小さな薬瓶を取り出し、黒い粉薬のようなものを錠に振りかけた。すぐにジュッという音と焦げた臭いがして、錠が熔《と》け落ちた。

「便利なもの持ってるじゃねえか！」

「必要になるかと思いましてね」

翠藍を褒めてから扉を開けると、そこは帳面がぎっしり詰まった書棚だらけの部屋だった。灯《あか》りを翳《かざ》して手近な一冊をめくり、龍意は快哉《かいさい》を叫んだ。

「やった！　これは非情営が受けた依頼の帳簿だ。こっちが本物だ！　周兄弟が言ってたんだよ。大理寺が押収した帳簿は数が少なすぎるって。やっぱり、わざと星羅の名を入れた偽の帳簿だけ、わかりやすいところに放り出されてたんだ。それを素直に信じる大理寺も大理寺だよ」

文句を言いながら他の棚を漁《あさ》ると、今度は朝廷の高官たちの弱味が記された帳簿が山ほど見つかった。

「お、これは上手くすると――……」

龍意は中から目当てのものを一冊探し出し、懐に押し込んだ。

「今は、このお宝の山を全部運び出してる暇はねえからな。とりあえず、薬草園へ行くのが先だ」

そう言って龍意は秘密書斎を出た。

「この部屋の扉は見覚えがありますから、ここからなら薬草園への道は大体わかりますよ」

「本当だろうな」

半信半疑で翠藍に随いてゆくと、やがて通路の壁が洞窟の岩肌のようにゴツゴツしたものになり始め、奥から風が吹いてくるのを感じた。

「この先は開けた空間で、吹き抜けの薬草園になっています」

「そこに営主がいるかもしれねえな」

龍意はごくりと唾《つば》を飲んだ。

「二手に分かれましょう。もしも師兄がいたら、私は顔を合わせない方がいいですし、薬草園の脇にある薬品庫を探ります。幻惑香《げんわくこう》の解毒薬が必要でしょう？」

「おう、兄貴や薛貴妃《きひ》を正気に戻さなきゃならねえからな。俺じゃあ薬を見ても何がなんだかわからねえし、そっちはおまえに任せる」

話を決めると、翠藍は脇の通路へ、龍意は真っすぐに進んで薬草園へ足を踏み入れた。

松明《たいまつ》と星明かりに照らされた広い空間には、見渡す限り様々な薬草が生えていた。綺麗な花を咲かせているものもあり、一見ただの花園のようでもある。

薬草を踏み荒らさないように慎重に歩を進めると、奥に小柄な人影が見えた。誰かがこちらに背を向けて薬草を摘《つ》んでいるようだった。

営主か——！

龍意は身構えながら近づき、声を掛けた。

「非情営の営主、白蒼明か？」

小柄な人影が振り向いた。

——女？

病み衰《おとろ》えた老人との対峙《たいじ》を予想していた龍意は、意表を衝かれて眸《め》を瞠った。

摘んだ薬草を手に、龍意の前に立っているのは、三十に届くかどうかという年格好の、特別美人でも醜女《しこめ》でもない、平凡な顔立ちの女だった。草の汁があちこちに染みた作業着姿で、足元の籠《かご》には摘んだ薬草が山になっている。

「おまえは——誰だ？　非情営の人間か？　営主のために薬草を摘んでいるのか？　営主はどこだ」

「挨拶《あいさつ》もなしに、いきなり質問責め？」

女はくすりと笑って龍意を見上げるように見つめた。龍意の胸ほどまでしか背丈のない、小柄な女である。

「初めまして。替え玉の皇帝陛下」

「！」

なぜそれを知っているのか。

思わず顔を強張《こわば》らせる龍意に、女は楽しそうに言う。

「ほんと、そっくり。さすが双子ね」

相手ばかりがこちらの事情をすべて知っているようで、ひどく気味が悪かった。

「——おまえは誰だ」

もう一度訊《たず》ねると、女はあっさり答えた。

「非情営の主《あるじ》よ」

「おまえが営主だと？　白蒼明は？」

「先代は死んだわ。今はあたしが営主なの」

「なんだと――」

それが本当なら、翠藍の師兄・白蒼明はやはり死んだのか。営主が代替わりし、組織はそのまま活動を続けていたということか。

「おまえは、白蒼明の娘か何かか？」

「そんなことはどうでもいいじゃない。これを持つ者が非情営の主なんだから」

女は懐から令牌を取り出してみせた。龍意が反射的に手を伸ばすと、女は身軽に後ろへ飛び退《すさ》った。

確かにただの女ではないのだろう。絶妙に龍意の間合いから外れた位置を保ちながら訊いてくる。

「それで、こんなところまで何の用？」

「……星羅に罪を擦《なす》り付けたのは、前の営主か、それともおまえか？」

「そんなことを訊きに来たの？　わざわざ皇帝陛下が？」

女は一頻《ひとしき》り笑ってから、舐《な》めるように龍意を見た。

「うふふ、鳳星羅を救いたいの？　残念でした。いくら皇帝でも、あの子はもう救えない。あたしの身代わりとなって、歴史に残る罪を背負って首を斬《き》られるのよ」

「全部おまえの仕業か……！　しつこいほど星羅の罪を増やして、あいつに何の恨みがあるんだ」

「別に。あの子がちょうどいいところに来たから、身代わりになってもらうことにしただけよ」

「薛宰相を殺したのはおまえか？　あの日、おまえが薛貴妃を利用して星羅を営塞に誘《おび》き寄せたんじゃないのか？　それとも、薛貴妃の勝手な行動で、偶然星羅が営塞へ来ただけだと？」

「どっちでもいいじゃない。あの子は間が悪かったのよ」

「なんで薛宰相を殺した？　何があったんだ。仲間割れか？」

「質問しかしないのね」

肩を竦《すく》める女を龍意は睨《にら》んだ。

「他におまえと何の話がある？　知りたいことだらけだ。冬果《とうか》の亡骸《なきがら》はどうした？」

「捨てたに決まってるでしょう。あの子はもう処刑されるし、何の役にも立たない死体をいつまでも取っておいてどうするの」

「おまえ……！」

「まあ、いいじゃない。あの子も死ねば、すぐにあの世で会えるんだから」

女の態度は飽くまで悪怯《わるび》れない。星羅に罪を着せたのはたまただと言いながら、どこか星羅への憎しみを感じる。

――この女と星羅にはどんな因縁がある？

考えたところで、星羅の過去をすべて知っているわけではない龍意にはわからない。だが、黒幕を見つけられたのは大収穫だ。

この女を引きずり出して、星羅の潔白を証明すればいい――。

じりじりと間合いを詰める龍意に対し、女は余裕の風情だった。

「あたしを捕まえて大理寺に突き出すつもり？　ここから無事に帰れると思ってるの？」

女は両腕を広げて薬草園を見渡す。

「ここには、薬草も毒草もなんでもある。あなたを殺す毒だって、好きに操る幻惑薬だって、なんでもあるのよ。あたしの操り人形にしてあげましょうか、皇帝陛下――」

そう言って笑いながら、女はふと横を向いた。そして怪訝《けげん》そうに鼻をひくつかせた。かと思うと、いきなり走り出した。

「おい！　偉そうな啖呵《たんか》を切っておきながら、逃げるのか!?」

薬草を踏み荒らすのを気にもせず、女は薬草園を横切って脇の通路へ駆け込んだ。龍意もそれを追いかけると、通路の先からおかしな臭いのする煙が漂ってきた。

「なんだこれは――」

咄嗟《とっさ》に袖《そで》で鼻と口を押さえる龍意だったが、女は慌てて煙の発生源となっている部屋に飛び込み、悲鳴を上げた。

「きゃあああ！　なんてことを――！」

　そこは薬品庫だった。だがそこに納められた薬品の大半は、様々な色の炎を上げながら燃えていた。女は必死に火を消そうとし、その隙を見て翠藍が龍意の傍《そば》に駆け寄ってきた。腕にはいくつかの薬瓶を抱えている。

「こちらに必要な薬以外は燃やしました」

「おう、よくやった」

「いえ、まだ仕事が残っています」

　そう言って翠藍は部屋の外へ駆け出して行き、消火の甲斐《かい》なく燃え尽きた薬品棚をしばし呆然《ぼうぜん》と見ていた女も、我に返ったように薬草園へ引き返してゆく。

「ああ、そうか……！」

　龍意も気がついて後を追った。

　薬品庫の物騒な毒や薬を始末しても、薬草園が無事なら、いくらでも薬は作れるのだ。龍意が薬草園に飛び込むと、女がまた悲鳴を上げていた。あちらこちらで薬草が燃えている。翠藍の持ってきたあの黒い粉は、なんでも燃やしてしまうらしい。

　薬草を燃やして回る翠藍を女は捕まえようとし、翠藍は龍意の背後に逃げ込んだ。

「守ってください。私は腕っぷしはからっきしなのでして」

「そんなの見ればわかるさ」

龍意は小さく笑って翠藍を庇《かば》う。龍意の背に隠れながら、翠藍は女に向かって叫んだ。

「蠱毒の解毒薬は、残りこの一箱だけです！」

小さな木箱を龍意の後ろから振ってみせる。

「子供の頃から飲まされ続けた毒を完全に抜くには、相当期間、解毒薬を飲み続ける必要があります。あなたの身体からまだ毒が抜けていないのは、匂いでわかります。あなたにはこれが必要でしょう!?」

翠藍の魂胆がわかり、龍意は木箱を受け取った。

この女は、非情営の配下だったのだ。それが、白蒼明の死で新営主に成り上がった。だが身体にはまだ蠱毒が残っている。解毒薬が必要なのだ。翠藍はそれを察した上で、この一箱以外の解毒薬を燃やした。営主の令牌に刻まれた処方で解毒薬は作れるが、それに必要な薬草も燃やしてしまった。――つまりこの一箱が切り札だ。

龍意は木箱を受け取った代わりに、懐にしまっていた帳簿を翠藍に渡して耳打ちする。

(俺があの女を引き付けるから、あんたは遼宰相のところへ行って、これを見せろ。それで、こう説明しろ――)

翠藍に意を含めてから、龍意は女に向かって木箱を振り翳した。

「これが欲しいなら、取り返しに来い！」

そう言って身を翻《ひるがえ》すと、女が鬼のような形相で追ってくる。翠藍の逃げ道を確保するため、しばらくは女を引き付けてひたすら薬草園の中を逃げ回り、頃合いを見てから通路へ出た。

ここまで来る時、迷いながらも通路の要所に印を付けて進んでいたので、それを見れば帰り道がわかる。翠藍が自分よりも早く外へ出てくれたことを祈りながら、龍意も営塞の外へ出た。そのまま李家から出ても、女はまだ追いかけてくる。

「それを渡しなさい！」

「そう簡単に渡せるかよ！」

言い返して龍意は逃げる。夜はまだ明けていない。人目に付きにくい時間のうちに、女を連れて行きたい場所があった。

「あー、今日は働き過ぎだ！　こんなに城市《まち》中走り回る皇帝がいてたまるかよ！　でもしようがねえ、もうひと踏ん張りだ！」

龍意は自分自身に活を入れ、目的地へ向けて逃走を続けたのだった。

◇――＊◆＊――◇

思えば、今日の龍意は昼からずっと走り続けているようなものだった。爆薬の除去に走り回り、非情営の営塞へ行って走り回り、さすがに疲れも限界に達しかけていた。

最後の気力を振り絞り、塀を乗り越えて駆け込んだのは、大理寺の牢だった。それまではただ龍意を必死に追いかけてきていた女が、現在地に気づいて足を止めた。だがすぐに、顔を上げてまた龍意を追ってくる。

「そう来なくちゃ！　どうせなら最後まで随いてこい！」

大小の房が並ぶ通路を、ひたすら奥に向かって走る。警備や巡回の獄卒たちはそれを見て見ぬ振りし、龍意の行く手を阻む者はいなかった。その順調さが、翠藍がしっかり仕事をしてくれたことを示していた。

やがて、通路の先でうろうろしている翠藍の姿が見えた。翠藍は龍意に気づくと、大きく頷いてみせてから、脇の小部屋へ引っ込んだ。それを受け、龍意は真っすぐ突き当たりの独房まで走った。

龍意に続いて女も房へ飛び込んだのを見計らい、翠藍が扉を閉めて錠を下ろした。

狭い独房の中に、驚いて眸《め》を瞠っている星羅と、肩で息をしている龍意、それを追ってきた女。三人が閉じ込められた格好になった。

女はまだ諦めずに龍意から解毒薬の入った小箱を奪おうと襲い掛かり、身を躱《かわ》した龍意は鉄格子《てつごうし》の隙間から小箱を外へ投げ捨てた。

「あ！」

女が鉄格子に取り付いて手を伸ばした時、翠藍が先に小箱を拾い上げて後ろへ飛び退《の》いた。

「それを渡しなさい！」

「薬が欲しかったら、こっちを向いて話すべきことを話せ」

龍意の言葉に、女が険しい表情で振り返った。その顔を見つめて、星羅が掠れた声を絞り出す。

「冬果……姉さん……！」

星羅は女に飛びつき、枷を嵌められた両手で女の身体中を撫《な》でたり叩いたりして、信じられないものを見た顔をする。

「姉さん、生きてたの？　氷室の亡骸は？　なんで？　どうして――」

呆然とする星羅の一方で、龍意は納得の心地になっていた。

やっぱりそうか――。

女をここまで誘導しながら、なんとなくそんな気がしていた。他に星羅と関わりの深い非情営の人間を知らなかったからというのもあるが、女の語る不思議な星羅への執着を反《はん》芻《すう》して走りながら、星羅の姉貴分だという冬果の名が浮かんだ。もしかして冬果は、死んだ振りをして星羅を振り回していたのではないかと。

なぜそんなことをしたのかは、これから冬果が語ってくれるだろう。彼女をここまで連れてきたのは、替え玉皇帝に説明する気がないことも、星羅本人にならぶつけるだろうと思ったからだ。

「……」

無言で星羅の手を払った冬果は、一歩離れて星羅の全身を見た。拷問《ごうもん》の痕が残るその痛々しい姿に、一瞬自分も痛そうな顔をしてから、ふいと横を向く。

「……陛下、どういうことですか？　なぜ姉さんがここに？」

冬果に無言を返された星羅が今度は龍意に訊ねる。

「営塞の奥の薬草園に行ったら、こいつがいた。何者かと訊いたら、新しい営主だそうだ」

「え⁉」

星羅はこれ以上出来ないほど眸《め》を丸くして、龍意と冬果を交互に見比べた。

「姉さんが営主？　どういうこと？　じゃあ、前の営主は？　姉さんは殺されたんじゃなかったの？　私は確かに氷室で亡骸を見たのに――」

訳がわからず恐慌状態に陥《おちい》る星羅に、冬果は短く答えた。

「あの時は、死んだ振りをしてただけよ」

「なんで？　どうしてそんなことを！」

「あんたの手を汚してやりたかったから」

「……え？」

星羅がきょとんとする。

「あたしが営主になったのは偶然よ。でも非情営の主になれば、この陽夏国《ようかこく》を陰から操ることも出来る。今まで散々汚れ仕事をさせられて、どうせ日陰で生きるしかない身なら、その陰の中で最高の力を得てやろうと思ったのよ」

冬果の返答は端的すぎて、星羅の疑問をまったく解いてはいなかった。もちろん龍意にも意味がわからない。

「大層な野望はいいとして、なぜ死んだ振りをして星羅を振り回した？　その上、身代わりにして殺そうなんて――可愛《かわい》い妹分じゃなかったのか？　いつから星羅を騙《だま》してた？」

「……昔話を聞きたいの？」

「おまえがこんなことをした理由を説明するのに必要ならな」

「姉さん――何があったのか教えて。お願いだから――」

星羅にも懇願《こんがん》され、冬果はつまらなさげな顔で語り始めた。

「あたしは、都の近くの村で生まれた。六歳の時、家族が流行《はや》り病で死んでひとりになったところを人買いに拾われて、非情営という組織に売られた。今から二十年も前のことよ。

当時の非情営は設立間もなくて、あたしのように人買いから買った子供が大勢いた。訓練についていけない子供はいつの間にか消えていた。また別のところへ売られたのか、それとも殺されたのか、あたしにはわからない。

幹部には逆らわないように上手くやっていたあたしは、やがて、新しく入ってきた子たちの世話をする班長のひとりになった。ある冬、青い眸をした女の子が買われてきて、あたしが世話をしている冬の班に入った。あたしの班の七人目だったから、冬七《とうしち》と呼ぶことになった」

冬果の話を、星羅は藁《わら》の寝床に座って静かに聞いていた。龍意もその隣に腰を下ろし、鉄格子の向こう側では翠藍が小箱を抱いたまま壁に寄り掛かって話を聞いている。

「冬七は、初めは表情が硬くて口数も少なくて、可愛げのない子だった。ある時、水練で風邪をひいたのを看病してやったら、ひどく感謝されて、それから急に懐かれた。今まで誰に対してもにこりともしなかった子が、あたしを見つけると笑顔を見せるようになった。極端な子だと思ったわ。まあ、胡散臭い組織に連れれて来られて、いろいろ警戒してたんでしょうけどね」

「……人から優しくされたのが初めてだったから……」

なんとも切ないことを星羅がぽつりと言い、隣で龍意は胸を衝かれる思いだった。

──俺は、生まれてすぐ殺されそうになったといっても、賑やかな芝居一座に預けられて、なんだかんだ楽しく暮らしてきたからな……。

本当の孤児《みなしご》となって、秘密組織に育てられた子供の不幸はわからない。だからこそ、冬果の心理を知りたかった。

「冬七が十二歳になった時、後宮の煌星歌劇《こうせいかげき》へ送り込まれることになった。あたしはすでに外でいろいろな任務をこなすようになっていたけど、その任務のひとつとして、冬七への連絡係を務めることになった。あたしが時間のかかる任務に取り掛かった時は、他の連絡係が行くこともあったけどね。

　出入り商人に扮《ふん》して後宮へ入っても、喜応殿《きおうでん》の前で店を広げて、こっそり冬七と話すだけ。冬七が煌星歌劇でどんなことをしているのかはよくわからなかった。それが、去年の夏頃——あたしは皇后毒殺の任務を命じられ、皇后の侍女に成り済まして後宮へ潜入することになった」

「え……!?」

　星羅がまた眸《め》を丸くする。

「知らなかったでしょう。あんたには言わなかったからね。あたしはね、あんたと違ってごく平凡な顔立ちだけど、だからこそ変装が得意なの。皇后の侍女をひとり捕まえて、そっくりに顔を作って成り済まし、しばらく皇后の傍に仕えて毒を盛る隙を探すことにした。その時、皇后の供をして、初めて煌星歌劇を観《み》た」

　冬果はそこで言葉を切り、どこか遠くを見るような目をした。

「——初めて、舞台の上に立っている冬七を見た。ううん、それはあたしの知ってる冬七じゃなかった。鳳星羅という煌星歌劇の男役だった。煌星歌劇は、想像した以上に華やかな世界で、冬七はその中で大きな拍手を浴びていた。

自分と冬七との違いを、これほど強く感じたことはなかった。あたしは、人を殺すために顔と名前を変えて、こんなところに潜んでいるのに、冬七は綺麗な名前をもらって綺麗な衣装を着て、あんなに明るく華やかな場所にいる——。

心の中が真っ黒く塗り潰されたみたいだった。自分でも驚いてしまうくらい、どろどろした気持ちが胸に渦巻いて、苦しくてたまらなくなった。

同じ場所で育ったのに、なんであの子だけがあんなに明るい場所で生きてるの？　みんなに好かれて可愛がられて、なんであの子だけ——」

星羅は反応に困ったような複雑な表情で黙り込み、冬果は遠くを見たまま続ける。

「その後、命令通りに、病死に見える毒で皇后を殺した。あたしは侍女に成り済ましたまま、家族の不幸で実家に戻ると言って姿を晦ませた。これで任務は終了だった。

連絡係に戻って、冬七と会った。舞台を降りている時の冬七があたしに見せる顔は、いつもと同じだった。あたしも普段通りに振る舞ったけれど、あのキラキラした姿が目に焼き付いて離れなかった。どろどろした感情は胸にこびりついて、消えてくれなかった。

皇后が死んですぐ、今度は皇帝が眠りの病に倒れたという話を聞いた。たぶん非情営の仕業だろうと察しはついたけど、自分の任務じゃないし、どうでもよかった。依頼人が誰だろうと、どんな目的があろうと、そんなことはあたしたちには関係ない。ただ自分に命じられた任務を遂行すること、それだけが大事。うっかり失敗しようものなら、厳しい罰が待ってるんだから」

　冬果の文字通り厳しい表情が、その罰の過酷さを窺《うかが》わせた。

「それから半年後、皇帝が目を覚ましたと聞いた。初めからそういう計画だったならいいけど、単なる失敗で幻惑香を解毒されたなら、営主は相当怒っているだろうと思った。あたしもちょうどその時、任務をひとつ終えて営塞に帰るところで、機嫌の悪い営主と鉢合わせしたくないな――なんてビクビクしていたら、営主に呼ばれていると言われて。

　恐る恐る営主の部屋に行ったら、営主が床に倒れていたの。慌てて駆け寄ると、すでに事切れていた。傍には非情営の令牌が落ちていて、あたしはそれを手に入れた」

「それでおまえが営主になったのか？」

「だから言ったでしょう。あたしが営主になったのは偶然だって。あたしが前の営主を殺したわけじゃない。あたしが行った時にはもう死んでたの。あの日、営塞にいた者たちに話を聞いたら、営主の友人とやらが訪ねてきたけれど、外套《がいとう》を頭からすっぽり被っていて顔は見ていないと。あたしが部屋に行った時には倒れてる営主以外に人はいなかったし、隠し通路から逃げたんでしょうね。たぶんそいつが営主を殺したのよ」

　龍意は房の外にいる翠藍を見遣った。ではやはり、翠藍と押し問答になって発作を起こした白蒼明は、そのまま死んだのか。

「非情営の令牌には蠱毒と解毒薬の処方が刻まれていて、それを手にするということは、非情営という組織そのものを支配するということ。思いがけないなりゆきだったけど、令牌を手に入れたあたしに、配下は誰も逆らえない。

　営主の部屋には営塞全体の地図もあって、秘密書斎の鍵もあった。これまでの依頼がすべて記された帳簿を見て、皇帝が眠りの病に罹《かか》った経緯がわかった。

　あたしが命じられた皇后毒殺の依頼人は薛貴妃で、毒殺はまんまと病死に見せかけられたはずだったけど、あたしが殺して埋めた侍女の死体が犬に掘り返されて出てきてしまって、それを知った皇帝が皇后の死因に疑惑を抱いた。悪事が発覚するのを恐れた薛貴妃は祖父の薛宰相に泣きつき、薛宰相は非情営に依頼して、皇帝に幻惑香をお見舞いした――」

「おいおい……本当に皇后毒殺は薛貴妃の仕業なのか」

　龍意は苦笑いした。まさかそこまで短絡思考だったとは、推理が当たってもまったく嬉《うれ》しくなかった。一方で、冬果も苦い顔をしていた。

「帳簿を見たおかげで、あの日、あたしが営主に呼ばれた理由がわかったわ。皇后毒殺任務で侍女の死体という痕跡《こんせき》を残してしまい、皇帝に疑惑を抱かせた失敗を罰するためだったのよ。運良くあたしが帰る前に怪しい友人とやらが営主を殺してくれて、罰を受けずに済んだわ。ぎりぎりの幸運だった」

冬果の言葉に、翠藍は複雑な表情をしている。

「帳簿には、他にも薛宰相の悪巧みがずらずら並んでいて、相当のお得意様だった。一番新しい依頼は、目を覚ました皇帝が替え玉である証拠を摑《つか》め、というものだった。

陰に潜む組織として、薛宰相との繋がりは重要だわ。依頼は最優先でこなした方がいい。そうして彼の権力を利用して、組織の力をもっと大きくしてやろうと思った。そう考えるのと同時に、冬七を陥れる策を思いついた。今まで汚れ仕事をしたことのない冬七の手を、汚してやりたかった」

「……姉さん」

星羅が眉根を寄せて冬果を見た。冬果は星羅の呼びかけを無視して続ける。

「別に、替え玉であることを暴くなんてまどろっこしいことをしなくても、その替え玉皇帝を始末してしまえばいいのよ。本物の皇帝はどこかに隠されているだろうし、隠されているものをこっそり殺しても意味はない。でも替え玉として表に立っている方を殺してしまえば、今さら本物を出すわけにもいかないじゃない。

影武者が殺されただけだと言い訳してみても、じゃあ本物は無事かと訊かれれば、眠りの病が癒《い》えていないことを明かすしかなくなる。結局は、皇帝の責務が果たせないものとして、薛宰相に追い落とされることになる。

薛宰相の目的は、傀儡皇帝として栄王《えいおう》を即位させることなんだから、とにかく邪魔な今《きん》上帝《じょうてい》を始末してやれば満足するでしょう。替え玉の証拠が必要なのは、皇帝を追い落とすための手段としてなんだから、別の手段でその目的を叶えられるなら、それでも構わないはずよ」

冬果は気持ち良さそうに己の計画をすらすらと語る。

「まず、あたしが死んだことにして、冬七に皇帝暗殺の任務を代行させる。皇帝が替え玉だろうと本物だろうと、人を殺せば、今まで綺麗だった冬七の手が汚れる。あたしの死を信じさせるために、冬七からもらった腕輪に血を付けて渡させたり、傷だらけの死体を装って氷室に寝転がったり、大変だったけどね――。

皇帝暗殺なんて、九族皆殺しの大罪。孤児の冬七には連座する家族はいないけど、冬七本人は確実に極刑になる。それにこれは、薛宰相を利用する材料にもなる。皇帝弑虐《しいぎゃく》は彼の依頼でやったことだとして、偽の依頼文を作ることなんて簡単だし、それを証拠として暴露すると脅《おど》せば、薛宰相を言いなりに出来る。

皇帝が死ねば、薛宰相は栄王を即位させる。栄王は薛宰相の傀儡。こちらが薛宰相の弱味を握るということは、彼を通して皇帝すら操れるということよ」

「なるほど、皇帝暗殺の依頼はおまえのでっち上げか」

薛宰相にはそこまで危ない橋を渡る必要はないのではないかと皇太后とも話していた。

その違和感は正しかったようだ。

「しかし、そんなに都合良くおまえが国を牛耳《ぎゅうじ》れたかどうかはともかく、なんでそこまで星羅を殺したがるかな……」

星羅だけが華やかな世界にいるのが妬《ねた》ましい——その感情だけで、ここまでのことが出来るものだろうか？　龍意は今ひとつ釈然としなかった。

首を傾《かし》げる龍意の横で、星羅も呆然としている。

「姉さんは、そんなに私が憎かったの……？」

冬果は横目に星羅を見ながら答える。

「あんたは知らなかったでしょうけどね。あんたはどこへ行っても特別扱いなのよ」

「え……？」

「あんたにとって、非情営の訓練は辛く厳しいものだったかもしれないけど、あたしたちから見れば、遥かに優遇されてた。営主にとってあんたは秘蔵っ子で、汚い仕事はしないように綺麗に綺麗に育てられた。

あんたがうちの班に来た時、あたしが営主から命じられたことを知ってる？　この娘は貌《かお》が綺麗だから、将来は後宮の煌星歌劇に送り込む。だから決して顔に傷を付けるな——。訓練中、うっかりあんたの顔に傷を付けた者は、厳しい罰を与えられたわ。あんたのその綺麗な貌を守るために、周りがどれだけ気を遣ってたか」

「そうだったの……？」

星羅は戸惑った顔をする。

「後宮へ行ったら行ったで、皇太后に可愛がられ、皇后にも気に入られ、歌劇の男役として宮女たちにも大人気でどんどん出世して……もう見ていたくなかったの。綺麗に綺麗に守られてきたあんたを汚してやりたかったの。

だけどあんたは、あたしのために仇《あだ》討ちを誓いながらも、なかなか皇帝の暗殺を遂行出来なかった。……ううん、それも織り込み済みだった。わかってた。人を殺したことなんてないあんたが、そう簡単に皇帝を殺せるわけがないって。でも、それでいい」

冬果はうっすらと笑った。

「だって、こんな楽しいお遊びをすぐ終わらせたらつまらないじゃない。あんたを苦しませたかったの。殺さなきゃならないのに、殺せない――。散々悩んで苦しませてから、あたしの死体を人質に期限を切って、追い込んで追い込んで、手を汚させてやる――」

「根性がねじれまくってるな……！」

龍意の非難を冬果はまったく意に介さない。

「だから少し時間がかかるのは構わなかったけど、薛宰相からは早く替え玉皇帝の証拠を見つけろとうるさく催促されていた。それを躱すために、皇太后に隠し財産の場所を突き止められかけていると嘘《うそ》の報告をして焦《じ》らせて、財産の移動に神経を向けさせた」

「最近薛宰相がバタバタしてたのは、おまえのせいか」

「ところが――後宮で苦悩していると思っていた冬七は、なぜか替え玉皇帝と一緒に城市《まち》へ出て、薛宰相を探っているらしいと配下から報告があった。なんで殺す相手と仲良くなっているのか、意味がわからなかった。でもこの分では、あたしが皇帝に殺されたという話は嘘だとバレている。冬七の素性《すじょう》も、皇太后側に知られているかもしれない。その割に、冬七が捕らえられもせずに替え玉皇帝と行動を共にしているということは、冬七は今回のことで組織に不信感を抱いて、皇太后側と手を組んだのかもしれない――そう思った。

これでは、冬七に皇帝暗殺という極刑確実の汚れ仕事をさせることは難しい。かといって、呼びつけて急《せ》かすほど、組織への不信感を煽ることになる。ここは、何も気づいていない振りをして様子を見ることにした」

「私が陛下と城市へ出ていたことを知ってたの……？」

「当たり前でしょう。非情営の情報網を甘く見ないで。――でも、あたしの目的はあんたの手を汚させること。捕まえて、裏切りを責めてもしょうがない。それよりも、あんたがあたしの死についてだけは疑ってないようなのを利用して、まだ泳がせておくことにした。そして皇帝暗殺とは別の罪を犯させようと策を練っていた時、薛貴妃が笛を吹いた」

「笛？」

「非情営の上得意だけが持っている笛よ。吹いても普通の人間には音が聞こえない。非情営で特殊な訓練をされた者だけが、その音を聞きつけられる。組織の中では、《御用聞き》と呼ばれる出張依頼受付係よ。薛貴妃は、薛宰相の持っていた笛を失敬したみたいで、以前にもその笛を吹いて非情営の御用聞きを呼び、皇后の毒殺を依頼した。それで、その任務があたしに回ってきたわけだけど」

「なんというか……薛貴妃はなぁ……」

余計なところで手癖が悪い、と龍意はため息を吐いた。

「で、薛貴妃は今度は何を依頼してきたんだ？」

「鳳星羅を殺せ、と言ってきたわ」

「なんだと!?」

「でも、冬七には手を出さず、泳がせておくよう配下には命じていたから、御用聞きはその依頼を断って帰ってきた。その後も薛貴妃は何度も笛を吹いて御用聞きを呼び、皇后は殺せるのになぜ鳳星羅は殺せないのかとしつこく喰い下がってきて——その報告を受けた時、ふといいことを思いついた。御用聞きには、次にまた呼ばれたら『鳳星羅は組織の仲間だから、同士討ちは出来ない』と言ってやれと命じた」

「おい……！」

「後宮で大人気の鳳星羅が、実は秘密組織の間諜《かんちょう》だと薛貴妃が知ったら？　このことを騒ぎ立てたら、冬七はどうする？　でたらめだととぼけ通すか、組織に逃げ帰ってくるか。皇太后はどう対応する？　冬七を庇って囲い込むようなら、素性を知った上で二重間者として取り込んでいるという線で本決まりでしょう。これで冬七の立ち位置をはっきりさせるのもいいと思った。

ところが、その矢先――薛宰相の隠し財産大移動を非情営が手伝う振りをして、こっそり一部を掠め取っていたことが薛宰相本人にバレちゃったの」

冬果は少しお茶目な口調で言うが、まったく笑えない話だった。

「非情営が手伝ってたから、尾行を撒かれまくったのか」

「――あの日、薛宰相が鬼の形相で営塞に押し掛けてきた。新しい営主が小娘で、それにしてやられたとわかったら余計に逆上して、刃物を持ち出して襲い掛かってきた。ついそれを奪って反撃したら、うっかり殺しちゃったの」

「だから、変に軽い口調で言うのはやめろ……」

さすがにその後の流れが読めてきて、龍意はうんざりした気分になった。

「ちょうどいいと思ったわ。この罪を冬七に着せてやればいい。さらにちょうどいいことに、そこにまた薛貴妃が笛を吹いたの。薛宰相が外出した隙に、禁足《きんそく》を破って邸《やしき》の外に抜け出してた。鳳星羅が秘密組織の間諜だと知って、その秘密組織を実際に見てみたいと思ったらしいわ。それを確かめてから、世間に暴露してやるんだと息巻いてた。

お望み通り、薛貴妃には営塞に来ていただいて、幻惑香で操って冬七に文を書かせた。その文で冬七を営塞に誘き出し、薛宰相殺しの犯人に仕立て上げる――。李家の邸も営塞の中も、余計な人間は引き揚げさせて、冬七が営塞へ入ったのを確かめてから頃合いを見て大理寺に密告をして、捕吏《ほり》を踏み込ませた」

「……今度はおまえの計算通りに運んだわけだ」

「でも、まだ足りない。着せられるだけの罪をすべて着せても、冬七の手は実際には汚れていない」

「だから——止《とど》めに爆薬か」

「そうよ。冬七は斬首になる。でも最後まで冬七自身の手を汚させることは叶わなかった。だから代わりに、薛宰相から掠め取った火薬を使って、京師焼き討ちと無差別大量殺人の大罪も上乗せしてやることにしたの」

飽くまで悪怯れない態度で冬果は言う。

「その大罪のお膳立てに、破落戸《ごろつき》を使ったのはなぜだ？　玄人《くろうと》の配下はどこに消えた？」

「非情営の営主として冬七が処刑されたら、あたしは新たな組織を立ち上げる。その時に手足が必要だから、非情営の配下は都の外に潜ませて温存してるのよ。爆薬をばら撒く仕事なんて、金で雇った破落戸で十分だもの」

そう答えてから冬果は龍意を睨んだ。

「新しい組織の主になるために、この身体に残る蠱毒を消してしまいたかった。三年の間、毎日解毒薬を飲めば、蠱毒は消せるとわかった。だから解毒薬を作るための薬草はいくらあっても足りないくらいなのに、この腹黒い替え玉皇帝に薬草園を駄目にされて、こんなところまで連れて来られた――」

「自分を棚に上げて、誰の腹が黒いんだよ」

龍意の反論を無視して冬果は星羅を見た。

「すべての計算が狂ったのは、あんたがこの替え玉と親しくなったせいよ。教えて。なんであたしの仇《かたき》を討つと言いながら、この男と手を組んだの。なんであたしを殺したのがこの男じゃないとわかったの。なんでこの男を信じたの。潔白を言い張られても、白を切っているだけだとは思わなかったの」

「……姉さんが殺されたという日を教えてもらったから」

小さな声で答える星羅に冬果は訊き返す。

「え？」

「営塞で、姉さんが皇帝暗殺に失敗して返り討ちに遭ったのは、三月二十八日の晩だと言われた。その夜は、陛下と一晩中一緒にいた。偶然、自主稽古《げいこ》中に陛下が通り掛かって、不思議ななりゆきで、朝まで古典舞踊の特訓をしてもらってたから――陛下に姉さんを殺すことなんて出来るわけがない」

「ああ、もう――！」

冬果が地団太を踏んで叫んだ。

「そういうところよ……！　あんたの持ってるおかしな運に、あたしは勝てない！　あたしが死んだ日なんて、適当な日付を日誌に書き足しておいただけなのに！　ちょうどその日に、あんたが替え玉皇帝と一晩中一緒にいたなんて偶然があり得る……!?」

頭を掻《か》きむしって悔しがってから、冬果は星羅の両腕を摑んだ。

「なんでなの！　営主に気に入られて、皇太后に気に入られて、皇后に気に入られて、今度は替え玉の皇帝にまで気に入られたの!?　なんであんたはそうなの!?」

「そう、って何が……？」

自分よりずっと小柄な冬果に身体を揺さぶられながら、星羅は戸惑いの声を上げる。

「なんでよ！　あんたを汚したら気が済むと思った。でもこんなに汚れたあんたを見たくなかった！」

冬果は星羅の顔の傷にそっと指を這《は》わせ、泣きそうな表情になる。

「あんたは初めて見た時から綺麗な子だった。笑わない子だったのに、あたしにだけは笑うようになった。あたしだけが知ってる笑顔だったのに——気づいたら、後宮でみんなにその笑顔を見せていた。なんでなの。あたしだけの綺麗な笑顔だったのに」

星羅の顔を両手で包み、冬果はとうとう泣き出した。

「なんで……どうしたらよかったの？　あたしだけのものにならないなら、殺してやりたいと思った。そうすればまた、あんたはあたしだけのものになる——！」

「──」

冬果の歪《ゆが》んだ感情の吐露を、星羅は呆然と聞いていた。そして龍意は天を仰いだ。

──誑し過ぎだ、星羅。

冬果は、自分と比べて華やかな世界に生きている星羅に嫉妬《しっと》したのではない。そんな星羅に熱狂する人々、星羅が微笑《ほほえ》みを向ける観客たちに嫉妬したのだ。

思いがけず、営主の座が転がり込んできた時、冬果の中で箍《たが》が外れたのだろう。抑圧された日常からの解放、権力への憧れ、そして星羅への独占欲。冬果を暴走させるのに十分な条件が揃った。

星羅を自分だけのものにしたくてしたくてどうしようもなくて、星羅の手を汚させようとした。星羅を自分と同じ世界に引きずり込もうとした。それだけでは足りなくて、星羅を殺したくなった。星羅がいなくなれば、誰も星羅から笑いかけてはもらえなくなる。思い出の中で、自分だけに懐いていた可愛い星羅のままでいてくれる──歪んだ思考の中で、冬果にはそれが最善の道だったのだろう。

「なんで……なんでよ……なんであたしのものにならないの──」

冬果は星羅を抱きしめて嗚咽《おえつ》し、そのままずるずると床に頽《くずお》れた。

「姉さん……？　姉さん！」

冬果を抱き起こした星羅がぎくりとした顔になる。冬果の顔色は驚くほど蒼《あお》く、それでいて身体は燃えるように熱い。腕には黒い蛇が絡み合う模様が浮かび上がっている。

「蠱毒の発作か⁉」

翠藍が急いで鉄格子の隙間から解毒薬の箱を差し入れてきた。だが薬を飲ませても発作はひどくなるばかりだった。とうとう翠藍が中へ入って来て看病し始めたが、冬果は激しく身体を痙攣《けいれん》させた次の瞬間、がくりと力を失って事切れた。

「姉さん――⁉」

突然の出来事に星羅は呆然と膝《ひざ》をつき、冬果の懐から令牌を見つけた翠藍が、それを観察して言った。

「師兄の発作とそっくりです。おそらくこの令牌には、最も強い蠱毒が染み込んでいるのでしょう。これを持つ者は、毒を操りながら、自分自身が毒に殺される定めなのです」

「毒に耐性があった分、白蒼明の方が長く令牌を持っていられたってことか」

龍意は頷いてから、傍《かたわ》らの星羅を見遣った。

星羅の視線は、冬果の額《ひたい》にうっすらと残る傷痕に注がれたまま動かない。そういえば星羅が言っていた。冬果の額には、星羅を庇って折檻《せっかん》された時の傷が今も残っているのだと。

事切れた冬果を見つめたまま、星羅はまるで息を止めてしまったかのように動かない。

「おい、星羅？　大丈夫か？」

肩に手を置くと、そのままぐらりと倒れ込んできたので慌てて抱き留める。

「星羅！　息をしろ！　おい！」

抱きしめて声を掛け続けると、空ろだった青い眸がはたと龍意を捉《とら》え、

「──っ」

星羅は大声で泣き出した。これまで我慢していたものがすべて噴き出したような慟哭《どうこく》を、龍意はただ星羅を抱きしめて受け止めることしか出来なかった。

星羅はずっと、冬果のために頑張っていたのだ。自分のせいで冬果が殺されたと思い、冬果の亡骸を守るため、突っ走りたがる性格を抑えて、慎重に組織の様子を窺っていた。投獄されてからも、自分のことより冬果の心配ばかりしていた。

すべては冬果のためだったのに、その冬果からあんな告白をされて、突然の最期を看取《みと》らされたのでは、怒りも悲しみもぶつける先がない。

「──泣いてもいい。好きなだけ泣けばいいが、これだけは間違えるな。おまえが綺麗なのも、みんなから可愛がられるのも、おまえの罪じゃない」

「じゃあ誰が、何が悪くて、姉さんは……!?　なんで……なんで……！」

腕の中で駄々っ子のように泣きじゃくる星羅が、初めて普通の女の子に見えた。

八、夜天花咲

それから三日の間、星羅《せいら》の涙に誘われたように京師《けいし》では雨が降り続け、仕掛けられた多くの爆薬を水浸しにした。

星羅は身の潔白を証明し、極刑の撤回と共に牢《ろう》から解放された。

あの夜、星羅の独房に隣した部屋には、大理卿《たいりけい》がいたのである。それが龍意《りゅうい》の最後の賭けだった。

本当は、刑場に本物の非情営《ひじょうえい》の営主《えいしゅ》を連れてきて、衆人の前で真相を暴くのが最も劇的でわかりやすい。だがそこで営主に自白を迫れば、星羅が非情営の間諜《かんちょう》だったことや、現在の玉座の主《あるじ》は替え玉であることまで暴露されてしまう。

星娘《せいじょう》として生きたがっている星羅の将来、そして帝室の秘密を守るため、最適にして最少人数の傍聴人を——と考えた時、こうするしかないと思った。だから営塞《えいさい》の秘密書斎から、大理卿に関する帳簿を失敬してきた。薛宰相《せつさいしょう》の圧力から解放されて今は正義に駆られている大理卿も、まったく清廉潔白《せいれんけっぱく》な官僚というわけではなかった。彼が過去に関わった汚職《おしょく》の数々が、帳簿にはしっかり記されていた。

翠藍《すいらん》にそれを渡し、遼《りょう》宰相経由で大理卿と交渉してもらうよう頼んだ。要するに、弱味を握って大理卿を星羅の隣の房へ呼びつけたのだ。ついでに皇太后《こうたいごう》と遼宰相も呼んだ。あとは龍意が上手《うま》く営主を誘導し、星羅のもとまで連れて来て自白を誘えばいい。咄嗟《とっさ》に立てた危なっかしい計画は、なんとか成功した。

真相と結末は思いがけないものだったが、冬果《とうか》の告白を大理卿はしっかり聞いていた。結果、星羅はひたすらに被害者だったことを大理卿は認めた。

だがその真相を、そのまま公《おおやけ》にすることは出来なかった。帝室と星羅を守れる形に筋書きを変える必要があった。帝室の秘密を知った大理卿は驚きながらも口止めに応じ、公式の真相をそれらしい判決書として整えるのにも協力した。

斯《か》くして、星羅が無罪放免となった経緯は次のように発表された。

鳳《ほう》星羅は、実は大理寺《たいりじ》から依頼を受けて非情営の間諜を演じていた。それというのも、先だって宮中に潜入した本物の間諜を捕らえたものの、仔細《しさい》を聞き出す前に自死されてしまった。そこで、偶然その間諜と容姿が似ていた星羅に協力を要請したのである。星羅は抜群の演技力でまんまと組織の中へ入り込み、内部情報を手に入れることが出来たが、間の悪い時に営塞へ顔を出してしまい、薛宰相殺害の罪を着せられてしまった。

薛宰相を殺した真犯人は非情営の営主である。非情営は薛宰相と結託して様々な悪事を働いてきたが、ここに来て仲間割れを起こしたらしい。星羅に罪を着せた営主は、あの手この手で星羅を極刑に追い込んだが、己の手で息を止めなければ安心出来ないとでも思ったのか、ついには牢内に忍び込み、自《みずか》ら星羅の口を封じようとした。

しかし実はそれも大理寺の計算の内であり、待ち構えていた捕吏《ほり》たちが営主を追い詰めた。営主の抵抗は激しかったが、結局は乱闘の中で力尽きて死んだ。

星羅のおかげで悪の秘密組織の頭領を炙《あぶ》り出し、組織を潰《つぶ》すことが出来た。星羅には大罪人の役を演じさせ、大きな犠牲を払わせてしまったが、すべては芝居だったこと、彼女はまったく潔白の身であることをここに大理寺が証明する――。

「かなり強引且《か》つ大理寺がいい仕事したような筋書きになってるが、まあ台本の作者が大理卿じゃしょうがねえか……」

龍意はそうぼやきつつ、星羅にそっくりの眸《ひとみ》の青い間諜なんて、そんな目立つ美形がうろうろしてたら確かにすぐ捕まるだろう――と妙に納得もしつつ、ひとまず一件落着したことにほっと胸を撫《な》で下ろした。

そう、非情営の営主の死によって、おおよそのことは決着がついた。

営塞の秘密書斎からは薛宰相の悪事の証拠が山ほど見つかり、薛一族は官位と財産を没収されて配流となった。薛宰相に担《かつ》がれて帝位を狙った栄王《えいおう》も遠流《おんる》である。

薛貴妃《きひ》の皇后毒殺という大罪も暴かれた。翠藍が営塞から持ち帰った解毒薬で幻惑が解けた薛貴妃は、一族の没落を知って諦《あきら》めたように罪を認めた。しかし、いざ賜死《しし》に到っては毒酒を拒んで悪足掻《あが》きをし、逃げようとして暴れて転んで顔に大きな傷を作った。自慢の美貌《びぼう》を損ねたことで絶望した薛貴妃は、結局毒酒を呷《あお》って事切れた――それが一部始終を見てきた琳瑞《りんずい》からの報告だった。

「やっぱり悪は滅びるんだな……」

そうでなければならない、とは思うものの、後味は良くなかった。皇帝として人に処罰を下す立場は、決して楽しいものではないとしみじみ思った。

非情営の令牌《れいはい》は最終的に龍意の手に渡り、そこに刻まれていた処方で翠藍に解毒薬を作らせることにした。営塞の薬草園は燃やしてしまったが、翠藍はちゃっかり必要な薬草を数株持ち出していたのだ。それを増やして薬をたくさん作らせ、捕らえた非情営の配下を毒から解放する。その上で罪に応じた罰を与え、令牌を砕く。そうすることで本当に非情営という秘密組織が壊滅するのだ。

しかし非情営がなくなったからといって、解決しない問題もあった。

大団円とは言えない理由――それは慶礼《けいれい》の解毒に失敗したことだった。

薛貴妃には効いた幻惑香《げんわくこう》の解毒薬は、慶礼には効かなかった。目を覚まさせることは出来たが、正気には戻らなかったのである。

今の慶礼は、目を開けてはいても、ただ亡き皇后の名を呼び続けるだけで、その眸には何も映っていない。これでは眠っていた時と変わらない。翠藍の診立《みた》てによると、解毒が遅過ぎたようだった。もっと効果の強い解毒薬の研究をすると翠藍は言っているが、それが完成するまで龍意の身代わり生活は続くということだった。

「結局、俺が一番の貧乏くじを引いてるような気がするんだけどな……！」

低く唸《うな》る龍意に、琳瑞が首を傾《かし》げた。

「皇帝の座は貧乏くじでございますか？」

「そりゃそうだろ。こんなもん、当たりくじとは言えねえよ」

非情営の帳簿に改めて目を通し、つくづくうんざりしたのだ。

薛宰相や、それに連なる者たちの悪事の羅列は、いっそ壮観と言えるほどだった。賄賂《わいろ》に横領に密貿易。都合が悪くなれば配下を切り捨て、誰かに罪を擦《なす》り付ける。私利私欲もここまで徹底すれば、感心してしまう。

——ああいう連中は、自分がいい目を見ることばかり考えて、国のことなんて何も考えてないんだな。

一国の高官が権力を得る目的、金銭を得る目的が、己の欲のためというのは余りにお粗末だろう。庶民《しょみん》が自分のことに手一杯で目の前のことしか考えていないのとは訳が違う。身分と権力のある人間がそれでは、本当に国を潰す。

もちろん龍意自身、こんな場所に来るまでは、国を守ろうなんて大きな志《こころざし》を持ったことはなかった。目の前のことだけで精一杯だった。だが国の中枢《ちゅうすう》にいて、それを考えないのは罪なのだと知った。剰《あまつさ》え、臣下が自分の言いなりになる皇帝を立てようとするなど、言語道断だ。

――それくらいなら、俺が皇帝をやってる方がマシだ。

そう思えてしまうことが忌々《いまいま》しい。それが貧乏くじだというのだ。

星羅が寝言で言っていた「あなただから出来ることがある」の意味をずっと考えていた。皇族同士の骨肉の争いや朝廷内の陰謀、そんなものは大嫌いだ。好んで関わりたくなどない。だが実際にその騒動に巻き込まれてみて、思ったのだ。それを嫌いな人間が、帝位にいることとの意味。こんな騒ぎばかりが起こる立場なんて真っ平だが、少なくとも自分は、売られた喧嘩《けんか》は買っても、自分から人に喧嘩を売ることはしない。

こんな争いが当然だと、そこで勝ち抜かなければならないのだと、だから倒される前に相手を倒さなければならないのだと、そんな風に感覚がおかしくなってしまっている人間より、自分が帝位にいた方が、余計な争いは減らせるのかもしれない。

争いが嫌いだからそこから逃げる、のではなく、嫌いだからこそ逃げずにそこで争いを終わらせる仕事をする人間というのが必要なのかもしれない。

皇帝なんて面倒臭い立場に未練は微塵《みじん》もないが、この国は今、自分が皇帝でいる方がマシ、という状態なのかもしれない。何もしなくても、出来なくても、他の厄介《やっかい》な人間に帝位を渡さずにいる、ということが、自分に任された一番大きな仕事なのかもしれない。

——これが、俺だから出来ることなのか。

無性に星羅の顔が見たくなった。

◇——＊◆＊——◇

無罪を勝ち取ったとはいえ、牢から出た星羅は満身創痍《まんしんそうい》だった。身体的にも精神的にも当分は休養が必要かと思われたが、まず身体《からだ》に関しては、翠藍の特製傷薬が効果覿面《てきめん》で、拷問《ごうもん》で負った怪我《けが》や傷痕《あと》をあっという間に綺麗《きれい》さっぱり癒《いや》してしまった。

「すげえな、あんなにボロボロだった星羅を……。あんた、その傷薬ひとつで一財産築けるんじゃねえか」

龍意が素直に感心すると、翠藍は殊勝に言ったものだ。

「ええ、正直、薬舗《やくほ》か医館《いかん》を開けば金銭に困ることはないのですが、師兄《しけい》の不始末は師弟《してい》が拭《ぬぐ》わねば。兄君の解毒が済むまでは皇太后様のもとで只《ただ》働きいたします」

「そこまで覚悟しなくても、遼宰相と違って皇太后はケチじゃねえから、それなりの給料はくれるだろうよ。まあ早く兄貴を治してくれるなら、それに越したことはないけどさ」

そして精神面に関しても、星羅は一晩泣き明かした翌日には前を向いていた。

星羅が受けた心の傷の大きさは、察して余りある。今はまだ虚勢と言える立ち直り方かもしれないが、それでも挫《くじ》けずに次回公演の稽古《けいこ》に励み始めたことを龍意は応援したかった。

しかし、星羅の稽古を覗《のぞ》くつもりで後宮へ足を向けた龍意は、訓練棟へ行く前に皇太后に摑《つか》まり、劇場の方へ連れて行かれてしまった。

「ちょうどいいところへ来たわ。今日は光雲《こううん》組公演の初日よ。一緒に観劇しましょう」

煌星《こうせい》歌劇には、星羅が属する芳華《ほうか》組の他に、光雲組と翠玉《すいぎょく》組の計三つの組がある。さらに、専用劇場として、蓮《はす》を模《かたど》った屋内劇場《蓮《れん》》の他、隣に屋外劇場の《天《てん》》がある。ただし屋外といっても、屋根がないだけで、客席周りには幕や壁が巡らされ、無制限に観客を入れられるようにはなっていなかった。

「光雲組の公演は大抵、《天》の方でやるのよ」

そういえば、まだ芳華組の公演しか観《み》たことがなかったな――と思いながら龍意が貴賓《きひん》席に着いた時、客席の一角が急に騒がしくなった。

「なんだ？」

皇太后が侍女に様子を見に行かせると、芳華組の星娘たちが観劇に来ているらしかった。それに気づいた観客が黄色い声を上げているのだ。とりわけ人気なのは星羅で、宮女たちに囲まれてもみくちゃにされているという。

「他組の星娘が初日を観劇に来るのはお馴染《なじ》みだけれど、あの件で星羅はさらに人気を上げたものね」

そう、後宮の住人たちは大半が星羅の無実を信じており、例の公式発表があると、身体を張って朝廷のために働いた星羅は大英雄のような扱いとなった。

——ここに皇帝がいるってのに、やっぱり俺より星羅の方がモテるのか。

開演の鐘が鳴ると、さすがに客席は静かになった。恋愛場面の多かった芳華組の公演と違い、光雲組の公演は軽業をふんだんに盛り込んだ躍動的な冒険譚《たん》だった。星娘たちの身体能力の高さに感心しながら観ていると、最後に派手な花火が上がって公演は終わった。

開演が午後も遅い時刻だった理由がわかった。この屋外劇場は、舞台の背後が池になっており、陽《ひ》が落ちてからその上に色とりどりの花火が打ち上がる眺めは見事だった。

「しかし、しまり屋の遼宰相からよく予算を引き出したな。夜公演の照明代と花火代、相当金がかかってるだろ、これ……」

龍意が思わずつぶやいた時、

「皇太后様！」

星羅が何やら厳しい表情でこちらへやって来た。それを見た皇太后が艶然《えんぜん》と微笑《ほほえ》んで席を立つ。

「来ると思ったわ、星羅。静かなところで話しましょう」

皇太后の御座所・祥華宮《しょうかきゅう》へ場所を移すなり、星羅が皇太后に喰《く》って掛かった。

「あの花火はどうしたのですか⁉　光雲組の次の公演の演出は劇団内でも噂《うわさ》になっていて、でも夜公演の照明代までは引き出せても、打ち上げ花火はとても高価で、遼宰相が予算を出してくれないだろうと言われていました。私たち他組の星娘は、結局花火は抜きの演出になったと聞いていました。それがなぜ？　一月《ひとつき》もの公演期間中、毎晩あれを？　それだけの花火は……火薬は、もしかして――」

「光雲組が、自分たちで調達したのです」

皇太后の返答に、星羅はひとつ息を呑《の》んでから口を開く。

「薛宰相が隠していた火薬を頂戴《ちょうだい》した……のですか」

「なんだと？」

星羅の剣幕の理由がわからずに静観していた龍意は、そこで初めて事の重大さに気づいた。薛宰相が買い集めた大量の火薬は、冬果が掠《かす》め取り、京師にばら撒いたはずだが――

「おい、まさか――爆薬を横から攫《さら》って行ったあの黒ずくめは、光雲組の星娘だったたってのか？」

その後、雨に濡《ぬ》れて発見された爆薬のほとんどが、偽物だったと報告を受けていた。本物だけが回収され、偽物は放り出されていたということか？

「光雲組はみんな身体が利くけれど、だからといって一介の星娘にどうしてそんなことが──まさか……」

星羅のくちびるが震える。一方で皇太后の紅《あか》いくちびるが愉《たの》しそうに動く。

「あなたは間諜の才能がないわね、星羅」

「──つまり、お伽話《とぎばなし》の《秘星監《ひせいかん》》は現役《げんえき》だったということか?」

言葉を失った星羅の代わりに龍意が確かめる。皇太后は頷《うなず》いた。

「薛宰相の秘密火薬倉庫を見つけることが出来たなら、その中身を使ってもいいと兄が約束したのよ。星娘のすべてが秘星監の任務に就《つ》いているわけではないけれど、光雲組の中の秘星監が頑張って、いくつかの火薬倉庫を発見してみせた」

「冬果が掠め取ったのは、薛宰相が溜め込んでた火薬の全部じゃなかったのか」

「本当にすべての火薬を京師にばら撒かれたら、もっと大変なことになるところだったわ」

「結局、倉庫から頂戴しただけじゃ足りなくて、城市《まち》に転がってる爆薬まで回収したのか。……他には? この分じゃ、秘星監はもっと他の仕事もしてるだろう」

「さあ、どうかしらね」

「とぼけるな! 俺が冬果を大理寺まで誘導する間も、こっそり秘星監が協力してたのか? 邪魔が全然入らなくて、有り難くはあったが都合が良過ぎるとも思ってたんだ──」

「以前からずっと……秘星監は皇太后様の手足となって活動していたのですか? 私が気

づかなかっただけで……？」

星羅が力のない声を絞り出す。

「秘星監として働いているのは、ほんの一部の星娘よ。大半の星娘は何も知らない。それでいいのです」

「でも……私は秘星監の活動を探るために後宮へ送り込まれた人間なのに……」

「だから言ったでしょう。あなたは星娘として生きなさいと。あなたには煌星歌劇の男役としての才能はあるけれど、間諜の才能はないのだから」

はっきりと言われて、星羅はまた言葉を失った。

だが、結果的に星羅は、初手から皇太后の味方をしていたようなものだ。秘星監が現役である事実を組織に報告しなかった（出来なかった）のだから。皇太后が星羅の素性《すじょう》を知ってもなお好意的だったのは、そのせいもあったのかもしれないな、と龍意は思った。

――結局、俺の母ちゃんが一番の上手《うわて》だったわけだ。ただ美人なだけじゃ皇太后なんて務められないってことか……。

項垂《うなだ》れたまま祥華宮を出て行こうとする星羅を龍意は追いかけた。

「星羅！」

宮殿の敷地を出る前に摑まえて、庭の方へ引っ張ってゆく。

「夜の庭とくると、あの晩の徹夜の特訓を思い出すな」

「……」

星羅は憮然《ぶぜん》としたまま、無言だった。

「そんなに落ち込むなよ。間諜の能力なんてなくても別にいいだろ。そのおかげで、皇太后や劇団に申し訳が立たないことにはならなかったんだからさ」

「……それはそうですけど」

自尊心の問題なのはわかるが、拗《す》ねている星羅というのも初めて見るので、何か新鮮で嬉《うれ》しい気持ちになる龍意だった。

「……御用は何ですか？」

「ああ、ちょっと話があってな」

「点呼の時間までには宿舎に帰らなければならないので、手短にお願いします」

「頼みがあるんだよ。これからも時々、おまえの自主稽古に付き合っていいか？」

「は？」

星羅がきょとんとした顔で龍意を見る。

「どうしてですか？」

「おまえみたいな奴は、いつか痴情《ちじょう》のもつれで女に刺されて死ぬ。心配なんだよ」

「妙な心配をしないでください！　それに、それと自主稽古とどんな関係が？」

「心配だから、目の届くところに置いておきたい。でもおまえは宮女じゃないから、呼びつけるわけにもいかない。だったら俺の方がおまえのいる場所に行くしかないだろう」

「は……？」

怪訝《けげん》極まる表情の星羅に、もっとはっきり言ってやる。

「どうやら俺は、おまえに惚《ほ》れたみたいだ」

「――」

星羅がぽっかりと口を開けた。

「……は？　え？　陛下は、気立てが良くて優しくて、ふんわり可愛《かわい》らしい女の子がお好きなのでは？」

「そのはず、だったんだけどな……」

龍意は苦笑いして肩を落とす。星娘には手を付けるな、星羅には手を出すな、と言われ続けたことが却《かえ》っておかしな風に作用した気もする。駄目と言われると、その規則を破りたくなるものではないか。

「あの、がっかりしながら告白するのはやめてもらえますか。なんですか、何かの罰で言わされてるんですか？」

「どんな罰だよ、本気に決まってるだろう。俗語で言えばマジだ。大マジだ！」

心配で、目が離せないというのは本当だ。出来ることならずっと傍《そば》に置いておきたい。

何せ星羅は、無自覚に人を誑《たら》し過ぎる。初めは軽薄な花花公子《かかこうし》ぶりにうんざりしていた自分が、いつの間にかこんな気持ちにさせられているのが証拠だ。

人が星羅のどこに惹《ひ》かれるかはそれぞれだろうが、龍意が惹かれたのは星羅の情の深さだった。心を許して懐いた相手、冬果への献身。星羅が泣くのは、いつも冬果のためだった。あの一途《いちず》さが自分に向けられたら……と思うとぞくぞくした。

冬果は馬鹿《ばか》だ。あれほど星羅に慕われて、それだけで満足しないとは強欲過ぎる。過ぎた欲は身を滅ぼす。まさにその通りになった。

——俺は、大層な欲は持たない。国も帝位も要らない。

ただ、兄貴の代わりに面倒な仕事をさせられている褒美くらいは欲しい。

この城の後宮は兄のもの。自分は兄のものを奪う気はない。だが煌星歌劇の星娘は皇帝に仕えるものではない。星羅は兄のものではない。

——だったら、俺がもらってもいいだろう？

真剣な表情の龍意に対し、星羅も少し考えてから真っすぐに龍意を見つめ返した。

「星娘は皇帝に仕える義務がありませんが、そもそも異性との交際禁止の規則があります」

「ああ、それは知ってる」

だから百歩譲って、自主稽古に付き合うという名目の逢引《あいび》きで我慢しようとしているのではないか。我ながら涙ぐましい譲歩だ。

「私は花形の八星《はちせい》を目指しています。叶う夢とは限らないし、叶うとしても何年もかかります。何にせよ、私が星娘を卒業するのはずっと先のことになりますが、その時、改めて考えさせていただくということでもいいですか？」

　今度は龍意がきょとんとする番だった。

「考えるって……何を？」

「陛下は、私に求婚したのでは？」

「考えてくれるのか!?」

「今は考えられませんが、星娘を卒業したあとなら、結婚というものをしてみてもいいと思っています。でもその頃には世間的に嫁《い》き遅れと呼ばれる年齢でしょうし、そこから相手を探すのも面倒ですし、今から確保しておける人材があるなら有り難い話なのかもしれないという気がするというか……」

　飽くまで真面目な顔で将来を模索する星羅に、龍意は思わず噴き出した。

「とんでもない女もいたもんだ、皇帝を取り置きしようってのか！　自分のやりたいことをやり終えるまで、俺に待てと？」

「あ、そんなに長く待てないと仰《おっしゃ》るなら、無理にとは……」

「待つよ」

　星羅のばつの悪そうな言葉を遮《さえぎ》って龍意は断言した。

「何年かかろうと、おまえの夢が叶ったあとは、俺の夢を叶えてくれるんだろう？　だったら待つよ。おまえこそ、その頃には俺が皇帝じゃなくて、ただの貧乏役者に戻っていても構わないか？」

「自分の食い扶持《ぶち》は自分で稼ぎますし、結婚相手の身分は特に気にしません」

星羅はあっさりと答える。

「有り難いな」

龍意は笑いながら星羅の腕を引き、頰《ほお》にくちびるを寄せた。

「そういうことは卒業してから応相談です！」

頰に平手が炸裂《さくれつ》して、目から火花が散っても、妙に愉快な気分だった。嬉しくて血の巡りも良くなったのか、ふと見れば、左手のひらに紅い龍の五本爪にも似た痣《あざ》が浮かんでいる。

自分が本当に兄の帝位を奪うことなどあるのか。生まれた時の占いがどこまで当たるのかはわからないが、今は星羅との約束が果たされる時を待ちながら、身代わりの皇帝《龍》を務めてやろうじゃないか——。

〔了〕

あとがき

こんにちは、我鳥彩子《わどりさいこ》です。

この度は、身代わり陛下の大冒険（そんなタイトルではない）をお手に取っていただき、ありがとうございます。

いいえ、初めは星羅《せいら》と龍意《りゅうい》のW主人公という構想で作ったお話だったのですが、（趣味に走り過ぎて）どうにも上手《うま》くまとまらず、龍意視点をメインに組み立て直してみたところ、ようやくこういう形で仕上がりました。結果、星羅側のキャッキャウフフな歌劇団ライフ、青春演劇ストーリー、といった要素は軒《のき》並みカットとなり、原稿を読んだ担当様に、

「男主人公の中華後宮もの……どうやって売れば……」

とぼやかれる羽目に。でも女の子を主人公にしたところで、私が書いたらあんまり普通のヒロインにはならない気も……（前科あり）。

そんなこんなで、ヒーローより女の子にモテモテな男前ヒロインを初めて書きました

る?)です。美味《おい》しい台詞《せりふ》や場面をヒーローから掻《か》っ攫《さら》ってゆく系ヒロイン(そんなジャンルある?)です。(笑)。

星羅は特殊な生い立ちと境遇にいるヒロインで、彼女と比べれば普通の感覚を持っている龍意を語り手にしたことで、物語を追って行きやすくなったとは思うのですが、そうして主人公の座をGET《ゲット》した割に不憫《ふびん》さが隠し切れない身代わり陛下に愛の手を……!

嗚呼《ああ》、他にもいろいろ語りたいキャラはいるのですが、残念ながらもう紙幅がありません。本文をみっちり書き過ぎて、あとがきは二ページしかないのです。


ということで、締めのご挨拶《あいさつ》に移ります。

いつもお世話になっている関係者の皆様、美麗なカバーイラストを描いてくださった笠井《かさい》あゆみ様、オレンジ文庫Web《ウェブ》サイトの方で試し読み漫画を描いてくださった加藤綾華《かとうあやか》様、ありがとうございます。そして、ここまで読んでくださったあなたにも大感謝です。お気軽にご感想など聞かせていただけたら嬉《うれ》しいです。

二〇二三年　十月
今年は過去最大サイズのパイナップルが収穫出来ました!　我鳥彩子

※この作品はフィクションです。実在の人物・団体・事件などにはいっさい関係ありません。

集英社オレンジ文庫をお買い上げいただき、ありがとうございます。
ご意見・ご感想をお待ちしております。

●あて先
〒101-8050　東京都千代田区一ツ橋2-5-10
集英社オレンジ文庫編集部 気付
我鳥彩子先生

龍の身代わり

偽りの皇帝は煌めく星を恋う

集英社
オレンジ文庫

2023年11月21日　第1刷発行

著　者　我鳥彩子
発行者　今井孝昭
発行所　株式会社集英社
〒101-8050東京都千代田区一ツ橋2-5-10
電話【編集部】03-3230-6352
【読者係】03-3230-6080
【販売部】03-3230-6393（書店専用）
印刷所　図書印刷株式会社

ISBN 978-4-08-680527-8 C0193